双葉文庫

ハードボイルド・エッグ

荻原浩

ハードボイルド・エッグ

人生はかたゆで玉子

——片桐　綾

1

水曜の晩、アリサが失踪した。

だから私は週末の朝早くから、この街の油じみた裏通りを這いずりまわっている。両手を伸ばせば左右に届きそうな雑居ビルの谷間は、道というよりダクトのようだ。まだ春の半ばだというのに、風のない道には、夏を思わせる熱く湿った空気がよどんでいる。今日も暑い一日になりそうだった。私は冬物のオーバーコートを着て出てきたことを、そろそろ後悔しはじめていた。

コンクリートの壁の向こうから銃声がした。そして悲鳴。けたたましい笑い声。反射的に身をかがめてから、右手のビルの一階がゲームセンターだったことを思い出して緊張を解く。狭い路地は、銃声とスロットマシンがコインを吐き出す音とオイスターソースの香りに満ちていた。左手は台湾人が経営する中華料理店。通用口のポリバケツの隅に医療用とは思えない注射器が落ちている。アリサが立ち寄りそうな場所は、もうここ以外に考えられない。私はここでアリサを待つことにした。

労働にふさわしい報酬を得られるかどうかを職業の価値基準と考えるならば、探偵は割に合わない職業だ。とりわけ家出捜査は。行く先の見当もつかない失踪者を発見する仕事は、少なくともプールに落とした一枚の硬貨を探すより難しい。必要なのは、重量級ボクサー並みの腕力や、とびきりの美女を一瞬にしてベッドに誘いこむセクシーな笑顔ではなく、食虫植物のような忍耐。さしずめプール一杯分のスロットマシンの模造コインの中から、本物の硬貨を見つけるに等しい作業を耐えうる精神力だ。私はウツボカズラのようにひっそりとビルのすき間に体を埋めながら、今日何度もそうしているように、内ポケットを探って一葉の写真を取り出した。

サービス判でプリントされた、なんの変哲もないスナップ写真。豪華だが洗練されているとは言いがたい調度を並べたてた室内を背景に、依頼人の野々村夫人とアリサが、頬を寄せ合って写っている。満面の笑みをたたえた野々村夫人に比べると、アリサはあまり楽しそうな表情には見えない。少し茶色がかったショートヘア。挑みかかるような大きな目。齢は十三。難しい年頃だ。

ふだんは素直でいいコなのに。世間知らずなのよ。だから心配で。木曜の朝、目ざまし時計より早く電話のベルを鳴らして私を叩き起こした野々村夫人は、大袈裟とも思える悲嘆ぶりで、そう言っていた。探して。いますぐ。急いで。私をベッドから追いたてるようにまくしたてたわりには、私の事務所を訪れることには消極的で、写真は郵送で寄こしてきた。普通郵便で送られてきた写真の中のアリサは、それほど素直にも世間知らずにも、そして幸福そうにも見えなかった。

三十分経った。あきらめて表通りに戻りかけた時、路地の入り口から忍びやかな足音が聞こえた気がした。私はかたわらの電柱に身を寄せ、首を動かさず目だけで入り口を窺う。

ポリバケツが並んだ中華料理店の通用口の向こうに小さなシルエットが見えた。陽光の中で茶色のショートヘアが日差しと同じ色に輝いている。アリサだ。道の片端を夢遊病者のようなふわふわした足どりで歩き、こちらに近づいてくる。印象的な瞳が眩しさにすぼまり、顔立ちをきつく見せていた。狭い路地なのに私の存在などまるで目に入らない様子で、私と電柱をすり抜け、行き止まりの道の奥へ進んでいく。彼女が後ろ姿になるのを待ってから、努めてさりげなく声をかけた。

「やぁ、アリサ」

後ろ姿が動きをとめた。アリサは驚きの表情を浮かべてこちらを振り返ったが、すぐに形のいい横顔を見せつけてそっぽを向き、また平然と歩き出す。私は急ぎ足にならないように注意しながら彼女の後を追い、もう一度声をかけた。

「アリサちゃんだろ」

いきなりアリサが駆け出した。二分の一秒ほど遅れて、私もダッシュした。ガラス細工のような細い肩に手を伸ばす。が、届かなかった。アリサが右手のコンクリート塀の上にひと飛びで駆け上がったのだ。小さな体と十三歳という年齢からは想像もつかない跳躍力だった。塀は私の背丈より高いのだ。

塀の幅はいいところ十センチ。アリサはその上にすくりと立ち、茫然とする私を勝ち誇った目で見下ろしてくる。クリーニングから返ってきたばかりのコートを台なしにして、私が塀に攀《よ》じ登った時にはもう、サーカスの綱渡り娘さながらの軽々としたフットワークで、塀の上を五メートルも移動していた。

アリサが塀の向こう側へ飛び降りようとしているのを見た私は、オーバーコートのポケットから、小さな袋を取り出した。野々村夫人から訊《き》き出した話が本当なら、アリサにとってそれは、どんな危険を冒してでも手に入れたい代物《しろもの》のはずだった。手の中のビニールパックを振ると、袋の中身が粉っぽい乾いた音をたてた。

塀の向こうに逃げ去ろうとしていたアリサの動きがとまる。ゆっくりこちらを振り返った。切れ長の大きな目に警戒の色をたたえて、私と塀の下を見比べている。

「これが欲しいんじゃないのかい」

私は老練なセールスマン風の笑顔をつくり、そのつくり笑いの前でもう一度袋を振る。誘惑の言葉を囁くような音がしたはずだ。

今日の私はついていた。こちらが風上だ。必要以上に時間をかけて袋を開ける。袋の中身が周囲に匂いを放つ。アリサがすすりあげるように鼻をひくつかせた。湾岸がコンクリート漬けにされる前には、この街にも漂っていたはずの潮風を思わせる香り——エビセンベイの芳香だ。

エビセンをひとつつまみ、アリサへ向けて突き出す。四つんばいのアリサがそろりと近づいてきた。エビセンを持った手を右に振ると、アリサも右を向く。左に振ると、左に向いた。

ぐるぐるとまわすと、アリサも顔をぐるぐるまわした。路地に向かってエビセンを放り出すと、アリサはためらうことなく跳躍した。宙を飛び、空中でエビセンをくわえこみ、足をそろえて見事に着地する。

私も塀を降り、エビセンベイをむさぼるアリサに新しい一枚を差し出してやった。そして、その小さな体をそっと抱き上げる。

「ミャアウ」

私の腕の中でアリサが初めて声をあげた。

素直で世間知らずのアリサは、十三歳のアメリカンショートヘアだ。老猫にしては、すこぶる元気がいい。

私はアリサを詰めこんだ段ボールを抱えて野々村夫人のマンションへ向かった。保護した場所からは、表通りをへだててほんの数区画しか離れていない。まぁ、予想通りだ。いままでの経験からすると、ふだん外に出さない座敷猫で、おまけにメスなら、家出をしてもたいてい半径数十メートルの範囲内で捕まえることができる。発情期のオス猫の追跡に比べればはるかに楽だ。

オートロックドアの瀟洒《しようしや》な新築マンションは、おそらくペットを飼うことを禁じられているに違いない。野々村夫人はインターホンの向こうで歓喜の叫びをあげてから、人に見られないように、と冷静な口調でつけくわえた。２０１号室。おそらくは２ＬＤＫか３ＤＫ。

十三歳という高齢だが体力と好奇心を持て余しているらしいアリサには、収容所と同じだ。なんだか私は、スティーヴ・マックィーンを捕虜収容所に連れ戻す、ドイツ兵になった気がした。

外階段を使って二階フロアに上がると、一番奥のドアがわずかに開き、そこから突き出た手が、イソギンチャクの触手のようにゆらめいて手招きしていた。段ボールを抱えた不自由な体勢でネクタイの結び目を直していると、手の動きがニワトリの羽ばたきになった。早く入れと言っているらしい。

ドアノブに手を伸ばすより早く、野々村夫人が顔を出した。色白で能面のような顔立ち。猫のイラストが刺繍された菫《すみれ》色のノースリーブのサマーニットに黄色のキュロット。服だけみればティーンエイジャーだが、服の中身は、そろそろ四十といったところか。夫人はフロアを窺いながら間男を引き入れるように私を促した。

「少々、手こずりました。とんだお転婆だ。コートのクリーニング代を必要経費に入れておかなかったことを後悔していますよ」私は道すがら考えた、とっておきのジョークを披露して肩をすくめてみせた。「彼女には運動が足りないようです。鼠も何匹か飼うといいかもしれない」

しかし、アリサにキスを浴びせるのに夢中になっている野々村夫人は、私の言葉をまったく聞いていない。私はアリサが中華料理店のポリバケツの中に首を突っこんでいたのを教えるべきかどうか少し迷ったが、結局何も言わず、玄関に突っ立ったまま、ひとりぼっちでもう一度肩をすくめた。

夫人ほど再会を喜んでいるとは思えないアリサが腕の中から逃げ出すと、玄関先にしゃがみこんだままの夫人は、初めて気づいたように私を見上げた。食品売場で冷凍肉の鮮度を確かめる視線だった。

「背が高いのね」

そう言って、パールピンクのルージュを引いた唇の端をちろりと舐める。ため息に似た吐息には、かすかにアルコールの匂いがした。

「僕のせいじゃない」

フィリップ・マーロウのセリフを借用して、私は夫人に笑顔を返した。起伏の乏しい丸顔だが、化粧をすればそれなりに美人かもしれない。深い襟ぐりから、サマーニットを勢いよく突き上げているミルク色の乳房のすそ野が見えた。悪くない眺めだった。喉の奥に唾を押しこんだ。私はブルックス・ブラザーズのファスナーの周辺がしだいに窮屈になっていくのを感じはじめていた。

短めのソバージュの前髪の間から、媚《こび》に潤んだ目で野々村夫人が私を見つめてくる。

「ね、このあと、時間ある？」

イグアナの捜査が残っていた。私がそれを夫人に告げ、歓待を丁重に固辞するより早く、夫人は乱れた髪で顔を隠すように首を後ろへ振る。そらせた胸のふくらみがマンションの廊下の奥をさしていた。私は急に、イグアナの捜索は明日からでもじゅうぶん間に合うことを思い出した。

「どんな時間をお望みなのだろう？」

私の投げかけた絶妙のウインクから、身を振りほどくように視線をそらして、夫人は先に立って歩き出す。私はあわてて靴を脱いだ。キュロットから伸びた夫人の両脚は少々太いが、新品の陶器のように白く、思いのほか若々しい。シャワーを使っていたのか、髪から薔薇の花に似たシャンプーの匂いがする。私は思わず首を前に伸ばした。ブルックス・ブラザーズの中の我がブラザーも小首を伸ばした。私は前かがみになりながら夫人の後に従った。

リビングの前を通り過ぎ、いきなり奥のベッドルームに通された。初球からストレート、変化球なし。こういう展開はけっして嫌いではない。私を先に入らせると、野々村夫人はドアの陰に半分顔を隠したまま、少女のようないたずらっぽい目をして囁く。

「ね、何か飲む？」

ネクタイを少し緩めながら私は言った。

「ウイスキーソーダを。氷は三つ。できればレモンを軽く搾《しぼ》って。なければ水で結構です」

水が来た。手渡されたカルキ臭いグラスの中身を舐めていると、野々村夫人は私にしなだれかかるようにして顔を仰向かせ、白い喉を見せつけてから、片手を差し出してくる。そのまま体を預けてくるのかと思ったが、違った。

「電球が切れてるの。お願いできるかしら？」

夫人の上げた顔と指の先に、天井の照明灯があった。

いいわねぇ、背が高くて。うちのダンナなんて踏み台使ったってやっとですもの。第一あの人、毎晩私が寝た後に帰ってくるんだから、寝室の電球が切れていようがいまいが、気づきもしない。高価そうに見せるためにわざと電球を替えにくくしているとしか思えない妙な形の照明器具に悪戦苦闘している間、野々村夫人はベッドに腰かけて、自分だけビールを飲みながら喋り続けた。おかげで私は、会ったこともない野々村氏についてずいぶん詳しくなった。野々村氏は建設会社の営業部長で、平日の夜は酒か麻雀、週末はゴルフを日課にしている。夫人がヘアサロンに行く回数については厳しい意見を持っているが、自分の養毛剤にはこれまでにかなりの無益な投資をしている。ちなみに二人に子供ができなかったのも野々村氏の責任だ。

飼い猫が戻り、寝室に明かりが戻ると、野々村夫人は、もう私には何の興味もないようだった。玄関口に立って私を手招きし、押しつけるように茶封筒を渡してきた。中を一瞥《いちべつ》したかぎりでは、報酬の中に電球の交換代金は入っていない。ドアノブに手をかけた瞬間、別れの挨拶がわりの気のきいたジョークを思いついた。私は笑いをこらえながら振り返る。だが、言葉を発したのは彼女のほうが早かった。

「ねぇ、便利屋さん」

「探偵です」

顔の前でひとさし指を振りながら私は訂正する。よけいなことだけど、と言いながら野々村夫人は真顔で私を見た。

「あなた……ちょっと喋り方がヘンよ」

ドアを開けた私は、日差しの眩しさに目を細める。季節はずれの暑さは止むどころか、ますます酷くなっているようだった。少し迷ったが、再びオーバーコートをはおり、何かから身を守るように襟を立てた。背中を叩くようにドアが閉じ、チェーンロックをかける音がした。私はドアを振り返り、指でつくった拳銃の引き金を引く。本物のコルト三十二口径を持っていないのが残念だった。それからドアチャイムを目にもとまらぬ早撃ちで二度鳴らし、全速力で階段を駆け逃げた。

2

ガルシアの行方は杳《よう》として知れなかった。春とは思えない狂ったような暑さの中で、私は夕刻までアスファルトを舐めるようにガルシアの姿を追い求めたが、コットンシャツに汗じみをつくったほかには、状況は何も進展しなかった。ガルシアは、コロンビア生まれ。冷血。百四十センチ。三歳。オス。いうまでもなく、イグアナの名前だ。

ガルシアが逃げたのは、昨日の午前、依頼人が自宅近くの公園で日光浴をさせていた時だ。

冷血動物は普通、日の陰った低温下ではほとんど動かないが、突発的にやってきた移動性高気圧が街を焙《あぶ》りはじめたとたん、ガルシアの冷たい血が騒ぎ出したらしい。

私は公園の生け垣を慎重にかき分け、下水路の蓋を開けて手を突っこんだ。探さなかったのは、公園の婦人用便所の中ぐらいのものだ。初動捜査をミスしたのかもしれない。自分の指の数もわからないほど闇が濃くなってから、ようやく私は今日の捜索を諦めた。

ステーションワゴンのハッチバックを開けて、空っぽの飼育檻《ケージ》を放りこむ。ポケットを探ってピースライトのパッケージを取り出したが、こちらも空だった。インパネから灰皿を抜き出し、一番まともな吸殻を選んで火をつけた。シートに預けた背骨が悲鳴をあげる。アリサを探して一日中、ミレーの絵画のように身をかがめていたからだ。

酒が飲みたかった。背中に鉄板を打ちつけられたような痛みの代償として野々村家から得た、内ポケットのわずかばかりのふくらみに手を当てて、私は考えた。Jの店に行こう。猫一匹と引き換えに手に入れた金だ。たいした使いみちを思いつきはしない。

探偵になるために私は生まれてきた。三十三になる今でも、そう信じている。私が天啓のようにそれを悟ったのは、十五の齢、まだ生まれ故郷の海辺近くの中学校に通っている頃だ。私はひとりの男と出会った。男は、腐った海草の臭いがする図書館の片隅で、ひっそりと私を待っていた。その男の名は、マーロウ。フィリップ・マーロウだ。

マーロウは、当時の私がひそかに愛読していた『人体の神秘』が置かれている列の真向かいの書棚、上から二段目あたりで『イワンの馬鹿』と『走れメロス』にはさまれ、ふて腐れたように身をひそめて私を見つめ返していた。

本のタイトルは『かわいい女』だったと思う。初めてチャンドラーを読んだ時の衝撃は忘れない。それまでまともに読んだ本と言えば『人体の神秘』と『坊っちゃん』ぐらいだった私は、らっきょうの皮むきを覚えた猿のように我を忘れてページをめくった。

マーロウは、当時私の周りにいた誰にも似ていなかった。その頃の私に教師たちは、いかに他人を出し抜いて点数を稼ぐか、その方法しか教えてくれなかったし、周囲の大人たちは誰もが、どうしたら自分が他人より幸せに見えるか、そのことだけに腐心しているように思えた。

だが、マーロウは違う。いつも他人より損をする道を選ぶのだ。まるでわざとそうしているかのように、自分を不幸に追いやるのだ。1セントにもならない仕事に命を張り、誰も褒《ほ》めてくれないやせ我慢を繰り返す。しかも驚くべきことに、自ら服を脱ぎ、ベッドにもぐりこむ女に、指一本触れず別れを告げるのだ。その頃、どうすれば不純な異性交遊を結べるのか、それを考えるのに脳味噌の半分以上を使っていた私は、脳天にクイを打ちこまれた思いがした。

なによりマーロウは孤独を恐れていなかった。私と同じひとりぼっちだった。しかし仲間を欲しがったりはしない。団体行動と多数決では何も解決しないとでも言いたげに。ここにいるのは、俺だ。イガグリ頭の中のニキビを潰しながら私は驚嘆した。私はフィリップ・マーロウから、孤独は悪ではないことを教わった。

一冊目のチャンドラーを読み終えた翌日から、私は同級生のためにパンを買いに走ることも、みんなの荷物を一人で持つことも、やめた。そしてたくさんの生傷を負った。

自宅兼用の事務所にクルマを置き、目抜き通りを駅まで歩く。JR線をくぐる地下道を抜けると、もう一方の駅前広場に出る。バスロータリーのある表口に比べたら、中華料理店の通用口に等しい場所だ。ポリバケツから漏れ出た汚水がいく筋かに分かれるように、そこから放射状に路地が延びている。Jの店は、その一番細い路地の奥だ。

Jは店の名前で、オーナーのあだ名でもある。本名の頭文字からとったものだそうだが、私は彼の本名を知らないし、知ろうとも思わない。私はマーロウを信奉し、Jはリュウ・アーチャーを偏愛する。若干のそうした違いはあるが、私たちは同じ種類の人間だった。体に悪い嗜好《しこう》品を好み、言葉は否定形と比喩に溢れ、ゴルフとカラオケを親の仇のように嫌う。Jは、カラオケマイクを持つぐらいなら、死を選ぶタイプの人間だった。

私の肩幅と大差ない間口の階段を降り、アパートの部屋番号のように愛想もなく「J」という小さな看板がかかった木製のドアを開けると、いつものようにレコード盤でかけられた時代遅れのジャズがこぼれ出し、黒人ジャズ奏者のポートレートが、思いつめた顔でこちらを睨んでくる。もし本物が突っ立っていたら、すぐさまホールドアップして、財布のしまってある場所を白状してしまいそうな表情だ。ジャズは嫌いではないが詳しくはないから、それが誰だかは知らない。Jに言わせるとグレートな奴なのだそうだ。

用心棒のように、かたときも油断なく客を睥睨《へいげい》しているミスターグレートの隣、カウンターの中のJが、いつものように笑顔を向けてきた。もしポートレートだったら、ちょび髭を描きくわえたくなるような模範的な笑顔だ。

「やぁ、J」

私はJに声をかける。そしてすぐ店中に漂う異臭に気づいた。思わず立ちどまって店内を見まわしてみる。

カウンターに八人分のとまり木を用意しただけの小さな店だ。狭いスペースをさらに狭くするように、ネパールやバリ島やアラスカの民芸品があちらこちらに飾ってある。若かりし頃のJが世界を放浪した時に手に入れた、Jが言うところの「ガラクタ」だ。Jの若かりし頃といえば、もう二十年は経つのだろうが、毎日のように磨いているから、骨董品なのに新品同様に光り輝いている。

カウンターの正面は酒棚。ここに並んだ酒壜とシェイカーひとつで、Jは魔法のように数々のオリジナル・カクテルを生み出す。カトマンズ・ムーン、ハシシュ・ドリーム、フラワー・チルドレンズ、その他いろいろ。

妙な匂いの発生源は、酒棚の右手だった。この間までチリ・スープやポーク・ビーンズをつくるためにあった調理台の上に、四角いアルミのおでん鍋が据えつけられていて、盛大に湯気を立てていた。

「やぁ、探偵」

Jは私の職業を正確に呼んでくれる数少ない人間のひとりだ。先客は誰もいなかったが、昼の端にキャメルをくわえたJは、忙《せわ》しげにカウンターを拭き、グラスを磨き、リキュールを点検していた。客がいなくても、満員の客を相手にするような勤勉さを忘れない――彼はそういう男だ。糊のきいたシャツ。額のあがった頭に髪を一本ずつ撫でつけたような完璧なオールバック。正確な対称角を描いているボウタイは、分度器ではかってもまるで誤差がないに違いない。

「いつもの?」と、Jがいつもの調子で声をかけてくる。おでん鍋など、そこに存在しないかのような口ぶりだった。だから私も、おでん鍋から視線を逸らしてカウンターの端に座った。

私が問いに答えるより早く、Jは私のための酒を用意しはじめる。バーボン・ウイスキーのソーダ割り。仕上げにレモンを一滴。あまり酒の強くない私のためにソーダは少し多めにしてくれる。

酒は、死んだ魚の臭いに満ちた故郷の街を出て、東京のビジネススクールに通いはじめた十八の頃に覚えた。最初はウイスキーをストレートで飲《や》るのが私の流儀だった。うまいとは思わなかったが、半年間それを続け、そして胃に三つの穴を開けた。残念ながらハードボイルドは、私の胃腸には合わないらしい。

学校を出て、小さな出版社に勤めはじめてからも、私の心はいつも探偵だった。仕事は英会話教材のセールスで、私はコルト四十五オートマチックのかわりに英会話みるみるマスターテープ全十巻を抱えて街々を歩いている間も、探偵の定石どおり無駄な愛想は振りまかず、礼儀知らずな相手には不敵に歯向かい、いつか出会うはずの事件を待ち続けた。しかし、起こるのは顧客からの苦情や上司との軋轢《あつれき》などの小さなトラブルばかりだった。

「どうだい、この暑さは。まるで真夏のニューオーリンズのようじゃないか」

グラスを差し出しながらJが言う。

「そうだね」

私は答えた。ニューオーリンズにもアメリカにも行ったことはないが、Jが言うならたぶんそうなのだろう。

「今日は運がいい。あんたが最初の客だ」

聞き慣れたセリフだ。もう店を開けて二時間は経つだろう。私には最後の客になる可能性もありそうだった。

「この店に関して言うと」ウイスキーをすすりながら私は言った。「僕はいつも運がいいようだ」

ふっ、Jが鼻から息を抜くように笑った。二人の間に、親密な空気と、名前を忘れたジャズ奏者のむせび泣きに似たテナーサックスが流れた。昆布だしの濃密な匂いも漂っていた。

「運は大切にしたほうがいいよ。運と湯沸かしポットさえあれば、たいていの場所で生きていける」

Jの言葉は常に啓示と諧謔《かいぎゃく》に満ちている。映画や小説の中のセリフのごとく無駄がなく非日常的。思わずメモをとりたくなるほどだ。Jは吸いさしの煙草の火を指でつまんで消し、ゴミ箱に放りこむと、小柄な体をそり返らせて、ハリウッド映画の黒人の大男みたいな図太い笑みを見せた。まるでカウンターの向こうが遠いニューオーリンズであるかのように。だが、そこでは、おでんが煮えていた。私はできるだけさりげなく、初めて気づいたようにおでん鍋に目を走らせて、皮肉な調子にならないように気をつけながら言う。

「新しい暖房装置かい？」

Jの顔に一瞬だけ、悲しげな色が漂ったように見えたが、いつも通りの口調で言葉が返ってきた。

「新メニューさ。女房の発案でね」

Jの女房は五つ年上だ。一度だけ街でJ夫妻を見かけたことがある。Jは時々、頬に貼ったバンドエイドを撫でながら、なつかない野良猫みたいな女さ、とため息まじりに言うが、そんな生やさしいものじゃない。野良猫というより野牛のようだった。場所は確か、ディスカウント・スーパーの在庫処分市の会場だ。大量の荷物を持たされ、小言を言われながら女房に付き従っているJが、野牛にたかる蠅に見えた。私は見てはいけないものを見た気がして、山積みにされた電気毛布の陰に隠れたものだ。

「まぁ、ちょっとした事情ってやつさ。小さなバーにも小さな事情があるんだ」

Jが笑おうと努力している表情を見せ、私以外に誰もいない店内を見まわすふうに首を振り、この店で一番安いバーボンに溶けかけた氷を浮かべている私のグラスへ、咎《とが》めるような視線を投げる。私は二杯目の酒を、めったにオーダーしないカクテルにしてみることにした。一杯千円のカトマンズ・ムーンは、ジンよりもだし醤油の香りが強い気がした。しかもなんだか焦げ臭かった。

「ねえ、J。もしかしたら、じゃがいもが焦げているんじゃないかな」

問題ない、というようにJは片目をつむって見せたが、その目が心配そうにおでん鍋へ走る。

「試してみるかい？　ジャズを聞きながら、おでんを喰うなんて、いい趣味だろ。少なくともフランク・シナトラのクリスマス・ディナーショーよりはね」

いたずらっぽい笑顔で、Jが自嘲気味のジョークを口にする。私は片頬で儀礼的に笑い返して首を横に振ったのだが、Jはもう一度、同じセリフを繰り返した。

「試してみるんだね？」

もう顔は笑っていなかった。目の隅が潤んでいるように見えた。酒を飲む時には食べ物を口にしないのが私の流儀だが、Jのためにそれを破ることにした。

「悪くないね。ただし、頼みがある」私はそう言って、Jの顔に向かってひとさし指を立てた。「昆布は抜いてくれないか」

ちくわぶはまだ生煮えだったが、そのことは黙っていた。Jのプライドをこれ以上傷つける理由など、どこを探してもない。

Jの店の二人目の客として、その女がやってきたのは、甘すぎるカクテルで煮えすぎの玉子を流しこんでいる時だった。この店に女の客は珍しくない。しかし、連れもなく一人で入ってくる清楚なスーツ姿のOL風となると、話は別だ。何か訳ありかもしれない。私は正面の酒棚を振り仰いだまま、さりげなく目の隅で女の姿を追い続けた。観察は私の職業病だ。

女は二十五歳前後に見えた。背中まで伸びた長いストレートヘア。照明の下を通った時に一瞥した限りでは、染めていない黒髪。目立たないありふれたツーピースを着ていたが、胸のふくらみはじゅうぶん目立っていた。八十五から九十というところか。濃い色のスカートは案外短く、そこから伸びた脚は太からず細からず、むちりとほどよく肉感的で、少し色のついたシーム入りストッキングが、成熟した女の色香を漂わせている。私はカクテルをストローで吸い上げて、ひりつきはじめた喉を湿らせた。

女はカウンターの中で煮えるおでんを目ざとく発見すると、矢つぎ早に皿へ盛る品々を指定し、それから冷や酒をオーダーした。この店は初めてらしい。Jの店には日本酒はもちろん国産のビールやウイスキーも置いていないことを知らないのだ。

私はJのほうを見る。二人で苦笑いを交わすために。しかし驚いたことに、Jはいそいそとカウンターの下にもぐりこみ、この間まではなかったはずの一升瓶を取り出した。日本酒を注いでいるグラスが、把手を鳥の形に細工したシャンパングラスであることだけが、唯一、Jの揺れる心を示していた。

女はキスをするように一度だけグラスに口をつけただけで、長い髪をカウンターに広げて突っ伏してしまった。すでに、したたかに酔っているようだった。女がカウンターに体を預けていくにつれ、スカートのすそもつけ根へつけ根へとじりじりせり上がっていく。もう一息というところで、おでんの皿を手にしたJが女に声をかけた。あっ、くそっ。

女は頬づえをついたままおでんを喰い、時おり体を震わせていた。泣いているのだ。

こんな時間に若い女が一人、飲みつけない酒と一緒に流す涙の理由は、ひとつしかない。彼女には、彼女を支えるたくましい腕が必要に思えた。今宵一夜、涙に濡れた顔をうずめる温かい胸も。その腕と胸の持ち主は、店内を見まわしたところ、私しかいないようだった。

私はJにそっと耳打ちをする。

「ねぇ、J。あの娘《こ》にカクテルをつくってやって欲しいんだ。彼女に似合うのは、どんなカクテルだろう」

またかい。Jは呆れ顔で肩をすくめたが、凝《こ》った文字でカクテルの名を列記した木製のメニューボードに目を走らせると、物わかりのいい老バーテンダーのようなしたり顔になって、私に囁き返した。

「今日は暑かったからね、トロピカル・ゴージャス・スペシャルがいいと思うな」

価格順に並んだメニューの一番下にある名前だった。千三百円。煙草のけむりを二回吐き出してから、私はJに言った。

「悪くないね」

私とフィリップ・マーロウの人生観に、そう多くの相違はないが、もしあるとしたら、女性の扱い方に関してだ。マーロウの唯一の欠点らしい欠点は、自らの性的魅力を信じて衣服を脱ぎ、甘い声でベッドから誘いをかける女心を踏みにじってまで、職業倫理を優先させる柔軟性のなさだと思う。私には、そんな残酷なことはできない。

一杯千三百円だけのことはある。トロピカル・ゴージャス・スペシャルは、パンチボウル並みの巨大なグラスに、切り花や、いまの季節には高価なフルーツを飾り、小さなパラソルまでそえた、婦人服売場のディスプレイを思わせる代物だった。メニューボードにはJのお手製の謳い文句が添えられている。『燃える情熱』。十分間ほどかけて、ようやく完成させたそのカクテルを、Jはうやうやしくおでんの皿の隣に置き、カウンターに頬を預けている女の耳もとで囁いた。

「あちらの、お客さんから」

泥酔から覚醒した女が、夢の続きを見るように満艦飾のカクテルを眺め、それから私を振り返る。頬に涙のあとの残るその面立ちは、横顔だけで想像していたよりも美しかった。しかし、想像していたほど嬉しそうな顔はしていなかった。充血した燃えるような目を私に向けてくる。どちらかと言うと、情熱に燃えているというより怒りに燃えていた。

女は使い終わったおしぼりを扱う手つきでカクテルグラスを押しやると、ぼりぼり髪を掻き、もそもそとおでんの残りを食べはじめる。やはり、追加の冷や酒のほうが無難だったかもしれない。あるいは目薬をたらしたスクリュードライバーのほうが。私の非難がましい視線に気づいて、Jはカウンターの向こうで首を縮めた。

私は再びJに耳打ちをして、皿いっぱいにおでんを盛ってもらった。おしゃれでヘルシーなロールキャベツはダブルで。それから女のおでんの皿が空になったのを見はからって、グラスを手にして立ち上がる。ひとつ空けたストゥールに腰をおろし、山盛りのおでんの皿を彼女のほうへ優しくすべらせた。

かちり。二つの皿が触れあって、センチメンタルな音をたてた。女が顔を上げて私を見る。

私はグラスを一インチほど差し上げて挨拶をした。

「隣に座ってもいいかな。もし予約済でないのなら」

私の顔をめがけて、いきなりロールキャベツが飛んできた。イカボールも。女は素手でガンモドキを掴み、何か叫んでいた。ろれつがまわっていないから、何を言っているのかまではわからなかったが、少なくとも私への感謝の気持ちでないことは明らかだった。

女は椅子を蹴り倒すように立ち上がり、一万円札をカウンターに投げ出す。すっかり正体を失ってはいたが、釣り銭を忘れているわけではないようだった。嬉しそうに札をしまいこもうとしていたJに、毅然と釣りを要求し、受け取ると、再び体をふらつかせて店を出ていった。

私は立ちすくむ以外の行動を思いつくことができなかった。女が階段を駆け上がる音が止んだ時に、ようやくJの視線に気づいて、彼のほうを振り返る。

「探偵、ついてるよ」

Jが私の顔を覗《のぞ》きこんで言う。

「そうかな、今夜の僕はついていないと思うんだが。ロールキャベツよりモチ入りキンチャクのほうがよかったかもしれない」

負けおしみを言って私は片頬に笑いをつくってみせる。その頬にJが菜箸を持った手を伸ばしてきた。顔に昆布巻きの一片が貼りついていたようだ。「女より仕事が先だ」マーロウがそう言って私の頬を叩いたような気がした。昆布巻きで。

「オーケー、マーロウ。女より仕事」私は心の中で呟く。確かに女は二の次だ。私が選んだはずの探偵という生き方は、いまのところ私が本来思い描いていたものとは、違う種類のものになりつつあった。犯罪の甘く危険な香りがない。あるのは獣《けもの》臭さだけだ。

Jは昆布を鍋に戻すべきかどうか迷っている様子だったが、結局、生ゴミ入れに放りこんだ。私はモチ入りキンチャクを嚙みしめながら考えていた。探偵稼業に足を突っこんで三年、そろそろ私は変わらなければならない。しかるべき探偵、しかるべき男になれば、きっと女は向こうからドアを開けてやってきて、勝手に私のベッドにもぐりこんでくるに違いない。

私は決意した。そう、まず手始めに、秘書を雇おう。

3

真っ暗なコンクリートの部屋の中で、口の中にコンクリートを詰めこまれる夢から覚めて目を開けた。一瞬、自分がどこにいるのか分からなかった。私は薄もやのかかった頭で、昨夜、Ｊの店を出てからの足取りを思い出そうとした。視界の焦点が合わず、頭上の白熱灯がやけに遠く見える。指先に硬くひんやりとしたタイルの感触がした。どうやら私が倒れているのは、バスルームのようだった。

頭を持ち上げると、後頭部がずきりと痛んだ。誰かに拳銃の銃把で打ち据えられたのかもしれない。いや、飲みつけないカクテルを飲《や》りすぎたからだろう。私立探偵でありながら、私はいままで本物の拳銃で脅されたことがない。一度でいいから九ミリ口径を突きつけられてみたいものだと、心から思う。

バスルームから出て、冷蔵庫を開け、ミネラルウォーターの二リットルボトルの底に残っていた数センチぶんを、酒に灼けた喉に流しこむ。

たいして飲んだわけでもないのに、昨日、どうやって家まで辿りついたのか、よく覚えていなかった。酒は嫌いではないが、残念ながらあまり強くはない。

フレンチローストのコーヒーを入れたアルミ缶には、ティースプーン一杯分ほどの挽き豆しか残っていなかった。缶の底を叩いて、粉粒をひとつ残らずペーパーフィルターに落とす。フィルターは三枚重ね。こうすれば少しはましなコーヒーが飲めるだろう。生活の知恵というやつだ。持つべきものを持たないと、生活の知恵ばかり増えて困る。

ポットで湯を沸かした。コーヒー豆は不足しているが、ガスコンロは余るほどある。業務用のものが四つ。なにしろこの住居兼用の私のオフィスは、もとはイタリアン・レストランだったのだ。

十坪ほどの店舗部分が探偵事務所だ。テーブルのいくつかとカーテンもレストラン時代のまま残っている。テーブルはデスクワークには適さない節くれ立った木製で、うさぎとニンジンの絵が描かれたカーテンも私の趣味ではないが、郵便物を山積みにでき、日差しを遮ることができるという点においては申し分ない。厨房の裏手、従業員控え室だった場所が私の住まいだ。引き出しのように狭い部屋だが、ベッドに寝ながらにして部屋のほぼすべての場所に手が届くという利点がある。

居抜き同然の状態で借りたにもかかわらず、保証金も家賃も信じられないほど安かった。経営不振に悩んだレストランのオーナーシェフが、ここで首を吊ったという話を聞かされたのは、引っ越しがすんでからだ。夜になると誰もいないはずの厨房に灯がともり、トマトを刻む包丁の音がするという噂も耳にしたから、深夜には絶対に厨房を覗かないことにしている。幸いにして今のところ、かつての家主には会ったことがない。

オフィスに行き、留守録になっていた電話を解除する。0件。時刻は午前八時をまわったばかりで、カレンダーはまだ四月であることを主張していたが、寒暖計は二十五度に達していた。窓から差しこむ斜めの朝日は、夏を思わせる鋭さだ。地球は狂いはじめているのかもしれない。あるいは、そろそろ人間に立ちのきを命じているのだろうか。

突然、女の悲鳴を思わせるカン走った叫びが聞こえた。厨房の方角からだ。私は猟犬の素早さで振り返り、一瞬の躊躇もなく厨房へ駆けた。中の様子を窺《うかが》う。硝煙に似たけむりが立ちのぼっていた。銃弾を避けるように身をかがめ、ガスコンロに近づく。火をとめると、呼笛つきの湯沸かしポットの音が止み、周囲に静寂が戻った。

なけなしのフレンチローストをできるだけ濃く淹《い》れるために、フィルターへ針金のように細く湯をたらす。変わりばえのしない一日を暗示するような退屈な作業だった。

この街へやって来て、探偵稼業を始めたのは三年前だ。あてもなく街を歩き、おびただしい数のドアをノックして英会話教材を売りつける精彩のない日々に決別するつもりだったのだが、いまの私の仕事は、教材のセールスマンだった頃とさして変わりはしない。同じように靴をすり減らして日がな一日、街をさまよい歩いている。探し求める相手が、カセットテープだけで英会話がマスターできると信じている間抜けな客から、飼い主のもとを逃げ出した動物に変わっただけだ。

三十を目前にした年に、私は出版社とは名ばかりの会社を辞め、東京の市ヶ谷にある探偵学校に通いはじめた。そこでは、しばらく大手の探偵事務所に在籍して修業を積むことが、この業界で上手く生きていく方法だと教えられた。しかし、もちろん私は下手な生き方を選んだ。半年間の夜間講座が終わると同時に、この場所を借り、電話を引いた。タウンページに広告も出した。しかし電話のベルはいっこうに鳴らなかった——。

モーニングコーヒーは二杯と決めている。私は出がらしのフレンチローストに湯を注いで、もう一杯のコーヒーをつくるという無謀な挑戦をして、見事に失敗した。なんの話だったっけ。そうだ。鳴らない電話に関して。

「猫を探して欲しい」一ヵ月間、電話の前に座り続けていた私にようやく舞いこんだ最初の依頼は、ペルシア猫の捜索だった。私はその依頼を断ることができなかった。もう電話の前に座り続けていることに飽きていたし、二日前から主食になっていたパンの耳にも飽きていたのだ。

私にとって幸福だったのか不幸だったのか、最初の依頼人は、この街の愛猫クラブの副会長だった。初仕事を成功させたその月のうちに、三毛猫とヒマラヤンとヨークシャーテリアの失踪捜査の依頼が入り、それから私のオフィスの電話が定期的に鳴り出すようになった。

私は動物専門の探偵ではないし、この先、専門になるつもりもない。私がめざしているのは、あくまでも危険な犯罪捜査も辞さないタフな私立探偵だ。しかし、私の志《こころざし》と好みにかかわらず、現在のところ依頼の八割が動物に関する仕事だった。残りの二割は人間相手だが、ほとんどが浮気調査。さかりのついた人間のオス、あるいはメスを追いかけている。いままで経験した最も危険な仕事は、蜂の巣退治だ。ついでに言えば、白蟻駆除は断ることにしている。

おいしそうな紅茶色の、まずいコーヒーをすすりながら、私は早速仕事を開始することにした。今日からは本格的にガルシアを追うことになる。

最初にすべきことは、デスクワーク用のダイニングテーブルの上に積み上げた紙の山の前でため息をつくことだった。確定申告のための帳簿がつくりかけで、整理を放棄したままの領収書が堆積岩盤のように積み上がっているのだ。堆積岩は山岳を形成しつつあった。もちろん申告の期限はとっくに過ぎている。確か税務署からの召喚状も中腹あたりに埋もれているはずだ。

少し迷ってから、遅延を続けている確定申告を、さらにもうしばらく遅らせることにして、手配書を作成することにした。領収書の山の一角を切り開き、B4の紙一枚分ほどのスペースをつくる。手配書というのはようするに、よく電柱に貼ってある『うちの猫を知りませんか？』などと書かれたポスターのことだ。初歩的だが案外に効果がある。少なくとも私の仕事の何割かは、この手配書が成功に導いてくれた。

私はまずチャンドラー全著作と一緒に書棚に並べてある動物図鑑やペット専門書を手に取って、イグアナの写真を探した。今回のガルシアのように、依頼人が捜査すべきペットの写真を持っていなかった場合は、ここに載っている写真を使うことにしている。ペット専門書の中でできるだけ愛らしく写っているイグアナの写真を切り抜き、B4のケント紙に糊づけした。そしてこんな文章を添える。

〝ペットのトカゲくんを　見かけませんでしたか？〟
◎とくちょう＝みどり色、せなかにトゲ
◎体の大きさ＝ふつうのトカゲよりかなり大
◎すきな食べもの＝くだもの、やさい
　みつけたら電話してね。お礼をさしあげます！

　最後に連絡先。私の名誉のために言っておこう。文面が平易で漢字が少ないのは、私が馬鹿だからではない。情報提供者には結構子供が多いのだ。子供でなければ、主婦か年寄り。だから謝礼は、洗剤とタオルの2コースから選べるようになっている。

　動物名をイグアナとは書かなかったし、体長も正確には記さなかった。一メートル四十センチの大トカゲが逃げ出したなどと知れたら、街が大騒ぎになる可能性があったからだ。世間にはイグアナのことを、赤ん坊をまる呑みするような恐ろしい怪獣だと誤解する人間が多いのだ。実際のイグアナは、一メートル四十センチといっても体長の三分の二以上は尻尾だし、草食性のおとなしい動物だ。赤ん坊どころかコガネ虫をようやく嚙みくだすほどの歯しかなく、火も吐かない。

　騒ぎにならないよう、内密に捕獲して欲しい、それが今回の依頼の条件のひとつだ。依頼人は若い男で、イグアナを飼っていることに関して、同居している親の不興を買っているのだそうだ。警察にも保健所にも届けは出していないという。

出来上がった原稿を、卓上コピー機で複写した。三百枚。そろそろカラーコピーに買い換えるべきかどうか私は悩んでいる。本来、手配書はカラーのほうがはるかに効果的なのだ。喜ぶべきかどうか、動物探偵の仕事は順調で、月々、銀行口座に多少の残高を残すほどの稼ぎはあった。

コピー機が百七十八枚目をカウントした時に、私は決意した。カラーコピーよりもはるかに有益で素敵な投資を実行に移すことにしたのだ。もう一枚のケント紙を用意して、こんなポスターをつくる。

〝秘書募集！――探偵事務所で働いてみませんか？〟

◎三十歳位までの健康的な女性

◎経験不問・高給優遇・委細面談

ガルシアの手配ポスターの数倍の情熱を傾けて、何度も言葉を練り、書き直した。年齢制限は、最初十八～二十二歳としたが、思い直して二十五歳までとし、結局、より多くの出逢いを期待して三十歳まで譲歩する。『容姿端麗な方』という条件は、ぜひともつけ加えたかったが、不純な下心があると誤解されても困る。私が求めているのは、あくまでも円滑な探偵活動とうるおいのある職場環境のためのパートナーだ――恋のパートナーに発展することにやぶさかではないが。私はしばし不純な下心と葛藤しながら、これも断念する。『安心して働ける健全な職場です』。この一文も逆効果になりそうな気がして消した。最後に事務所の住所と電話番号を入れ、口笛を吹きながらコピー機で複写した。それから私は、昨日から着たきりのスーツの皺を伸ばし、ドアの前に落ちていたネクタイを拾って結んだ。

二束のポスターを抱えて、探偵事務所の入り口にはあまり似合わない南欧風の飾りドアを開けた。ドアの外はレストランのなごりの板張りのテラスになっている。テーブルと椅子はすべて盗まれてしまって、残っているのは床に打ちつけられた木製のベンチだけだ。一応ここは私が不在の場合の待合所なのだが、本来の目的で使われることはめったにない。近所の年寄りの恰好の休憩所になっている。

テラスと路上のわずかのすき間に置いてあるステーションワゴンにキーを差しこむ。カーラジオは本日の最高気温が三十度に近づくだろうと予想を立てていた。道端ではゼラニウムが狂い咲きを始めている。今日も暑い一日が始まろうとしていた。

ガルシアは、まだ遠くへは行っていない。私はそう推理していた。イグアナの捜索は初めてだったが、爬虫類は過去にリクガメとカメレオンを扱ったことがある。その時の経験から言えば、彼らは哺乳類に比べて無駄には動かない。変温動物だから一定時間以上日光を浴びて体温があがらないと、活動できないのだ。去年、三日がかりで探したカメレオンは、飼われていた家の空色の雨戸に、空色になって張りついていた。

日の出からすでに三時間あまり。そろそろガルシアが活動を開始する頃だ。私は手始めに、もう一度、昨日の公園を探すつもりだった。

滑り台の上に立ち、公園を見下ろした。街中の児童公園としては、まずまずの広さだ。中央に芝生。その周囲に子供向けの遊具が点在し、左手には朽ちかけた丸太製のフィールド・アスレチックが、恐竜の骨格見本のように横たわっている。午後になれば幼児を持つ主婦たちの集会所になるのだろうが、いまのところ人影はない。人の来ないうちにやっておきたいことがあった。

私はもう一度周囲を見まわしてから、今日四本目の煙草を靴底で押し潰す。そして両手を飛行機のように広げ、勢いよく滑り台を滑降した。ぶう〜ん。

ネクタイをコットンシャツの中にたくしこみ、芝生に腹這いになる。地面にこすりつけるほど頭を低くして周囲を見まわしてみた。もし私がイグアナなら、ここからどこへ行こうとするだろう？　動物の行動を知るには、動物の心で考え、動物の目で見なければならない。それが、三年間の動物捜査のキャリアで学んだことのひとつだ。

犬の糞に気をつけながら、ゆっくりと芝生を這った。イグアナのように舌も出してみた。ちろちろと舌を出し入れしながら、首を右に振り、左に振り、再び正面を向く。目の前に長靴の先が見えた。

「どうしたね？」

舌を出したまま上を向くと、青色の作業服を着た初老の男の顔があった。片手に箒《ほうき》を握っている。私は冬眠中の爬虫類のように身を固くし、まばたきだけを繰り返した。十秒ほど経って、ようやく言い訳を思いついた。

「落とし物をしたんだ」

「何をだね」

再び五秒ほど冬眠。何を落としたんだっけ？　男は陽に焼けた皺の深い顔の中で、猜疑心の強そうな小さな目を光らせている。しおれた顔に比べ、髪は不自然なほど黒々と光っていて、轍《わだち》のように櫛目が通っていた。若くもないのに髪形に執着する男には、用心することにしている。粘着気質が多いのだ。

「あ、あった」私は地面に向けて叫び声をあげ、芝の上の朝露を指ですくって立ち上がる。

「ほら、コンタクトレンズ」

男に向けて指先を突き出した。男が顔を近づけてくるより早く背中を向け、目の中にレンズを入れるふりをしてアカンベをする。私は彼が公園の清掃を終えるのを待つことにした。

男はなかなか立ち去らなかった。粘着気質の人間は多くの場合、職務に忠実だ。ブランコをこぎながら薄く笑って作業を見守る私を、一塁ランナーを牽制する投手のように何度も振り返り、牽制球のかわりにビーンボールさながらの視線を投げつけてくる。私は諦めて、周辺の捜査とポスター貼りに出かけることにした。

公園の周辺は密集した住宅街で、古い民家や小さなアパートが軒を触れ合わせて立ち並んでいる。イグアナどころかカタツムリが這っていても珍しがられそうな場所だ。私は建築基準法も太陽の光も届かない家々のすき間を覗きこみ、電信柱に突きあたるたびに手早くポスターを貼った。ガルシアの手配書の下には「秘書募集」ポスターも添える。庭にイグアナがまぎれこむ可能性のある一戸建てにはポストに手配書を放りこみ、若い美女がまぎれている可能性のある女性向けマンションや女子寮の共同郵便受けには募集ポスターを放りこんだ。

街で手配書を貼る時の私は、犯罪者のように息をひそめ、迅速かつ細心にふるまう。警官の姿が見えたら、ただちに作業中止だ。ポスター貼りは道路交通法違反なのだ。気のいい警官なら、事情を話せば許してもらえることもある。しかし気のいい警官と出会う確率は、高所恐怖症のパイロットと知り合う確率よりも低い。

私は過去三年間に数えきれないほど職務質問を受け、道路交通法違反で三回、住居不法侵入と無実の罪の下着泥棒の容疑で一回ずつ、警察に連行され、事情聴取を受けている。

フィリップ・マーロウは言った――警官にさよならをする方法はまだ発見されていない。同感だ。警官と仲良くできないという点においては、懐中にコルトの三十二口径を忍ばせたハリウッドの探偵も、胸ポケットにフルーツミント・ドロップを忍ばせた動物探偵も変わりはない。私は口の中でフルーツミント・ドロップをころがしながら街を歩いた。

フルーツミント・ドロップは煙草の代用品だ。街中を捜索する時には煙草を吸わず、吸殻の投げ捨てなどはしない。警官はともかく一般市民には紳士的、友好的にふるまうようにしている。捜索地域での聞き込みが動物捜査の重要な仕事だからだ。汚れ仕事には向かない私の清潔なダークグレースーツ姿が、この時とばかりに効果を発揮する。私は散歩する老人や、物干し台の陰からこちらの様子を窺ってくる主婦に、営業用の笑顔を向けて声をかけた。

「奥さん、こんにちは」

「間に合ってるわ。白アリでしょ。うちにはいないわよ」

男物のパンツの裏に隠すように派手な色の下着を干していた主婦が答える。建物を覗きながら歩いていると、白蟻駆除や住宅修繕会社のセールスマン、もしくは下着泥棒と間違えられることが多い。

「いえ、セールスマンじゃありません」

「NHKなら払わないわよ。うちはテレビ、見ないから」

そう言いながら物干しの隅のBSアンテナにバスタオルをかぶせた。

「いえ、ペットを探しているんです。緑色のトカゲなんですが」

「トカゲもいらないわ」

聞き込みには根気が必要だ。私の仕事をひと口で他人に説明するのは難しい。何人かに話を聞いたが、そっけない答えしか得られなかった。しかし、それだけで十分だった。迷い猫ならともかく、誰か一人でもイグアナを見かけたとしたら、たちどころに近隣に噂が駆けめぐっているはずだ。住宅ばかりのこの近辺を、昼行性のイグアナが人目に触れずに移動できるとは思えない。ガルシアは、じっと動かずに身を潜めているのだろうか。あるいは動けなくなったのか。いったいどこで？

私は秘書募集ポスターを貼るのも忘れて考えた。クルマに戻り、ポスターをつくる時に使った専門書「かわいいペットの飼い方④――はちゅうるい」をもう一度読み返す。捜査対象の生態を正しく把握すること。これも動物捜査の基本だ。

『イグアナくんは、きれい好き。ウンチのしまつは忘れずにしましょう』

排泄孔がひとつしかないイグアナの糞は、半液体状で、オリーブ色をしているそうだ。

『やさいやくだものが大好き。カルシウム、たんぱく質をおぎなうために、ときどきチーズやお肉もひつようです』

ガルシアの好物は依頼人へ事情聴取して揃えてある。小松菜、リンゴ、そしてカルシウム配合のイグアナフード。

『イグアナくんは、みかけによらず神経質。人見知りをします』

なるほど。ガルシアは恥ずかしがって出てこないのかもしれない。そして、私は重要な点を見落としていたことに気づいた。

『イグアナくんは木のぼりが好き。飼育場所には、太めの木をななめに立てかけてあげましょう』

そうか、イグアナは樹上性なのだ。爬虫類の中には樹木を活動の場とする種も多い――カメレオンの捜索の際に得た知識を忘れていた。イグアナくんは木のぼりが好きなのだ。おそらくガルシアはまだあの公園にいる。私の推理が正しければ、ガルシアは木の上だ。

公園に戻ると作業服の男の姿は消えていた。昨日は丈の低い植え込みの中ばかりに気をとられていたが、改めて見まわしてみると、公園の外周には背の高い樹木が梢を並べている。まだ葉が揃っていない散り終えたばかりの桜の木以外は、オランウータンの親子が住みついていても気づきそうにないほど、鬱蒼《うっそう》と葉を繁らせていて、下から眺めているだけでは発見はおぼつかないように思えた。公園の一番奥に立つ、ひときわ高い広葉樹が目を引いた。木の名前はわからない。私の生まれ育った町は、東京に近いここより遥か北だから、私が名を知っているのは針葉樹ばかりだ。

私の背丈、つまりマーロウと同じ六フィートあまりの高さにある下枝に手をかけて、逆あがりで木に登った。一回で成功し、私は孤独なガッツポーズをつくる。枝の上に立ち、さらに上へ登るための手がかりを探した。

「今度は何だね?」

下から声がした。私は天を仰ぎ、短く呪詛《じゅそ》の言葉を吐いた。青色の作業服が私を睨み上げている。整髪油で慎重に撫でつけて隠しているが、ここからは薄い頭頂がまる見えだった。箒の替わりに今度はゴムホースを携えている。ノズルをつけたホースの先を、自動小銃の銃口のように私に向けていた。

「落とし物を探しているんだ」

さっきと同じ言い訳をした。

「木の上に何を落とすんだね」

男が怒気を呑みこんだ声で問い返してくる。確かに。下手な言い訳だった。帽子が風で飛んだことにすればよかったかもしれない。

「飛行場から来たんだ」私は言った。「パイロットなんだよ」

「それで」

男はどう見ても信じてはいない表情で先を促《うなが》す。私は空に向けてひとさし指を立てた。

「プロペラを探しているんだ」

いきなり水を噴きかけてきた。私はあわてて木から降りる。

「ねぇ、プロペラにはかけないようにしておくれよ。サビちまうからね」

男は冗談の通じないタイプのようだった。私の珠玉のジョークを自分に対する侮蔑だと理解したらしく、憤怒の形相でこちらを振り返る。ノズルの銃口を突きつけてきた。私はホールドアップし、後ろ歩きで公園の出口に向かった。

公園を出た私は、口笛を吹いて立ち去るそぶりをみせてから、生け垣の陰に身をひそめた。そして男の様子を窺う。連日の暑さにあえぐ樹木を立ち直らせるつもりか、消毒液をまくように執拗に、すべての木を水責めにしている。

私は自分の幸運に気づいた。あれだけ水をまき散らせば、樹上のガルシアはたまらずに這い出てくるだろう。男が幸せを運ぶ天使に見えた。そういえばポマードで固められた頭が天使の輪のように光っている。

しかしガルシアは、私の存在に気づいた男が最後の仕上げのように生け垣に水をまきはじめる頃になっても、姿を現さなかった。午後いっぱい私は、冷たい視線を投げつけてくる公園マダムたちの前で子供のなくしたボールを探すけなげな父親の役を演じながら、すべての木に登ったが、ガルシアの尻尾の先すら発見することはできなかった。

翌日も昼すぎまで街を歩いたが、何の成果も得られなかった。午後になって私は再び公園に戻る。もうブランコの踏み板の裏まで探したから、ガルシアがここにいないことはわかっていた。しかし犯罪捜査は発生現場に始まり発生現場に終わると言う。動物捜査もしかり。ガルシアの逃走経路を、私はもう一度洗い出すつもりだった。

公園には先客がいた。砂場で小さな子供が一人、玩具のシャベルで山を築いては、崩す作業に没頭している。親の姿はない。あまり好ましくない状況だった。昼間の公園で子供のそばにいるというだけで、変質者と疑われることがしばしばある。私はこれと同じ状況で過去に二度、警察に通報され、職務質問を受けていた。

私は子供と目を合わせないようにして、昨日と同じように芝生の上に四つんばいになり、周囲を見まわした。ガルシアがここを脱出するとしたら、どこからだろう。公園は出入り口のある南面以外の三方を高いコンクリートの塀で囲まれている。いくらイグアナくんが木のぼりが好きでも、大型のトカゲがあの高さを登れるだろうか。車道に面した南側には、丈の低い躑躅《つつじ》の生け垣しかないが、動作の緩慢なイグアナが車の行き交う道を無事に渡れるとは思えなかった。私はポケットから磁石を取り出し、芝の上に置いた。冷血動物は日光を好む。移動するとしたら、太陽の方角である可能性が高い。ガルシアが失踪した時刻は午前十時二十分頃。ということは——東だ。

東側を見た。フィールド・アスレチック遊具が置かれている。丸太で組み上げたその上部は、桜の枝と触れ合い、その枝先はフェンスの向こうまで突き出ていた。

あそこだ。私が立ち上がろうとした時、向こうから何かが這ってきた。ガルシアではない。砂遊びをしていた子供だ。私のまねをして四つんばいでこちらに近づいてくる。何が嬉しいのかほうほうと奇声を発し、丸い顔を茹でじゃがのようにくしゃくしゃにして笑っている。非常に好ましくない状況だった。

「なあに？　なにしてる？」

茹でじゃがこくりと首をかしげて尋ねてきた。それはこっちのセリフだ。オカッパ頭。鼻の穴から青っ洟《ぱな》がひとすじ。私は子供が好きではないから、子供の年齢はよくわからないが、この時間に学校にも幼稚園にも行っていないのだから、たぶんまだ三、四歳だろう。怖い顔をして追い払おうと思ったが、泣かれると事態はさらに面倒なことになる。私はせいいっぱいの笑みを浮かべた。

「トカゲを探しているんだ。見なかったかな」

「ポカペ？」

「いや、トカゲ。おじさん、お仕事で動物を探しているんだよ」

「トカゲってなあに？」

私は起き上がり、枯れ枝で芝のすき間の地面に絵を描いてみせた。絵には少々自信がある。

何度も描き直して、ようやく満足のいく作品が完成した。子供がしゃがみこみ、眉を寄せて覗きこんだ。

「ひよこ？」

「あっちに行ってなさい」

私は子供を無視することに決めて、また地面を這う。

「それ、イグアナのマネ？」

突然、子供が言った。

「イグアナを知っているのか？」

「知ってる。かいじゅうみたいなの。きのうのきのうもみた」

一昨日？

「どこで？」

思わず声を荒げてしまった。子供の眉がハの字になった。慌てて言葉を添える。

「おじちゃんに、おちえてくだちゃい」

子供が突然走り出す。後を追った。車道沿いの出口を左に折れると、すぐにまた左に折れた。思った通り、公園の東側の路地だ。路地を五、六十メートルは入っただろうか。子供の足はなかなか止まらない。地面に尻をすりそうなほど短いあの足で、なぜ、あれだけ速く走れるのか不思議だった。右手には民家が並び、左手にはイーストの匂いがするパン工場の塀が続いている。百メートル近く進むと、長い路地はようやく途切れ、二車線の車道が見えた。

子供はその手前を右に折れる。三階建て数棟の小さな団地だった。子供が振り返り、小さな胸を張って言う。

「ここ、おうち」

私の肩は十五センチは落ちただろう。だから子供は嫌いだ。私が脅すような声を出したから、急に家へ帰りたくなっただけのようだ。私はひとさし指を立てて左右に振った。

「一人で公園で遊んじゃだめだよ。サーカス団がさらいに来るぞ」

子供がぼんやり私を見上げたまま言う。

「イグアナ、そこ」

「なんだって？」子供の眉が再びハの形になるのを見て言い添えた。「どこでちゅか」

子供は団地の中庭の木を指さした。スペードの形にすき間なく葉を繁らせ、小さな白い花を星のようにちりばめた木だった。近づくと、節くれだった根の周囲に、くすんだ緑色の小さな指サックに似た小片がいくつも落ちていることに気づいた。

「かわいいペットの飼い方④」の八十五ページ。成長期のイグアナくんは、しょっちゅう脱皮(皮がむけること)をします——緑色のサックはガルシアの背びれの脱け殻だ。

「ありがとう、助かったよ」

私は子供に心から感謝の意を表した。ポケットに手を突っこみ、プレゼントになるものを探したが、あいにくイメクラの電話番号入りのティッシュペーパーしかなかった。

「ありがとう、ボク。よかったら、これで洟をかんでくれ」

「ボクでないの。お嬢ちゃんよ」

「すまない。気づかなかった」

私はティッシュで彼女の洟を拭いてやり、残りを小さな手に握らせた。ほうほう。子供が喜んで奇声をあげる。裸のお姉さんのイラストにうさぎの耳がついていたからかもしれない。

私は彼女にさよならを言い、周囲を見まわして誰も見ていないことを確かめてから、木に登った。丈は高いが、幹はせいぜいアイススケート選手の太股ほどで、不規則に伸びた枝もさほど太くない。最初の枝の上へ慎重に体を引き上げた。葉はもう半分ほど鮮やかな色彩の若葉に生えかわっている。グリーンイグアナには恰好の保護色だ。樹上を仰いだが、薄い若葉から透ける陽光は、目を開け続けていられないほどの眩しさで、はっきりとは見通せない。もう少し上まで登る必要がありそうだった。二番目の枝に手をかけた時、指先がぬめりと何かに触れた。

ひとさし指に深緑色の半固形物が付着していた。鶏の糞に似ているが、もちろん鶏は木のぼりなどしない。ガルシアの排泄物だ。

樹頂近くで葉が囁く音がした。風もないのに若葉が揺れている。成功を確信した私は三番目の枝に手を伸ばして、体を預けた。

乾いた不吉な音がした。枝が折れる音だ。私はニュートンの思惑通りに落下した。

ダークグレースーツの尻を叩きながら私は木を仰いだ。ぐるりと幹の周囲を歩いて枝ぶりを検討したが、どう見ても、私の落ちたあたりより先の枝は、私の体重を支え切れないように思えた。水をまいてみたいところだが近くには蛇口もホースもなく、昨日の粘着気質の男もいない。私は作戦を変更することにした。

公園近くに停めたステーションワゴンまで走り、必要なものをピックアップする。メルセデスのメカニック仕様のツールボックス。飼育檻《ケージ》。木の板を一枚。ロープ。小松菜などなど。メルセデス・メカニック仕様のツールボックスを踏み台にして一番下の枝にロープでケージをくくりつけ、中に小松菜とリンゴとイグアナフードを置く。ケージの開口部には誘いこむように勾配をつけて平たい板を渡した。こうしておけば内側で板が鼠返しの効果を発揮する。一度入ると出てこれない。リクガメ捜索の時に考案した爬虫類用の仕掛けだ。

私はフルーツミント・ドロップを舐めながら頭上を監視し続けた。途中、一度だけ不審な葉擦《ず》れの音を聞いたが、結局それだけで日が暮れた。気がつくといつの間にか団地の主婦たちが私を遠巻きにし、声をひそめて囁き交わしていた。私はケージをビニールシートで覆い、『生物生態学術調査中』と大書した紙を貼る。それから主婦たちにくれぐれも手を触れないように依頼し、学者風の物静かな会釈を投げてから、その場を立ち去った。

事務所に戻った時にはもう日が落ちていた。薄暗い部屋の中で、留守番電話の赤いランプが寒々と灯《とも》っていた。

〝0件です〟

留守番電話の声のお姉さんも、心なしか寂しげだった。デスクに築いた紙の山の頂に、小松菜とリンゴの代金三百六十五円の領収書と、ポストから抜き出した郵便物を束のまま放り出して、標高をさらに高くする。その上へおもしを載せるように両足を投げ出した。膝頭が枯れ木を折った時の音をさせた。私立探偵は肉体労働だ。アームチェアに座ったまま事件を解決する探偵は、半世紀前に絶滅したのだ。

デスクの引き出しを開けて、ウイスキーのハーフボトルを取り出した。ボトルに直接口をつけて少しずつ喉に流しこむ。ストレートで飲むと翌日必ず胃もたれに悩まされることになるのだが、いまの私はコップと氷水を用意する労苦を、胃痛と引き換えにしても惜しくないほど疲れ切っていた。煙草をくわえる。ジッポーのライターが鉄アレイのように重かった。煙草に火がつき、ため息のようにけむりが漂い、そして、電話が鳴った。

二回目のコールがはじまらないうちに受話器をとってしまってから、私はもっと勿体《もったい》をつけるべきだったと後悔した。電話の向こうから女の声がしたからだ。

「もしもし、カタギリと申します。秘書募集の貼り紙を見た者なのですが」

少し掠れ気味のアルト。ローレン・バコールが日本語の吹き替えで喋っているような声だった。

「履歴書をお送りしたのですが、ご覧いただけたでしょうか?」

私は急いで紙の山の頂上の郵便物を探った。海外投資信託のＤＭ、風俗店のチラシ、出前ピザ屋の投げこみメニュー。その中に白い便箋が混じっていた。涼しげな女文字で宛名が書かれている。近頃はなかなかお目にかかれない達筆だった。しかも速達。

「ええ、もちろん見せていただきました」

私は受話器を首と肩の間にはさんだまま、すばやく封を切り、中身を引っぱり出す。コクヨの履歴書用紙にも、かぐわしい香りが漂ってくるような美しい文字が綴られていた。

片桐《かたぎり》 綾《あや》
四十四年生まれ
私はフルスピードで計算した。昭和から平成に年号が変わってからというもの、年齢の計算は面倒だ。私はいつも自分の生まれ年から引き算をすることにしている。そろそろ三十に手が届くという齢か。声からも見当はついたが、若いだけがとりえの砂糖菓子を口に含んだような喋り方をする小娘ではない。

ふむ。大人の女は嫌いではない。悪くなかった。悪くはないが、若いだけがとりえの小娘はもっと好きだ。私の頭の中には、ひとつのメーターが浮かんでいた。クルマのタコメーターのようなそれは、旧式のシトロエンのようにシンプルで、右に採用、左側に不採用とだけ記されている。いまそのメーターは中央付近で揺れていた。

「あの、ぜひお勤めさせていただきたいと」

片桐と名乗る女は、それだけ言うと、受話器の向こうで息をひそめた。吐息のような呼吸音が耳のうぶ毛を撫でる。履歴書に目を走らせていた私は、すぐにもっとも重要な点に気づいた。写真を添付すべき場所に、何も貼られていないのだ。考えられる理由はひとつしかない。容姿を採用基準にされることを拒んでいる。つまり容姿に自信がない、ということだ。

その埋め合わせのように資格の欄は真っ黒。かわいそうに、手に職をつけて生きていかねばならない哀れな女に違いない。私の心のメーターは大きく不採用へと傾いた。

「申し訳ないが、応募者が多くて即答はできかねるのです」

受話器の向こうでため息がもれた。耳をくすぐるような官能的な響きだったが、私は騙《だま》されない。テレクラで何度も懲《こ》りている。押し黙ってしまった私の心を見透かすように、片桐綾が言った。

「応募写真はてきとうなものがなくて」

「いえ、そういう問題ではないのですが」

そういう問題なのだが、心優しい私は言葉の上だけで否定した。すると女はこう言った。

「記念写真を同封しておいたのですけれど」

封筒を振ってみた。サービス判の写真が一葉、はらりと床に落ちた。さきほどまで煙草のパッケージを取り出すことすらままならなかった私の体は機敏に動き、コンマ一秒の素早さで床から拾い上げた。

ハワイかグアム、外国とおぼしき海岸を背景に水着姿の女が笑っているスナップ写真だった。ウェーブのかかった長めの髪、細いおとがいあたりに険のある少々きつい顔だちだが、なかなかの美人と言えるだろう。なによりも目を引くのは、群青色のワンピースの水着を引き裂かんばかりに張り出した胸のふくらみだった。ただし豊かなのは胸だけで、手足はすんなりと伸び、ウエストは蜂の胴のように細い。ダイナマイト・ボディだ。

「お写真、拝見しております」

私は感きわまって喉を詰まらせた。

「お恥ずかしゅうございます」

ダイナマイト・ボディが、豊満な乳房に似わない古風な物言いで言った。

「小柄で華奢《きゃしゃ》なのですが、胸だけは大きいんです」

私は彼女に告げた。

「おめでとう。あなたに決定だ。明日から来ていただけますか」

ええ、はずんだ声が返ってきた。きっと乳房も大きくはずんでいるに違いない。

「では、明日、十時に」

私は静かに受話器を置き、吸いさしのピースライトを灰皿から拾い上げた。ライターで火をつけようとしたが、唇の先で勃起するように煙草が屹立してしまう。口もとがにんまりとほころんでいるためだ。窓の外はどんよりとした朧月夜だったが、私の心は、まだ見ぬニューオーリンズの青空のように輝きはじめた。

4

長い路地を抜けると、すぐそこに明けたばかりの半透明な朝の大気の中に立つスペードマークに似た樹影が見えた。近づいた瞬間、私は成功を確信した。ビニールシートで覆ったケージのすき間に緑色の影がかいま見えたのだ。

木に登って覆いを取ると、ケージの中に一メートル半近い大トカゲがうずくまっていた。胴体部分はへちまほどの大きさだが、日本のトカゲやヤモリを見慣れた目から見ると、やはり破格のサイズだった。

縄を解いてケージを降ろす。ガルシアはヒキガエルのように飛び出た眼窩《がんか》にしまいこまれた目を開けて、私の顔を不機嫌そうに睨みつけてくる。オーソン・ウェルズ似の目だった。しかし体はぴくりとも動かない。まだ活動できるほど陽を浴びていないのだ。

依頼人の家には直行せず、とりあえず事務所へ戻ることにした。時刻はまだ早朝に近い時間だし、捜査は依頼人の家族にも秘密なのだから、電話で連絡をしてからのほうがいいだろう。第一、今朝の私にはやるべきことがいろいろあった。シャワーを浴び、髭を剃って、前夜アイロンをあてたシルクシャツを着る。そして二人分のモーニングコーヒーを淹れ、いとしのダイナマイト・ボディを迎えるのだ。

私のオフィスは、街を貫く大通りを一本入った、郊外の丘陵地帯に続く道沿いにある。ウインカーを出して表通りを左折した瞬間、事務所の前のテラスでカナリア色の日傘が開いているのが、目に飛びこんできた。

日傘の持ち主は、鮮やかなワインレッドのドレスを身につけてベンチに腰をおろしている。チクタクチクタク。私の胸の鼓動がウインカー音と同じリズムを刻みはじめた。片桐〝ダイナマイト・ボディ〟綾に違いない。約束の時刻にはまだだいぶ早いが、待ちきれなかったのだろう。私と同じように。今日は記念すべき日になりそうだった。なにしろ三日間追い続けたグリーンイグアナと、美しい秘書を同時に手に入れたのだから。

しかしブレーキを踏みはじめたとたん、私の高まる心にも急ブレーキがかかった。テラスのベンチに座っていたのは、片桐綾ではなかった。枯れ草色の日傘をさし、海老茶のムームーを着た老婆だった。テラスと植え込みのすき間にクルマを停めると、こちらを振り返った。萎《しな》びきった顔で耳ばかり大きいニホンザルに服を着せたような婆さんだ。私の家に私のクルマを停めたこの私へ、不法侵入者であるかのようなとげとげしい視線を向けてくる。

「仕事のご依頼ですか？」

絞りつくせるかぎりの寛容さを発揮して、礼儀正しく声をかけた。私はさほど老人に心優しいタイプの人間ではないが、この婆さんは幸運だ。今朝の私はすこぶる機嫌がよかったのだから。

「ここは探偵事務所ですが」

耳が遠いのだろうか。むいたマスカットを想像させる白目の濁った目で、睨み返してくるだけだ。

「婆さん、老人福祉センターなら、次の角を右だ。悪いけど、ひと休みしたらそっちに移ってくれないか」

今度は少し大きな声を出した。老婆は深い縦じわにふち取られた干しアンズのような唇をもくもく動かしただけで何も答えない。私はほうっておくことに決めて、ドアを開けた。私は忙しいのだ。かかわり合っている暇はない。

服を脱ぎ、シャワーを浴びる。もともとここは店舗用に造られた建物だから風呂はない。私は引っ越しが決まってからそのことに気づき、厨房の隅にユニット式の簡易バスルームを置いた。シャワーだけで、バスタブはない。どうしても湯船につかりたい時は、厨房の大きなシンクに湯を張って入る。私の体には少々小さすぎるし、冬は湯冷めをするし、我ながら情けないと思わないでもないが、銭湯に行くよりはましだ。銭湯は好きではない。尻の片側に蒙古斑のような大きな痣《あざ》があるからだ。

裸で食器棚の上に立てかけてあるパブミラーの前に立ち、髭剃りクリームを泡立てる。鏡は出版社を辞めた時、同僚たちから餞別に貰ったものだ。真ん中に〝Stupid《(まぬけ)》〟という文字が入っている。どういう意味かは知らない。私はその文字を避けるように髭を剃り、髪をすいた。

鏡に映った私の顔は少し疲れて見えたが、必要なものは今日もちゃんと揃っていた。まだたっぷり残って黒々とした髪、研ぎすましたように贅肉のない頬。やや顎は長いが、何も喋らなければ素敵よ、と女からはよく言われる顔だ。片桐綾を思うと、自然に口もとがゆるゆると上がってしまう。そうすると左頬に残る眉月型の傷痕もつり上がった。

頬の傷は、酒に酔った父親につけられたものだと聞かされているが、私には記憶がない。第一、私の覚えている父親はいつも酔っていた。漁師だったが、自分の船のない漁師だった。働いている姿の記憶もない。もっとも頭に思い浮かべることができるのは、私が小学二年の時までの父親だけだ。妹が生まれた年までの。

妹が生まれた日、何を思ったか父親は突然他人の船を借り、嵐の中、一人でホタテを採りに出かけて、戻ってこなかった。戻ってきたのは、一週間後だ。潮に流されて奇跡的に浜辺に打ち上げられたのだ。ただし奇跡といっても、生きて帰ってくるほどの奇跡ではなかった。

海岸に打ち上げられた水死体を、大人たちは私に見せることを避けたが、人垣のすき間から見た父親の死体と、それにとりすがる母親の姿は、いまでも鮮明に思い出せる。かつて父親だったものは、顔も体も球形ブイほどに丸く膨張し、インドの民族衣装のように全身に昆布がからみついていた。魚に喰われて穴だけになった目からは、小さな蟹が這い出ていた。

それ以来私は、昆布と蟹が苦手だ。ワカメとエビは好きだが。

コーヒードリッパーを用意し、ポットに水を満たしておく。窓を開けて煙草臭い空気を朝の風と入れ換えた。デスクの上を片づけるべきかどうか悩んで、結局そのままにしておくことにした。探偵稼業がいかにハードワークであるか、赤裸々な姿を見せることも必要だろう。第一、めんどう臭い。

歯を磨くのを忘れていた。再び鏡の前に行く。ヤニ取り歯磨き粉で歯を磨き、手のひらに息を吹きかけて臭いを嗅ぐ。念のために舌もブラッシングする。それから歯を見せて笑ってみた。鼻毛が伸びていた。

引き出しから鋏を探しあて、領収書の山が崩れないようにパブミラーをそっと立てかけ、鼻の下を伸ばして鼻毛を切る。切った毛を吹き飛ばしながら、私は綾に会ったら、まず、どんなセリフで切り出そうかと考えた。

〝ようこそ、私のオフィスへ〟

これではまるで観光誘致だ。

〝やぁ、よろしく〟

ちょっとシンプルすぎるか。

〝君のような人を待っていたんだ〟

ふむ、悪くない。これはどうだ。

〝もっと早く会えればよかった〟

鋏を拳銃のように握ったまま、鏡に向かってそのセリフを口に出してみた。

「もっと早く会えればよかった」

「耳毛が伸びとるぞ」

私は椅子の上で飛び上がった。からくり人形のようにぎくしゃく首をねじ曲げると、すぐそこに、ニホンザルに似た老婆の顔があった。

「どこから入った？」

「鍵が開いとったわよ」即座に答えが返ってきた。耳が遠いわけではないらしい。「戸締りには気をつけんとね」

老婆は、笑いかけているのか、それとも怒っているのかさだかでない、表情に乏しい顔をしていた。よく見ると顔中の縮緬《ちりめん》じわを埋め立てるように、白粉を厚塗りしている。梅干しのようにすぼまっているから気づかなかったが、唇には紅をさしているようだった。てっきり椅子に腰掛けているのだとばかり思っていたら、立っていた。背丈が椅子に座った私と同じぐらいしかないのだ。私は私らしくもなく、何の暗喩も諧謔もないセリフを吐いてしまった。

「なぁ、さっき言ったろう。ここは俺の家だ。仕事場なんだ。これから大事な客が来る。いますぐ出て行ってくれ」

「大事な客って、新しい秘書のことかい？」

「なぜ、それを？」

「片桐だよ、あたしは」

「お母様でしたか、失礼いたしました」

礼儀として、とりあえず母親とは言ったが、祖母と言ったほうが正解だろう。年齢もわからないほど齢をとった婆さんだった。

「お前さん、パンツぐらい穿いたらどうかね」

老婆は私の下腹部にぶしつけな視線を向けて眉をひそめた。

「失礼しました」

なぜ母親が——あるいは祖母が——やって来たのか、事情が呑みこめないまま、私は急いで服を身につけ、厨房でコーヒーを淹れてオフィスへ戻る。

老婆は応接用の椅子の上に正座をしていた。後ろから見ると、薄くなった白髪に無理やりパーマをかけて盛り上げた髪が色の悪いカリフラワーのようだ。私の出したコーヒーに山盛り三杯の砂糖を入れてから、ひと口すすって顔をしかめ、さらに山盛り一杯を追加する。見ているだけで胸焼けがした。

「あの、お母さま、して、綾さんは？」

私はフィアンセの名を口にするように言った。

「うむ、それだがね」

「はい、どうなさったんでしょう」

「あたしが綾だ」

私は口に含んだコーヒーを老婆の顔めがけて噴き出した。

「よろしゅう、おたのもうします」

老婆は相変わらずの無表情のまま、膝の上にちんまり置いた巾着《きんちゃく》の中からハンカチを取り出して顔を拭う。それから居眠りをするようにかくりと頭を下げた。

私はこの婆さんの言葉の意味を理解しようとしたが、上手くいかなかった。答えを探すようにしわだらけの顔を凝視した。婆さんは何を勘違いしたのか、頰紅の赤すぎる顔をさらに赤く染めて鼻の穴を広げる。

「どう……いう……意味なんだ？」

喉の奥からやっとそれだけを絞り出すと、婆さんは突然、天井を見上げ、白目を見せながら声をあげた。

「こんにちは、片桐と申します」

婆さんの声が昨日の電話の声になった。タチの悪い腹話術か交霊術を見ているようだった。

「嘘だろ」

「体は小柄で、華奢ですっ」

確かに小柄だ。ガルシアの体長にも及ばないだろう。だが華奢などという段階ではない。しなびていた。確かに胸はでかい。しかしその胸は、齢の割には派手なハワイ観光みやげ風の服の腰あたりで揺れていた。

「しかし……写真が……」

「気に入ったかい、うちの嫁？」

「嫁？」

「器量好しだろ。性格はちときついがな。別嬪《べっぴん》さんだと近所でも評判じゃ」

「なんで、写真を、あんたの嫁の、いたずらか?」

自分でも何を言っているのかよくわからなかった。

「まぁ、ほんのあれだよ。粗品進呈、サーピス」

「……サービス?」

「ああ、それ。あたしぐらいの齢になると、ああでもせんと働き口が見つからんからの」

私の腹の中はクラムチャウダーのようにぐつぐつと煮えはじめた。声を尖らせて言った。

「それなら、履歴書の四十四年生まれというのは何なんだ」

「昭和とはいっとらん」

「……西暦?」

「ほっほっほ」

私は指を折って数えた。一九四四年生まれなら五十いくつ。目の前にいる即身仏じみた婆さんは、どう見ても、そんな生やさしい年齢ではなかった。

「明治かっ!」

私は叫んだ。血を吐くごとく。

「ほっほっほ」

「笑うな」

「ほっほっほっほ」

婆さんはカン高いふくろうのような声で笑い続け、両手をはばたかせた。私はだんだん気の毒になってきた。この婆さんは、おそらく痴呆症なのだ。ボケて、ここに徘徊してきたに違いない。

「さぁ、婆さん、家へ帰ろう。送っていくよ。きっと家族が心配している」

私がそう言うと、婆さんは正座したまま椅子の背にしがみついた。ボケているとは思えない俊敏な動作だった。

「嫌じゃ」

「じゃあ、一人で帰ってくれ」

「採用すると言ったではないか」

「言ってない」

「いいや、これでも耳はまだしっかりしているんだよ」婆さんはそこで突然また、昨日の不気味な若づくり声になった。「はい、では明日から伺いますっ」

「詐欺だ」

「嘘はついておらんよ。お前さんが股の下の亀の子をおっ立てて、何か勘違いしたのじゃないのかい」

婆さんは私の下腹部に冷たい一瞥をくれて、ハンカチを口にあてがった。

「じゃ、いま採用取り消しだ」

「そんなことより、ついいましがた、あたしの足もとを大きなトカゲが這っていったけど。あれは、ほっといてもいいのかね」

「なにっ」

「ほほ、戸締りには気をつけんと」

窓辺に放置したままだったケージを見た。空だった。身動きひとつしないから、つい油断してしまった。日光を浴びて新陳代謝がはじまり、ガルシアが活動を再開したのだ。私は椅子から跳ね上がって事務所の中を探しまわったが、どこにもいない。ドアも窓も逃げてくれと言わんばかりに開け放ったままであることに気づいた。

「どこへ逃げた？」

私はすがりつくように婆さんを見た。椅子にすがりついた婆さんが言った。

「知らんよ、あたしはお前さんの秘書ではないもの」

「教えてくれ」

「あたしは採用かい？」

「もちろんだとも」

その言葉を聞くと、婆さんはしわしわの顔をさらにしわしわにした。笑ったのだと気づくまで少し時間がかかった。小さな体の割に大きくて太い、枯れ枝のような指で私の背後をさす。

「その窓から外へ出たよ」

「採用取り消し」私はそう叫んで、事務所を飛び出した。卑怯者！ 背後で婆さんの叫びが聞こえた。

それから三時間、事務所の周囲を一センチきざみで歩き、辺り一帯の樹木と植え込みをつつきまわしたが、ガルシアは再び行方をくらましてしまった。またもや長期戦になりそうな予感に、胃の底が重くなった。

私は足枷をつけたような足取りで、必要な道具をとりに事務所へ戻った。驚いたことにさっきの婆さん、片桐綾が出た時と同じ恰好で椅子に座っていた。老人というのはイグアナと違って、何時間でも動かずにいられる生き物らしい。

「まだいたのか?」

婆さんが振り向いた。しかし返事はない。頬をふくらませて、入れ歯の具合を確かめるようにもしゃもしゃと口を動かしている。ふて腐れて黙っているのかと思ったが、違った。デスクの上に新聞紙を広げて、マッチ箱のように小さなタッパウエアの中へちまちま詰めこんだ米と漬物と佃煮だけの弁当を、爪楊枝みたいな箸で喰っていた。

一分近く、口の中のものが大便になってしまうのではないかと思われるほど咀嚼《そしゃく》を続けてから、ようやく婆さんは口を開いた。

「お帰んなさいませ」

「さっき言っただろ、採用取り消しって」

「ひょっとして、ここは、首くくりの洋食屋じゃないかね」

話をそらすように言う。

「なぜ、知ってる?」

「なぜって、あんた、さっきからさ……あんまり長く一人でおらんほうがいいよ……ああ、くわばらくわばら」

「さっきから、なんだ」

婆さんは答えない。再び咀嚼を開始したのだ。牛のように反芻《はんすう》しているのかもしれない。口を動かしながら部屋の隅に陰気な視線を投げかける。私が唾を呑みこむ音だけが部屋に響いた。きっかり一分後、ようやく反芻を終えた婆さんが、箸で私の背後をさした。

「あんたの後ろに、血だらけの包丁を持ったコックが立っとるよ」

どこかから古タイヤの空気が洩れるような音が聞こえてきた。私自身の悲鳴だった。私は叫びながら後ろを振り向いた。いつもの壁しかなかった。

「ほっほほ、冗談だよ」

冗談では済まない。捕獲した動物をここで一晩預かると、時折、猫が何もないはずの壁をじっと見つめていたり、犬が誰もいない部屋の隅に吠えかかったりすることがあるのだ。

「帰ってくれ」

「嫌だもの」

婆さんがムームーの袖をばたつかせて言った。

「なぁ、考えてみてくれ。ここの仕事は、年寄りには無理なんだ」

「そうかの」婆さんは箸の先をデスクの上に向けた。山積みになっていた領収書が、いつの間にか輪ゴムでとめたいくつかの束に変わっていた。手にとって見ると、一年分の領収書が月別に分けてあった。

私が目を丸くして老婆を見返すと、たくわんをかじりながら、無表情のまま得意気にぱちぱちとまばたきをした。

「これ、帳簿につける伝票じゃろ」

「だとしたら、何なんだ？」

「あたしゃ会計士のお免状を持っているんだ。そろばんも三段だよ」

「本当か？」

「年寄りは嘘は言わん。なにせ仏様のおそばに近づいているからね」

そういえば、履歴書の資格の欄は真っ黒だった。いいことを聞いた。どこまで本当かは知らないが、帳簿の整理ができる程度には、ボケは進んではいないように思えた。私は頭の中でそろばんを弾いた。

「よし、わかった。仮採用ということにしよう。給料は規定の八十パーセント。税務署に出す帳簿が出来るまでの間だけ雇うよ」
四、五日か、長くても一週間、帳簿をつくり終えるまで我慢して雇って、完成したらすぐに叩き出してやろう。我ながら素敵なアイデアだった。私は婆さんの顔を見つめてにんまりと笑った。婆さんも私を見てにんまりと笑う。嫌な予感がした。そして、その予感がただの予感で終わらないことに、後になって私は気づくことになる。

5

部屋の中に死体がころがっている。私は眉ひとつ動かさず死体にかがみこみ、ハンカチでくるんだ右手で顔を仰向かせた。ひたいに三分の一インチほどの穴が開いていた。三十八口径で撃ち抜かれたのだろう。ダビデ像のように片頬にあてた手は、すでに硬直していたが、両足までは達していない。今日の気温からすると死後五、六時間というところか。私は殺人にくわしい。なにしろ、いままでに探偵小説の中で遭遇した死体は、千はくだらない。マーロウの本だけで、二十数体。マイク・ハマー物でメジャーリーグの年間本塁打記録と同じぐらい。八十七分署シリーズでは――数え切れない。私はニューオーリンズの青い空のように澄みきった頭で、警察を出し抜き、犯人を割り出す方法を冷静に考えはじめた。

突然、部屋が暗くなった。ドアへ駆けよったが、遅かった。かちり。鍵のかかる音に私の背筋は氷柱になった。中学校の体育用具室に閉じこめられたのだ。アルミ戸の向こうでクラスの少年たちのはやしたてる声が聞こえた。私が泣きはじめたのを知ると、歓声はさらに高まるが、やがてそれも途絶え、ほどなく鍵穴から差しこんでいた唯一の陽光も消える。私を閉じこめたことを忘れて、みんな家に帰ってしまったのだ。

これが夢だと気づいているにもかかわらず、私は助けを求めて泣き続けた。過去の記憶が見せるドキュメンタリータッチの夢。記憶の中では、夜遅くなって母親が助けにきてくれるはずだった。どのくらいの時間が経ったろう。がちゃり。錠を解く音がした。私は這うように扉に近づく。アルミ戸が開き、熟れすぎた柿に似た酒の臭いが漂ってきた。扉の外に夜の闇よりも黒々としたヤッケ姿の人影が立っている。父親だった。私はフードの中の父親の顔を覗きこんだ。表情が見てとれなかった。表情がなかったのだ。その顔は球形ブイのように膨らんでいる。私を見つめ返してくるその目から、蟹が這い出てきた。私は夢の中で叫び声をあげて飛び起きた。

「おはようございます」

目の前にしわだらけの顔があった。私は今度は現実の中で叫んだ。

うぉう！

昨日の婆さん、片桐綾が、大量の白粉を叩きこんだ能面のような顔で、私を覗きこんでいる。ベッドサイドの飯島直子・声のおめざめ時計を見ると、時刻はまだ午前八時前だった。

「仕事は九時半からだと言ったはずだ」

昨日、弁当を喰いおえた婆さんに勤務内容と条件を話してから帰したのに、まるで聞いていなかったようだ。日給は六千円に値切ったのだが、それも覚えているかどうか。不安だ。私は視線を尖らせて婆さんを睨みつけたが、まだ半分しか開いていない目では、さして効果はなかった。

「いかんいかん、商いに近道なし、店を開けねば稼ぎもなし、ちゅうてね。お天道さまはもうとっくに出ているよ」

さぁさ、仕事仕事。絣《かすり》の着物にたすきがけをした婆さんは、人の家に勝手に上がりこんで、一人ではりきっている。何かが間違っているような気がした。私は毛布をひきはがされ、追いたてられるようにベッドを出て、バスルームに向かう。

熱い湯が体を叩き、まだ半分眠りの世界に残っていた意識が少しずつ現実の世界に戻ってくる。戻るたびにだんだん腹が立ってきた。期限付きとはいえ、あの婆さんを雇ってしまったことを、私は早くも後悔しはじめていた。

「また鍵が開いていたよ。気をつけんと不用心だわね」

シャワーカーテンの向こうで婆さんが言った。だからといってノックもなしに人の家に入っていいわけじゃない。頭の中にそんなセリフが浮かんだが、目覚めたばかりの舌を動かすのはめんどうだった。

「鍵は嫌いなんだ」

あくびをするついでにそれだけ言った。嫌いなんてものじゃない。私は鍵のかかった部屋に長く居ると息が苦しくなってしまうのだ。部屋が明るければだいじょうぶ。クルマの中もオーケー。暗く狭い部屋はまったくだめだ。この性癖のおかげで、私はこれまでに数多くの英会話教材の契約に失敗し、三度空き巣に入られ、性交渉の機会を二度失っている。

シャワールームから出て、いつものようにポットを火にかけようとしていると、渋茶色の茶筒を抱えて婆さんが厨房に入ってきた。そして生ゴミを見る視線を私のへその下に走らせて、眉をしかめた。

「手ぬぐいぐらい巻いたらどうかね。あたしだって女なんだからさ」

「すまない。それは知らなかったよ」

私はポットで股間を押さえて答えた。


予想通り、ガルシアの再追跡は難航していた。しかし二度目の今回は、少しだけ私にアドバンテージがある。もう下水溝や藪の中に手を突っこむ必要がない。私は樹上だけに捜査の手を伸ばした。

昨日の捜査範囲は事務所周辺の半径五十メートル。今日はそれをもう少し広げることにする。このあたりは住宅街で、庭に植木を繁らせた民家が多いから、ことは少々めんどうだ。私は、ガルシアの潜む可能性がありそうな家々のブザーを押し、まず名刺を差し出して私の職業と訪問の目的について説明する。そして悲痛な面持ちで言うのだ。

「飼い主の方は、とても心配していらっしゃるのです」

事務所の近所ではあるが、私のことは誰も知らない。警戒する様子を見せた場合は、こうつけくわえる。

「お隣でも協力していただきました。とても親切な方ですね。この辺りの方は、みなさんいい方ばかりだ」

教材セールスで培ったテクニックだ。ウィークデーの午前だから、ドアを開けるのはたいていが主婦だが、相手が人生の半ばを過ぎていないようであれば、決めゼリフをもうひとつ。

「よろしくお願いします。お嬢さん」

これで半分以上はドアが開く。捜査対象がイグアナであるとは言わない。こういう時のために、私はもうひとつの名刺を用意してある。猫のイラストつきの名刺だ。事務所名の隣につぶらな瞳をした子猫が座りこみ、〝ヘルプ・ニャー〟と鳴いている。それを見ただけでたいていの人間は私が探しているのを猫だと思いこみ、多くを尋ねてこない。それでも尋ねられたら、「アイアイ・リノラファ。可愛い爬虫類」です、と答える。嘘ではない。アイアイ・リノラファは、ツノ有りグリーンイグアナの学名だ。イグアナが可愛いかどうかは評価の分かれるところだが。

そして私は首尾よく庭の捜索を開始し、隣家が不在かドアを開けてくれなかった場合には、隣の庭も覗きこみ、ほどなく失望し、お茶の誘いを辞し、丁重に挨拶をして去り、ため息をつく。以下、これの繰り返し。

昼までには、捜査範囲を事務所から半径八十メートル付近へ広げたが、成果はなかった。私は老人福祉センターのベンチに腰をおろし、チキンサラダ・サンドイッチと缶入りブラックコーヒーで手早く昼飯をすませる。

事務所に残してきた婆さんに一抹の不安を感じた。何をしているだろう。よけいなことをしなければいいが。よけいなことをしそうな婆さんだった。留守番電話には触るな、伝染病がうつるぞ、と言い残してきたのだが、絶対触るに決まっている。

センターとは名ばかりの小さな建物の中で、片桐綾のような年齢の爺さんと婆さんが、つまらなそうに折り鶴を折っていた。指導員らしい孫のような年齢の女に何ごとか手厳しいことを言われている。そうとも、年寄りは年寄りらしく、鶴を折っていればいいのだ。臨時雇いが終わったら、婆さんにここのことを教えてやろう。私がそう考えていた時に、携帯が鳴った。受話器の向こうからグッドニュースが飛びこんできた。手配書がようやく功を奏したのだ。大きな緑色のトカゲを見かけたという情報だった。

教えられた家は、私の事務所から徒歩十分ほどの場所だった。両隣より若干裕福であることを主張しているような、そこそこの豪華さの邸宅だ。表札を確かめ、凝った装飾の門扉を開けると、外国製らしい派手な色合いの犬小屋の中から中型犬の吠え声が飛んできた。

電話の主は小学生の男の子で、一人で家にいた。私が玄関先に立つと、ガルシアの手配書を手に、興奮した様子で変声の始まりかけたしわがれ声を裏返す。

「二階でゲームしてたんです。で、窓の外を見たら、木の上をでっかいトカゲが歩いてて、びっくりしたな」

少年の家の前は並木道になっていて、その木の上を這っているところを目撃したと言う。事務所からここまでは直線距離にしても三、四百メートルはあるだろう。たった一日で、イグアナがこんな遠くまで移動するとは思ってもいなかった。私は路上に戻って木を見上げた。

彼が目撃したのは一時間も前だ。もちろんガルシアの姿はすでにない。

もう一度少年の家に戻り手短に礼を言う。私の背中に少年が声をかけてきた。

「探偵なんでしょ。初めて見たよ。すげぇ。拳銃とかも持ってるの？」

スーツのポケットに手を入れ、ポケットの中で指を突き立てると、少年の目が丸くなった。

「ところで坊主、学校は？」

今日は水曜日で、時刻はまだ昼をまわったばかりだ。少年は聞こえないふりをする。

「登校拒否児童か。初めて見たよ。すごいな」

少年が照れて顔を赤くした。私はポケットからコルト三十二口径ではなく、情報提供の粗品A賞を引き抜き、彼に渡した。ついでにアドバイスも進呈した。

「いいことを教えてやろう。ランドセルを捨てちまうんだ。そうすると、なぜか学校に行きたくなる」

私の経験上のアドバイスだ。

門を閉めると、早く立ち去れと言わんばかりに、私の背中へまた犬が咆哮を浴びせてきた。なかなか優秀な番犬だ。

少年の家の前の道は、神社へ続く参道だ。ひとかかえもある老木が道幅を占領しているために、クルマが身を縮め合って行き交っている狭い並木道だが、案外に交通量はあり、人通りも多かった。道沿いの家々を覗きこみながら歩く私に、何人もの人間が訝しげな視線を向けてくる。不思議だった。私ですらこれほど目立つのに、ガルシアは、たった一日で誰の目にも触れず、どうやってここまでこれたのだろう。イグアナには瞬間時空移動能力《テレポーテーション》でもあるのだろうか。

道幅の割には歩道部分は広い。太陽はあいかわらず季節を間違えたような鋭い光を放っていたが、木漏れ日のまだら模様をつくった歩道には、ひんやりとした空気が漂っている。私は緑濃い樹上を見上げ、ようやくガルシアの逃走経路を知った。

まだここに街が存在しない頃から立っている参道の並木は、都市計画の手による街路樹よりも間隔が狭い。頭上の梢は交錯するように重なり合っていた。そしてこの道は、私の事務所のすぐ裏手からはじまっている。昨日、子供に案内された路地の片側、パン工場の塀にもすき間なく植樹がなされていたことを思い出した。ガルシアは木の上を移動しているのだ。

私は上を向いたまま歩き続けた。おかげで二度ほど電信柱に頭をぶつけ、敷石につまずいて何度かころびそうになり、一度は本当にころんだ。バードウォッチングのように並木を一本一本、たんねんに観察していく。

やがて並木道は終わり、すぐそこに千木《ちぎ》を載せた神社の屋根が見えてきた。日影神社。この街で最も広い境内を誇る交通安全と安産の殿堂だ。並木の最後の一本が神社の板塀の向こうに伸び、塀の向こう側にブロッコリーのようにみっしりと樹木が生い繁っているのを見て、私は肩をすくめた。

お手上げだった。いったい何本の木が存在するのか、境内はまるで自然公園のようだ。ガルシアの逃走方法は特定できたが、行動パターンはまるでわからない。はたして爬虫類には目的や意志というものがあるのだろうか。餌か陽光か安全な場所か、せめてガルシアが求めているものだけでもわかれば、居場所のメドが立つのだが。私は胸ポケットから地図を取り出した。英会話教材のセールスマン時代から愛用している世帯名まで示された詳細な住宅街路マップだ。大判の地図帳をバラして、該当地域のものだけ携帯するようにしている。

まず最初に失踪した公園にボールペンで印をつけた。第一発見場所の団地にも印。二つを線で結んでみる。北東に向かって線が延びた。次に公園からはほぼ真東にある私の事務所と、登校拒否少年の家を線で結ぶ。北西に延びた。二本の線から延長線を引く。線は神社の裏手で交差した。ふむ。ガルシアは前回発見した時も、この神社の方角をめざしていたわけだ。

古典的な探偵がパイプをくわえて真犯人のアリバイ崩しをするように、私はボールペンの尻をかじりながら推理した。神社とイグアナ。何か関連性があるだろうか。日影神社。日影。トカゲ。語呂はいい。しかし何も解決しなかった。私は事務所に電話をした。

——はいはい、最上《もがみ》探偵事務所でございます。

例のダイナマイト・ボディの声で婆さんが出た。

——お探しものは何でございましょう。犬？　猫？　トカゲ？　南京虫の駆除もいたしますですよ。

何度聞いても若い女のものとしか思えない、見事な若づくり声だ。たいていの人間は騙せるだろう。しかし失格だ。若い娘は南京虫など知らない。私は嚙みしめた歯の間から、押し殺した声を出した。

「電話には出るなと言ったろう？」

――へ？　いまなんと？

「俺だよ」

――卑怯者。

「いつから南京虫の駆除を始めたんだ。勝手に仕事をふやすな」

――商いに近道なしだよ。

婆さんはいつの間にかしわがれ声に戻っている。まぁいい、正直に言って婆さんのおかげで事務所に戻る手間がはぶけた。私は依頼人の連絡先を書いたメモを婆さんに探させた。

――ないぞよ。

「電話の脇に置いてあるだろ？」

――これかしらね。22-5263。また来てね……ピンクパパイヤ……サオリ。

「違う」

――64-1188。イイパイパイ……ナイチンゲール……白衣の堕天使を貴方が診察。

「違う。名刺じゃなくて、メモ書きだ」

――0468-43-20……あとは読めないねぇ。ヨシダミヨコ……。

「違うってば」それはJの店でコースターの裏に書きとめた電話番号だ。翌日かけたら出前ピザの店が出た。

「わざとやってるのか？」

——とんでもございせんです。

本当に困っているらしい。2―6、2―8、8―11。私の競馬予想のメモ書きを読みあげた後、婆さんはようやくめざすものを探しあてた。

「ところで、イグアナと神社で何か、思い当たることはないか？」

——イヌアナ？

「いや、なんでもない」

訊いた私が馬鹿だった。

ウィークデーだが大学生だと言っていたから家にいるかもしれない、その予想どおり八コール目で依頼人本人が電話に出た。ガルシアを発見した知らせでないことがわかると、若い依頼人は不機嫌な声になった。私はもう少しで見つかる可能性があることを告げて、青年に尋ねる。

「日影神社の近くで姿を目撃されているんです。ガルシアを連れて神社に行くことは？」

——いや、ないな。

「神社の中でガルシアがもぐりこみそうな場所の心当たりはありますか？」

——ないよ、そんなの。わかんないから、仕事頼んだんじゃないか。

生意気な若造だった。学校で敬語や丁寧語の使い方を教わってこなかったらしい。たとえ金を払って雇っていても、年長者には礼儀をもって接するべきだろう。私は自分を棚に上げていることを忘れて憤り、営業用トークをやめることにした。

「神社の近所はどうだい。この辺でガルシアが好きだった場所はないかな。あるいはその近辺」

　私の口調が変わったことを、青年は気づきもしない。

　――日影神社の？　さてね。あ、木村さんの家があるな。

「木村さん？」

　――ああ、俺の知り合いの家。時々遊びに行くんだ。

「あんたのことを、訊いているんじゃないんだ」

　私をさらに苛立たせた後に、青年はこう言った。

　――ガルシアは木村さんちからもらってきたんだよ。

「それだ」

　――まさか。イグアナに帰巣本能なんてないよ。

　本当に生意気なヤツだ。人間同士の心ですらわからないのに、人間に動物の心などわかるはずがない。三年間、あらゆる動物にひきずりまわされてきた私には、それだけは言える。

　私は青年が読み上げるアドレス帳の住所をメモした。

　日差しは夏でも、日の落ちる速さはまだ春だ。神社の真裏で木村という表札を見つけた時には、もう日が西に傾きはじめていた。人が住んでいるのかどうか疑わしいほど朽ち果てた平屋だった。左隣がマンションらしき建物の建築現場だったから、解体される空き家の一部かと思ったほどだ。

私は正攻法で行くことに決めて、玄関に立ち、ブザーを鳴らした。誰も出ない。引き戸式の扉に手をかけてみる。閉まっていた。隣の建築作業員たちの様子を窺った。誰も私のことなど、セメント袋ほどにも注意を払っていないようだった。左右に視線を走らせてから、そっと木村家の庭に侵入した。

母屋の貧弱さに比べたら、広い庭だ。庭木の類はほとんどなく、膝近くまである雑草が伸び放題になっていた。左手の建築現場とは地所続きだ。どうやら建築途中のマンションは木村家所有のものらしい。右手に母屋のぬれ縁が突き出ている。素通しの掃き出し窓の向こうに水のない水槽が見え、その中に大トカゲが這いつくばっていた。

木村さんちでは、オスとメスをつがいで飼ってたんだけど、大きくなりすぎて二匹飼えなくなって、それでガルシアを譲ってもらったんだよ。青年は電話口でそう言っていた。部屋の中のグリーンイグアナはガルシアではない。つがいのもう一匹――ガルシアの女房だ。

かすかに雑草が鳴った。私は庭を見まわした。防塵用シートで覆われたマンションの側壁の下、薄紫色の花ダイコンの咲く一帯がかすかに揺れていた。

再び草の騒ぐ音。ゆっくり近づくと、今度は少し離れた草むらがはっきりと揺れた。足を大股にして忍び足で近寄った。

ざわっ。雑草が大きく割れた。

ぐわっ。これは私の悲鳴。

茶褐色の塊がいきなり飛び出してきた。恐ろしいスピードで庭を横切り、あっという間に板塀の上に跳ね上がった。

猫だ。口に何かくわえている。柳の枝のように細くて長い緑色の何か。イグアナの尻尾だ。猫は私をいまいましげに睨みつけ、威嚇《いかく》のポーズをつくってみせたが、私が足もとで草を鳴らすと、尻尾をくわえたまま板塀の向こうに跳び逃げていった。

花ダイコンの花群れを覗きこむと、葉のすき間から、鈍い光沢を放つ草色の皮膚が見えた。ガルシアだ。矢印型の頭が部屋の中の女房のほうを向いている。私は背後からゆっくり近寄った。婦人物のワニ革財布のような背中の皮膚が破れ、血が流れていた。イグアナの血は赤かった。その当然の事実が私を少し驚かせる。なぜだかイグアナは血液まで緑色であるような気がしていたのだ。

尻尾の切れたガルシアはじっと動かない。そっと近づき、魚を手づかみする素早さで手を伸ばして、細長い胴体をすくいあげた。ガルシアはあっさり私の手の中に落ちた。

ゴムに似たひやりとした感触は快適とは言いがたかった。ガルシアは、まったくの無抵抗だった。足を宙に投げ出したまま動かない。たぶん永遠に動かないだろう。半開きの口から蟻が這い出して、私の指を伝っていった。ガルシアは死んでいた。

私はしばらくの間、片手にガルシアをぶらさげたままだった。どうしていいかわからなかったのだ。捜索していた動物がすでに死んでいたことは、いままでに何度かある。しかしそれは、清掃局に問い合わせて、猫の——あるいは犬の——死骸を始末したという事実を確認した時だけだ。死体を目のあたりにしたことはない。

こつん。窓ガラスを叩くと、置物のように静止していたガルシアの女房が、こちらへ首を動かした。ガルシアよりひとまわり小さくやや細身というだけで、見た目はほとんど変わらないグロテスクな姿だ。だが、私がイグアナではないから気づかないだけで、ガルシアにとっては、死を賭した旅をしてでも、もう一度背中に飛び乗りたくなるほどの魅力にあふれているのかもしれない。

ガルシアの顔をガラス窓に近づけた。最後の対面だ。せっかく愛しのスイートハートに会えたというのに、ガルシアは情けなく口を開けたままだった。イグアナの女房が、ガルシアか私か、どっちを見ているのかわからない無表情な目を向けてきた。百年ぐらい生きている老人のような目をしていた。

依頼人へ連絡しなければならない。携帯電話の通話ボタンを押したが、電池が切れていた。私はガルシアを片手にぶらさげたまま表通りに出、公衆電話を探して、依頼人の家のダイヤルをプッシュした。手の中で生乾きの赤い血がぬるりと滑る。自分のイグアナが元の飼い主のもとへ戻っていたことを話すと、青年は疑わしげな声を発したが、もうすでに死んでいて、これから死骸をもっていくと私が告げたとたん、態度が一変した。

――いや、信じるよ。じゃあ、あの、そちらで始末してもらえないかな。

「なぜ？　あんたのペットだろ。葬式ぐらい出してやれよ」

――金なら払うけど。

「金の問題じゃないだろ」

私は体中の血が頭頂に昇っていくのを感じた。

――でも、どうしたらいいんだろう。燃えるゴミに出してもいいのかな。

「野菜クズじゃないんだぞ」思わず声が大きくなった。「いいよ、金はもういらない。死体はこっちで処理する」

言ってしまってから少し後悔した。しかし、もう電話を叩き切った後だった。

私はガルシアが女房と暮らしていた家を再び訪れた。もう周囲は暗くなっていて、いつの間にか隣の建築現場からは人影が消えていた。

足場を攀じ登って、建築中のマンションの二階へ上がる。コンクリートの壁の中に断熱材を詰める作業の途中のようだった。私は木村家に面した壁を選んで、パック状の断熱材を抜き取り、中にガルシアを押しこんだ。ここならもう猫に襲われることはないだろう。それに女房のいる部屋を見下ろすことができる。断熱材を元の通りに詰めこんでガルシアの死体を隠した。そして私は、入ってきた時と同じようにこっそり建築現場から抜け出した。

事務所に戻ったのは、七時をまわった時刻だったが、部屋には明かりが灯っていて、婆さんが椅子の上に正座していた。

「お帰んなさいませ」

もう何年もここにいるような顔をして、自分で淹れた茶をずるずる啜っている。

「まだいたのか」

「鍵を預かっていなかったからね。戸締りもせんで帰ったら、不用心じゃないか」

部屋が妙に片づいていることに気づいた。埃《ほこり》まみれだったテーブルが艶光りし、床に散乱していたはずの紙屑が消えている。曇りガラスに見えるほど汚れていた窓がぴかぴかに磨かれていた。ただし下半分だけ。背が届かなかったに違いない。厨房の流し台まで磨きあげられていた。いつでもレストランが再開できそうなほどだ。オーナーシェフはもうこの世にいないけれど。

「掃除をしておきましたです」

婆さんはそう言って、旧家の婆やのように慇懃《いんぎん》にぺこりと頭を下げた。悪い気分ではなかった。雇ったのは正解かもしれない。四、五日のつもりだったが、一週間ぐらい置いてもいいような気がしてきた。しかし、この不気味なほどの殊勝さに、妙な胸騒ぎを覚えるのはなぜだろう。

「そういえば、お前さんの寝床の下に、こんなものがあったぞよ。捨てていいものかと迷ってね」

雑巾をつまむように婆さんがセル・ビデオのパッケージを差し出してきた。ベッドの下に置いた私の秘蔵のコレクションのひとつだ。婆さんは巾着から老眼鏡を取り出して鼻にかけ、パッケージを目の先に近づける。

「もんもん女子高生。濡村桃実《ぬれむらももみ》主演とな」

やはり五日が限界だ。

「部屋の掃除まで頼んだ覚えはないが」

「セーラー服を脱がせてね。何も知らない私に大人の個人教授。おやまあ」

「読むな」

「もんもん」

「読むなと言ったろう」

「馬鹿だのぉ、こんなものに亀の子をおっ立てておるのか。何も知らんわけがなかろう。この女、腹に妊娠線が出とるぞ」

「ちょうど捨てようと思っていたところだ」

私は婆さんの手からビデオを奪い返して、ゴミ箱の中に放りこんだ。後で拾おうと思っていたのに、婆さんは、まあまあこれも片づけないとね、などと言いながらゴミ袋を持ち出して詰めこみはじめる。

「ところで、トカゲはどうしたね」

私は婆さんがゴミ袋の中に茶ガラも捨て、口をビニール紐でくくりはじめるのを、絶望的なまなざしで見つめながら答えた。「見つけた」

「おお、明日はお赤飯炊いてもってくるよ」

「いや、いい。死んでたんだ」

「おやまあ、知らぬこととはいえ、お赤飯だなんて罰当たりなことを。手を合わせて拝まなきゃねぇ。どこだね、ご遺体は」

「工事現場に捨ててきた」

私がそう言うと、しわだらけの顔をさらにしわくちゃにして顔を赤く染めた。怒っていると気づいたのは、婆さんの声が尖っていたからだ。

「なんちゅう殺生な。畜生とはいえ、死んだものを粗末にするものじゃないよ。お前さんだって、死ぬときは葬式ぐらい出してもらいたいだろ」

「いや別に」

どうせ蟹が這い出た目では何も見えないし、蛆の出てくる口では文句も言えない。

「お前さんには、情けというものはないのかね」

婆さんが私に哀れむような目を向け、首を横に振った。

「あいにく動物にまわす分はない」

私がそう言うと、婆さんは、もう一度ゆっくり首を振り、独り言めかして呟いた。

「もんもん」

6

その翌日から、片桐綾は毎朝七時半にやってきた。早く来ても日給は同じだと何度も忠告したのだが、無駄だった。ガルシアの捜索が終わったいまの私に仕事はない。朝早くからやってきて、さ、仕事などと言われても困るのだ。

金曜の朝はなぜか十時まで姿を見せなかった。病院に行っていたそうだ。病院にちゃんと顔を出さないと、体の具合でも悪くなったのかと通院仲間の年寄りたちが心配するのだそうだ。老人の世界はミステリアス。私には理解しがたい。

私は仕事もないのに毎朝七時半に起こされ、婆さんに追いたてられるように街へ出る。しかし、すべきことといえば、苦情が来ないように、これまで貼った手配ポスターをはがしてまわるぐらいしかなかった。

婆さんは日がな一日、持参した骨董品のようなそろばんをはじき、鉛筆を舐めて帳簿に書きつけをしているが、私には何をしているのかさっぱりわからない。去年も延滞した末に、結局音をあげて、白色申告をしたのだ。婆さんの書く数字は、「壱」「弐」「参」といった具合の漢数字だ。あれで、本当に確定申告書類になるものなのだろうか。

「なぁ、婆さん、帳簿はどうなってる?」

その日の私には、もうはがすべきポスターもなく――秘書募集ポスターは一縷《いちる》の望みをいだいてまだ貼ったままにしてある――婆さんに小言を言われながら紙飛行機づくりにいそしんでいた。さきほど完成した二十六機目は、なかなかの出来ばえだ。婆さんはいつもの小さなタッパウエアに入った弁当をもしゃもしゃ喰っていた。

「まあ、あわてなさるな。キンピラゴボウはいらんかね」

乏しい弁当の中身をタッパの蓋に取りわけて差し出そうとする。私は首を振って断った。

「本当に会計士の資格があるのか？」

二十七号機を飛ばしながら、私はこの一週間で確信に近くなった疑念を口にする。婆さんは、猿のお面のようなポーカーフェイスをこちらに向けたまま、頰をふくらませて咀嚼を続けるだけだった。キンピラゴボウだから、たぶん一分はかかるだろう。私が冷蔵庫から自分の昼飯を出して戻ると、婆さんはようやくキンピラゴボウを呑みこんで声を出した。

「煮豆はどうだい」

どうも怪しい。さらに追及しようとすると、私が買い置きしていたフライドチキンを箸でさし、口から米つぶを飛ばしながら言った。

「あんた、毎日、鳥の肉だね。あんまり同じ生き物ばかり喰うておると、たたられるぞ」

「ほっといてくれ」

「そのうち、頭からトサカが生えてくるよ」

「飯つぶをこぼすなよ、婆さん」

電話が鳴ったのはその時だ。私が手を伸ばすより早く、老婆とは思えない素早さで、片桐綾が受話器をかすめ取った。

「はい、最上探偵事務所でございます。はいはい。もちろんでございますとも。はいはい」

例の娘声。いったいどこからあの声が出るのだろう。頭のてっぺんに小さな穴でも開いているのだろうか。

「犬、猫、トカゲ、南京虫、なぁんでも承っておりますですよ。ええ、ええ、そりゃあもう、誠心誠意つとめさせて――」

私は婆さんから電話を奪い取り、私と探偵事務所の尊厳を取り戻すために、ことさら低い声を出す。

「ご依頼の内容を伺いましょうか？」

電話の向こうから、カン高い中年男の声が聞こえてきた。

捜査対象は去年生まれたばかりだという小犬。名前はチビ。猫に比べれば依頼件数は少ないが、最近は首輪をつけずに飼う室内愛玩犬が流行っているから、犬もよく失踪する。何度も経験している手慣れた仕事だ。私は男の住まいを訪ねる約束をして電話を切った。

「やれやれ、ようやく初仕事だよ。ここに来て何日目だっけね」

婆さんはそう言いながら、巾着から手鏡と白粉はたきを取り出して、ただでさえ白い顔をさらに白く塗りつぶしはじめた。

「なにしてるんだ、婆さん」

「なにって、お客さまのところに行くんだから、ちゃんとした身なりで行かなくては」

一緒についてくるつもりらしい。私は白く粉をふいた婆さんの顔の前にひとさし指を突き出して、左右に振った。

「心配ない。あんたは留守番だ」

綾が真っ白な顔をこちらに向けた。表情のないその顔の中で、縦じわがよった口だけが何か言いたげにもごもご動いている。手はまだ白粉を頬にはたき続けていた。私が黙っていると、手の動きがますます激しくなる。婆さんの発する怒りのオーラのように、白粉が部屋中に舞い上がった。

依頼人の住まいは、この街の南側の高台に造成された新興住宅地にあった。もとは桑畑だった斜面が拓かれ、斜めにかしぐようによく似た造りの建て売り住宅が並んでいる。どの家も北米風の様式で、屋根には煙突を模した突起がついているが、もちろん煙の出る穴はなく、暖炉を持つ家もない。世間では、こういう家をおしゃれと呼ぶのかもしれない。

玄関で立ったまま話を訊こうとしたのだが、リビングルームに通された。ふだんベッド以外では靴を履いたまま暮らしている私は、靴を脱いで他人の家に上がると、いつも落ちつかない気分になる。ダークスーツにレジメンタルタイという抜かりのない私の身なりが、シマ模様のパジャマを着て街頭に立っているように思えはじめるのだ。愛想がよく肉づきもいい夫人に、透明プラスチック製の座卓の前へ案内された。ダークスーツで正座をすると、シマ模様のパジャマを着たうえに、水玉のナイトキャップをかぶった気分になった。

部屋はよく整理されていた。片づきすぎていると言えるほどだ。家具は必要最小限しかなく、サイドボードにはラベルを誇示するために置かれるような酒壜もゴルフコンペのトロフィーもなく、もちろん暖炉もない。壁には中小企業互助会のカレンダーが貼ってあるだけだった。

テーブルの向かい側に座った先刻の電話の主の矢部は、声の印象そのままの気弱な野うさぎのような顔立ちの男だ。この近くでクルマの部品工場を経営していると自己紹介するが、あまり有能な経営者には見えなかった。

部屋の隅では中学生ぐらいの少女と、彼女より少し年下の少年がテレビにかじりついていたが、私が部屋に入るとボリュームを絞りこんだ。キッチンからカレーライスの匂いがした。土曜の昼下がりの一家団欒《だんらん》。ありふれた平和そのものの雰囲気も私を落ちつかなくさせた。私は家族団欒というものに、あまり慣れていないのだ。

「娘があなたのお噂をお聞きしていまして、どうしても、あなたにお願いしたいと言うものですから」

男にしては高く細い声で矢部が言う。私のお噂。どうしても私にお願いしたい。悪くない言葉だ。しかし、噂の私は、ごくわずかに儀礼的な笑みを浮かべて見せただけだ。私にとって他人の評価など、煙の出ない煙突のように何の価値もないし、興味もない。

「私の噂と言いますと？」

でも、少し気になるから訊いてみた。

「ええ、お願いすれば、どんなことでもやっていただけるとか」

訊かないほうがよかったかもしれない。私は事情聴取を記録するためのカセットレコーダーをテーブルに置き、スイッチを入れた。

「いなくなったのは昨日の夕方です。海岸に散歩に連れていきまして、そこで……いつもは近所を歩かせるだけなのですが、昨日は私、休みだったもので、少し遠出をと」

矢部が語るところによると、失踪したチビはオスのシベリアンハスキー。いなくなったのは、街はずれの海岸。夏には海水浴場になる砂浜だ。

「引き綱《リード》をはずして海辺を走らせたんです。よしっ、いいぞと。それで、ほんの少しだけ目を離した隙に——」

テレビに釘づけになっているとばかり思っていた姉弟が振り返り、父親に恨めしげな視線を浴びせていることに気づいた。二人ともいまにも泣き出しそうに目を赤くしている。いや、もうさんざん泣いた後なのかもしれない。

「目を離したのは、ほんの十数秒、いや二、三十秒かな、そんなものです」

矢部が言い訳がましく言う。私は黙ってうなずき、手帳には「一分」と書いた。最後に見た時には、海岸の南側に向かって走っていたような気がすると矢部は言ったが、あまりあてにはならない口ぶりだった。

「届けは出されてますね？」

その質問には、矢部の代わりにコーヒーカップを載せた盆を手にしてやってきた夫人が頷いた。犬の失踪の場合、半分近い確率で、私より先に保健所か警察に保護される。

「写真は用意していただけましたか」

夫人が幾冊かの紙製のフォト・ファイルを差し出した。表紙には少女のものらしい跳ね踊る文字で『チビのアルバム』とタイトルがしたためられている。これだけあれば、ポスター制作に事欠くことはないだろう。一冊を開いてみた。ころころとした毛糸玉のような小さなシベリアンハスキーが、子供たちに抱かれ、あるいは籐製のバスケットから顔を覗かせている。まるで人間の子供の成長記録のようなスナップが並んでいた。

「まあまあ、可愛いお犬ですこと。さぞ、ご心配でござんしょうねぇ」

隣で声がした。綾だ。しかたなく連れてきた。あのまま放っておいたら、部屋中が真っ白になるまで白粉を叩き続けたに違いない。あらあら、まあまあ、婆さんは矢部の話によけいな相づちを打ち、私のメモを覗きこんで漢字の間違いを正し、あぐらをかこうとする私の膝をぴしゃりと叩く。矢部夫妻は何度も私と綾を見比べ、もの問いたげな表情を浮かべていたが、私は気づかないふりをした。

「犬は、この家で生まれたのですか？」

私は訊いた。犬は自分がかつて暮らした場所や可愛がってくれた人間のもとに戻ることが多いのだ。一年半前、捜査を依頼された芝犬は、四日後に失踪地点から二十キロも離れた場所で発見された。元の飼い主の家だった。もしここで生まれた犬なら、自分で戻って来る確率が高くなる。

「いえ、生後三週間ほどでブリーダーから買ったんです。十二万円でしたか」

電化製品かなにかのように矢部が言うと、少女が再び険しい顔で振り向いた。

「どこかよそに預けたことは？」

「訓練所へ一カ月ほど。半年ぐらい前に」

半年前？　私は自分のひたいを手のひらで叩いた。大切なことを訊き忘れていたことに気づいたのだ。

「生まれたのは去年と訊きましたが、いま月齢は？」

「えーと家に来たのが去年の三月ですから、今月で一歳二カ月でした。うちでは、チビが来た日を、あいつの誕生日にしていたのですが」

私の捜査能力を信じていないのか、矢部の言葉は過去形になっていた。子供たちと違って、すでに犬の発見を諦めているような様子だ。しかし、私はもっと気になる言葉をおうむ返しにした。

「……一歳二カ月？」

フォト・ファイルの残りをめくってみた。二冊目のファイルまでは子供たちの膝を枕にしていた小犬が、四冊目では子供たちの枕になっていた。早く言ってくれ。飼い主がどう思おうと、一歳を過ぎたシベリアンハスキーはもう成犬だ。

「いちばん新しい写真は」

「写真といいますか、そのビデオが」

矢部が部屋の奥のテレビを指さす。音を消して子供たちが見ていたのは、テレビ番組ではなかった。飼い犬を撮影したビデオだったのだ。画面いっぱいに、チビという先見性のない名前をつけられた大きなハスキー犬が、刃物のような牙を光らせて吠えている映像が映っていた。私はシェットランド・シープドッグより大きな犬は、いままでに扱ったことがない。

「実は……」矢部が口ごもりながら言った。「あまり時間がないのです。私たち、ここを引っ越す予定でして。チビが見つかるまでは延ばすつもりではいるのですが、いつまでも待つわけには……」

部屋が妙に片づいている理由と、矢部があまり捜索に熱意がないようにみえる理由がわかった。父親の言葉を聞いた少女が、声をあげて泣きはじめた。少年も服の袖で目をこすっている。もし犬がひょっこり戻っても飼い主がいないとわかれば、そのまま野犬になる可能性が大だ。相手は大型犬、しかも残された時間は少ない。思っていたよりもタフな事件になりそうだった。

「だいじょうぶですよ。嬢ちゃん、ぼっちゃん、見つかりますとも」

婆さんが巾着からハンカチを取り出して、目頭をぬぐっている。一緒に泣く奴があるか。大きな音を立ててハンカチで洟をかんでから婆さんが言った。

「ご安心なさい、きっと婆《ババ》がなんとかしますから」

まずこの婆さんをなんとかしなければ、と私は思った。

矢部家を出て、ステーションワゴンのドアを開けると、ひょこひょこ後ろからついてきた婆さんが、のれんのように私の腕をくぐり抜け、私より先にクルマに乗りこんだ。置いていかれるとでも思っているようだった。案外、勘のいい婆さんだ。

「婆さん、なにしてる？」

綾は座席にちょこんと正座して、まだハンカチで涙を拭いている。

「忠文さんのクルマに乗る時には、あたしはいつも前に乗るんだよ」

涙声で言う。来る時には後部座席に乗せた。折りたたみバシゴや動物の檻やポリバケツやボロ雑巾、その他もろもろの商売道具と一緒だったのが気に入らなかったらしい。

「忠文さんって？」

「息子だよ。お医者なんだ」

「悪いけど、どいてくれないか」

「嫌だもの」

「前を見てみろ、ハンドルがついてるだろ」

「あらまあ」

「そこは運転席だ」

「あらあらまあまあ。忠文さんのクルマは、左側が運転の場所なんだよ。逆だわね」

私は少し不機嫌になった。

「そういえば嫁のクルマは右だったわねぇ」

弁当が粗末なわりに、婆さんはけっこう裕福な暮らしをしているらしい。そこをのけ、と言うかわりに私は片手を振ったが、婆さんは見ていない。ハンドルにしがみついて左右に揺らしはじめる。

「なんだったら、あたしが運転してやろうか？」

私は笑った。もちろん鼻先で。婆さんは額のしわをV字型につり上げて言う。

「こう見えても、あたしゃ、運転のお免状を持っているんだよ」

私はにやにや笑いを続けながら、無言で婆さんを抱え上げ、助手席に降ろした。婆さんは想像以上に軽かった。まるで顔の可愛くないぬいぐるみのようだった。私にされるがままになりながら、婆さんはぴーちくぱーちくさえずり続ける。

「渡辺ハマさんって知っているかい。日本で初めての女運転手だよ。その人から運転を習ったんだ。あたしは日本で七番目。あれは昭和六年だったかねぇ。世田谷の馬事公苑をくるくるまわってねぇ」

白目の濁った目で、夢見るように遠くに視線を投げて綾は喋り続ける。私はわかったからもう言うな、というふうに薄笑いを浮かべて顎だけで頷いてやった。嘘にしてはもっともらしいが、万一本当だったとしても、この婆さんが運転していたのは、どうせ木炭車だろう。

事務所には帰らず、犬が失踪したという海岸へガソリン車を走らせた。矢部の家からは五キロほど離れている。犬を散歩させるにしては、ずいぶん距離があるように思えた。

防波堤の手前でクルマを停めて、海岸に降りる。午後の日差しを照り返して海面が金色に光っていた。夏のような日差しは今日も続いていたが、海からの風は冷たく、まだ季節が春であることを思い出させた。釣り人が何人か沖へ糸を投げ入れている以外に、浜辺に人影はない。いま時分、ここで釣れるとしたら、サーファーぐらいのものだろう。

矢部の話によると、犬を見失ったのは、南北一キロほどの砂浜の中央付近だ。私はそこに立ってみた。綾は防波堤の一角にあるトイレに駆けこんでいる。婆さんは便所がひどく近い。二時間に一回だ。

防波堤と波打ちぎわの間の浜辺は、潮が引いている現在の状態で、奥行きが四、五十メートルほど。防波堤は二メートルほどの高さがあって、砂浜の両端でとぎれる間の抜け道は二カ所の階段しかない。

砂の上に磁石を置き、四つんばいになり、犬の目と犬の心で周囲を見まわしてみる。低い視線から眺めると、コンクリートの防波堤が絶壁のように高くそびえて見えた。私が犬なら、まず南北両端のどちらかから抜け出すに違いない。

矢部は南へ走っていく姿を見たと言う。砂浜に這ったまま南に視線を投げた。船底を上にして、甲羅干しをするように浜に揚げられたボート以外には、ハスキー犬が隠れられそうな遮蔽物は見あたらない。はるか遠く、灯台の立つ岬の手前に、ブルーのアーチがかかった海水浴場の出入り口が見えた。

北側を見た。砂浜の先はテトラポットがころがる岩場になっている。岩場の間に小道が一本通っていたが、その向こうには金網のフェンスが巡らされていた。

「何しとる」

いつの間にか、四つんばいになった私の目の前に綾の砂まみれの草履《ぞうり》があった。

「わん」私は答えた。婆さんが気味悪そうに後ずさりする。

「ニワトリではなく犬にたたられたか」

私は立ち上がり、両手の砂を叩き落として言った。

「婆さん、わかった。南だ。南を探そう」

聞き込み捜査を手伝ってくれ、私がそう言うと、婆さんはただでさえしわだらけの顔をしわくちゃにして喜ぶ。私も陽気に笑った。自分で望んでついてきたのだ、思い切りこき使ってやろう。

婆さんは今日も一張羅のように毎日着てくる絣の着物姿で、砂浜を草履で歩くその足どりは、私への嫌がらせのように遅い。海岸から抜け出るまでに日が暮れてしまいそうだった。しかたなく途中からはおぶって歩くことにする。私が表情を硬くしたまま背中を差し出すと、小娘のように恥じらい、はしゃいだ黄色い声をあげて背中に飛び乗ってきた。まったく薄気味の悪い。

海水浴場の名が書かれたアーチを過ぎて、葦簀《よしず》に囲われた道を少し歩くと海岸通りの国道に出る。道幅は広いし、オフシーズンとはいえ交通量もある。大きなハスキー犬といえども簡単には横断できないはずだ。犬は海岸側の歩道の左右どちらかに進んだに違いない、と私は判断した。

左手は海水浴場用の駐車場で、その先に海水浴客相手の店がいくつか並んでいる。右手には防砂林の間に民家と商店が半々ぐらいの割合で点在していた。

「聞き込みって、二時間ドラマで刑事役の役者さんがやっている、あれだね。あたしゃ初めてだよ。わくわくするねぇ」

ふだん楽しいことがあまりないのだろう。婆さんは痛ましいほどはしゃいでいる。

「二人で手分けしてやろう」

「あたしは何をすればいいんだい。お前さんが話を聞いて、あたしが帳面に書こうか？　それとも逆かね」

「いや、まず俺の背中から降りてくれ」

聞き込み捜査は、たいてい商店を選んで行う。店の人間の関心が常に外へ向けられているから目撃証言が得やすいし、なにかと人の噂も集まる場所だからだ。それを婆さんに嚙んでふくめるように説明し、何をどう訊けばよいかをカリフラワー頭にしみこむまで何度も教えてから、道の左手に送り出す。私はまず、すぐ右手にあるスーパーマーケットからはじめることにした。個人商店が業務を拡張したような小さなスーパーマーケットの店先で、コロッケを揚げていた若い男に声をかける。

「いらじゃいましぇ〜、どじょ」男が答えた。

「犬を見ませんでしたか？」

「いぬ？」男が訝しげな顔をした。「犬は煮てませんのこと」

外見では気づかなかったが、青年はアジア系の外国人のようだ。私は会話を英語に切り替えた。

「イエス、ドッグ」英会話教材を売るために英会話は必要ないが、私は昔、マーロウの本を原書で読むために英語の通信講座を受けたことがあるのだ。「アイ・ニード・ドッグ」

ただし一ヵ月で挫折した。若い男は日本語で答える。

「ここに犬はないね。売ってないね」

「ノーノー、アイ・ウォント・ドッグ」

「ノーノー、ここでドッグ買えないよォ」

私は会話をあきらめてチビの写真を見せた。

「いい犬ね、おいしそう。でも、日本人、犬食べないね。覚えておくといい。食在広州よ。あなたお国どこ」

青年は私を同胞と思ったらしい、私の知らない国の言葉で話しかけてきた。私が肩をすくめると、青年も口をつぐみ肩をすくめる。

「コロケ、持ってくといい。あなた、がんばて、故郷に錦へビを飾るがいいね」青年は油紙にコロッケをひとつ包んで私に手渡した。

「早くこの国に慣れることよ。慣れれば悪いことばかりでないね」

早くそうなりたいものだ。サンクス。私は礼を言った。

二軒先の釣り具屋、海産物を並べた土産物屋、ガソリン・スタンド。道沿いをしらみ潰しに訊いてまわったが、誰もが犬は見ていないという。信号機のある交差点に行きあたったところで、私はスタート地点に戻ることにした。駐車場の方角に歩いていった婆さんを探す。

どこにもいない。犬より先に婆さんを探すはめになった。何度も道を往復してようやく、軒先に季節はずれのビーチボールを吊るした雑貨屋の奥座敷に座りこんで、中年の女店主と茶を飲んでいる綾を発見した。

「何かわかったか？」

コロッケをちぎって、半分を婆さんに渡す。綾はわずかに残った眉をつり上げて、こくりとうなずいた。

「いろいろとねぇ」

「いろいろと？　何が」

「大変だわねえ。いろいろと。売れないらしいよ、浮輪も海水着も。まだ春だものねえ。あの人も未亡人なんだよ。女手ひとつで男の子三人を育てたのに、誰も店を継がないって。いまどきの若い人はねぇ」

「何を訊いてきたんだ」

「おいしいよ、このコロッケ」

結局、左方面の聞き込みも私が行った。目ぼしい商店にはすべて当ったが、情報は皆無だ。念のために道を渡り、道の向かい側でも聞き込みをしたが、結果は同じだった。

私は歩きまわりながら何度も首をひねった。シベリアンハスキーの成犬が、連れて歩く人間もなく徘徊していたら、かなり目立つはずだ。犬は夜を待って移動したのだろうか。あるいはこの道を選ばなかったのか。

日が傾き、周囲の風景が夕暮れ時の金色の光に包まれはじめた。私はもう一度海岸に戻ることにした。婆さんを背負って砂浜を歩く。結局、歩きまわったのは私一人だったのだが、背中の婆さんは疲れたらしく、急に口数が少なくなった。やっぱり年寄りは年寄りだ。

犬の逃走経路が特定できなかった以上、明日からは全方向に捜索範囲を広げなければならないだろう。犬は猫と違って直線的に動くことが多いし、行動範囲もはるかに広い。最大到達距離を計算して外側から捜索の輪を縮めていくほうが効果的なのだ。もともとは橇《そり》犬だったシベリアンハスキーが一日に移動可能な距離を考えただけで、厭世的なため息が洩れた。

やけに静かだと思ったら、いつの間にか綾は寝息を立てていた。私はクルマに戻らず、そのまま海岸を横切って北端まで歩いた。婆さんを捨てに行ったわけではない。チビが南へ向かっていた、という矢部の記憶が間違いではないのかと思いはじめたのだ。

勾配のある岩場の小径に入ると、周囲はしだいに暗くなり、頼りないほど軽かった婆さんの体を、だんだん重く感じはじめてきた。私は昔聞いたこうやって旅人をとり殺す妖怪の話を思い出した。

小径は途中からコンクリートで固められていて、そこまで来ると行く手の金網フェンスと、その先にある建物の黒々としたシルエットがはっきりと見通せるようになる。私の記憶では確か、所有していた会社が倒産し、いまは使われていない倉庫だったはずだ。やはり行き止まり。

戻りかけた私の目の隅に、フェンスの端を動く影が映った。もう一度振り返り、何歩か歩いて夕闇に目をこらす。その影が再びもそりと揺れた。金網フェンスがそのあたりだけ破れている。

影の正体に気づいた私は、再び深いため息をつく。これからすべきことに思いをめぐらせただけで、憂鬱な気分になった。とりあえず婆さんを帰そう。すべてはそれからだ。私は来た道を戻りはじめた。

7

家まで送るつもりだったが、クルマの中で目を覚ました綾は寝ぼけ眼《まなこ》で首を横に振る。私の所で働いているのは家族に内緒なのだと言う。事務所で降ろし、通りの角に姿が消えるのを見届けてから、私は再び海岸へ向かった。

夜の海は空より暗く、波の音は私を不安にさせた。私は海の近くで生まれ育ったが、夜の潮騒の不吉な音にはいまだに慣れることがない。私の生まれた家は、けっして裕福ではなかったが、畳はいつも新しかった。大きな台風が来ると、必ず波で洗われてしまうような場所に建っていたからだ。テレビで津波情報が流れると、ランドセルを背負ったまま布団に入った。そんな夜には私はよく、波に乗って父親が帰ってくる悪夢を見たものだ。

岩場の道を最後まで歩き、懐中電灯でフェンスの裂け目を照らす。うずくまっていた影がむくりと動いた。私の予感は当たったようだ。当たっても嬉しくはない予感だった。影が私に向かって言った。

「いらっしゃ〜あい」

ゲンさんだった。

ゲンさんは街の北部をテリトリーにしているホームレスで、この街では数少ない私の顔見知りの一人だ。といっても別に友達ではないし、友達になりたいと思ったこともない。むしろ、できれば会いたくないと心から思う。しかし動物捜査の仕事をしていると、街のいたるところで嫌でも出くわすはめになる。

懐中電灯の光の輪の中で、ゲンさんは眩しさに目をしばたたかせながら笑顔を見せた。年齢はよくわからない。三十から六十の間ぐらいというおおまかな予想しか立てられない風貌だった。陽に焼けた浅黒い肌と、髭をたくわえた彫りの深い顔だちは、難解な作品を模索する前衛アーチストに見えなくもないし、長い髪を後ろで束ねているから、少しトウが立った時代劇俳優に見えなくもない。ただし、ちゃんと風呂に入っていればの話だ。ゲンさんは恐ろしく臭かった。

「入ってもいいかな」

私は鼻の穴を閉じ、口だけで息をしながら、そう言って、ノックするかわりに破れた金網を軽く揺すった。

「どうぞ。玄関、開いてますから」

ゲンさんの招きに応えて、フェンスの破れ目に体をこじ入れる。ゲンさんの新しいマイホームはなかなかのものだった。四方を高いフェンスで囲まれた敷地は、街中の小学校の校庭よりも広く、いまは廃屋となった蒲鉾《かまぼこ》型の倉庫が一棟と、管理事務所かなにかに使われていたらしい小さな二階建ての建物がそのまま残っている。二カ月ほど前までのゲンさんの住居は、確か駅近くのガード下だったのだから、たいした出世だ。ゲンさんの背後に見える段ボール製の家にも、この間まではなかった屋根が葺《ふ》いてあった。

「やあ、久しぶり。景気はどうだい」

私は鼻声で挨拶した。

「ん〜、よくないですねぇ。さっぱりです」

これだけの土地を所有しながら、贅沢なことを言う。

「犬を探しているんだ。大きな犬だ。見かけなかったかい？」

「はて、犬とな？」

「すぐそこの海岸でいなくなったんだ。このあたりに来なかったかな」

「ふうむ。犬……大きな犬とな……見たような、見なんだような……」

ゲンさんは眉間にしわを寄せ、深く思索をめぐらす顔をした。髭をつまみながら首を傾げるその姿は、哲学的ですらあったが、実は何も考えていないことを私は知っていた。ゲンさんの頭の中には一年中、春のそよ風が吹いている。何か思い悩むことがあるとしたら、酒のことだけだ。

ゲンさんとまともに会話するには、少々コツが必要だ。私はスーツのポケットからワンカップ大関を取り出して、爪アカにふち取られた手に握らせる。ゲンさんの記憶がたちまち蘇《よみがえ》った。

「うむ。見ました。確かに見た」蓋を開け、ひと息で半分ほどを飲んでしまうと、ゲップと一緒に言葉を吐き出した。「灰色の狼みたいな犬でしたな」

間違いない。チビはこっちに来ていたのだ。

「いつ、どの辺で？」

「二級酒ですな、これは」

ゲンさんはカップを逆さに振って、手のひらを舐めながら、不満そうに言う。私は辛抱強くもう一度同じ質問を繰り返した。

「さて、いつだったか……昨日といえば昨日……先月といえば先月……」

新しいワンカップを差し出した。これは一級酒だ。二十円高い。ゲンさんの記憶が再び蘇った。

「思い出しました。昨日の夕方、ちょうど行きつけのコンビニエンスから帰ってきた時です。六時五分前」

ゲンさんの行きつけのコンビニエンス・ストアというのは、より正確に言えば、店の裏にあるポリバケツのことだ。一級酒にしたからだろうか、時刻がやけに正確だった。

「そう、五時五十五分、間違いありません。私、いつも、ボンちゃんの夕暮れワイドが始まる時間には帰宅しますからね」

ラジオ番組のことらしい。

「犬は、どっちへ行った?」

ゲンさんがまた哲学をする顔になった。もうワンカップはない。しかたなく私は、財布から千円札を一枚取り出して、ゲンさんの鼻先につき出す。つかもうとする寸前で手を引っこめた。空振りした手の先で、ゲンさんは敷地の奥を指さした。私は驚いて、思わず千円札を手から取り落とした。犬はこの倉庫の中に入ったのだ。

「ここに入ってきたって⁉」

鼻を閉じておくことも忘れて私は叫んだ。床下で猫を探している時に、鼠の死骸を発見してしまった時のような、凄まじい臭いがした。

胸の前で両手を組み、しっかりと千円札を握りしめたゲンさんが、キリスト像に似た厳粛な表情で頷く。

懐中電灯のとぼしい明かりを頼りに、私は敷地の中へ歩き出した。まず周囲のフェンスを調べる。ところどころが破損していたが、ハスキー犬が出入りできるほどのほころびはない。三メートル近い高さがあるから、犬はもちろんインパラでも飛び越えるのは不可能だろう。唯一の出入り口である正門も、フェンスと同じ高さの鉄扉で固く閉ざされている。

朽ち果てた二階建ての管理事務所も施錠されていたが、中央の倉庫だけは例外だった。体育館に似た大きさと造りのその建物の横腹に、大型トラックがらくに出入りできそうな扉が洞窟のように黒々とした口を開けている。

扉の前に立ち、中を覗いてみる。廃墟の中には濃密な闇が広がっていた。懐中電灯で照らしてみたが、奥の壁は遠く、ぼんやりとした薄闇をつくる効果しかなかった。

闇の中に耳を澄ましてみた。何も聞こえない。中に入ってみるしかなかったが、私は巨大な暗黒の前で逡巡していた。いつもの悪い癖だ。中に入ったとたん、シャッターが降りて閉じこめられてしまう光景を想像してしまったのだ。鼻から大きく息を吸いこんだ。よどんだ空気の匂い。海風に乗ってゲンさんの異臭がかすかに漂ってくる。私はここにいるのが自分一人ではないことを思い出して、ようやく闇の中へ足を踏み出した。

波の音が小さくなった。倉庫の中には、日中のなごりの粘つくような熱《いき》れがこもり、魚の腐臭に似た鉄錆の匂いがした。何歩か進んで、周囲に光を走らせる。右手は山積みにされた段ボール。ゲンさんの新居が立派になった理由がわかった。左に光を向けた。コンクリートの床に何かがころがっている。

目をこらしてその正体を知った私の背筋は、一瞬にして凍結した。人間の片腕だった。肩口から先だけの腕が、まるでファッションモデルがポーズをとるように折れ曲がって、虚空をわしづかみにしている。息を呑んで飛びすさった私の目の隅に、扉近くの壁に立つ人影が見えた。

「誰だ」

私は壁に光を浴びせかけた。そして絶叫した。壁際に何十人もの人間が立っていて、全員が表情のない顔で私を見つめていた。

私の体は心より素早く反応し、銃弾から身を守るがごとく低い姿勢をとった。つまり尻もちをついた。遠くでゲンさんが私を呼ぶ声がする。尻もちをついたまま私は大声で叫び返した。

「なんでもない」

なんでもない。オーケー、本当になんでもない。並んでいるのはマネキン人形だ。倉庫の中には夥《おびただ》しい数のマネキンが放置されたままころがり、あるいは立てかけられていた。この暗闇の中では、本物の死体が混じっていたとしても気づかないだろう。人形とわかっているのに、私はうなじの毛を逆なでされる感覚を抑えることができなかった。

遠くから念仏じみた唸り声が聞こえた気がした。私はそろそろと立ち上がり、耳をそばだてた。ゲンさんだった。酒に酔って唄を歌っているのだ。私がまだ洟たれ小僧だった頃に流行っていた唄だった。私は闇の中にそろそろと足を進めながら、うろ覚えのそのメロディを一緒になってハミングした。

ノー　ウーマン、ノー　クライ。ノー　ウーマン、ノー　クライ。エブリシングス・ゴナ・ビ・オーライ。エブリシングス・ゴナ・ビ・かさり。

頭上でかすかな音がした。懐中電灯を上に向けた。構内をぐるりと取り囲むようにキャットウォークがめぐらされているのが見てとれた。葉擦れに似たその音は、確かにそこから聞こえてきたはずだ。右奥にキャットウォークへ上がる階段を見つけた私は、手すりを握りしめて一段ずつゆっくりと上っていった。

階段の中ほどまで行った所でまた音がした。今度ははっきりと。私は頭の中でゲンさんの唄をリフレインする。

エブリシングス・ゴナ・ビ・オーライ。エブリシングス・ゴナ・ビ・オーライ。エブリシングス・ゴナ・ビ・オーライ。

最後の一段に足をかけたとたん、
したしたしたしたした。足音がした。

軽やかだが重量感のある響き。体重のある生き物がすばやく移動している音だ。階段を上りつめた私は懐中電灯をコルト四十五口径のように構え、光の銃弾をキャットウォークに撃ちこんだ。

何もいない。

幅一メートルほどの鉄製ネットでできた狭い回廊の床にも、マネキン人形や段ボールや雑多な資材の残骸が散乱していた。足場を確かめながら私が足を進めると、
したしたした。足音がした。

私の立つ場所から遠ざかり、斜向《はす》かいのキャットウォークの方角へ去っていくのがわかった。光を放つ。金髪のマネキンがこっちを見つめ返しているだけだった。私はローファーを脱いでポケットに突っこみ、靴下だけの足で音を立てないように進んだ。

キャットウォークの角まで歩く。鉄の床の冷やかさが、靴下を刺したしたしたした。

再び足音。今度はキャットウォークの次の角の向こうだ。懐中電灯の光はまたもやわずかに

遅かった。光の中にはもういない。

私はため息をつく。堂々めぐりだ。文字どおり。相手が大型犬だとしたら、分の悪い鬼ごっこに思えた。第一、もし姿を見つけたとしても、私の手には何の捕獲道具もない。明るくなってから出直すことに決めた。

階段を降り、扉から出ようとすると、

したしたしたした。

私に別れを告げるように、また頭上で足音が響いてきた。今度は音の移動する方向の少し先へ光を放つ。一瞬、小さな二つの光点がきらめいた。眼だ。だが光の焦点が追いついた時には、もう姿が消えていた。

倉庫のシャッターを閉めようとしたが、電力から見放された電動式の扉はびくともしない。

私はゲンさんの段ボールハウスに戻った。ゲンさんは私が近づいたのにも気づかずに、ワンマン・ライブを続けている。ボートの折れたオールを抱えて、レスポールをかき鳴らすように指をうごめかせていた。私は周囲に落ちている廃材を拾い集めて、フェンスの裂け目の手前にバリケードを築いた。

「頼みがある」

声をかけたが、ゲンさんから返事はない。目を閉じたまま折れたオールを奏でるのに夢中の様子だった。

「明日、一升瓶を持ってくるからさ」

ゲンさんがかっと目を見開いてシャウトした。

「イエ〜イ」

「ここで見張っていてくれないか。犬が外へ出ないように」

「オーケー、ベイベ」

自分が通り抜けられるすき間を残して角材を斜交いに組み上げてから、もう一度ゲンさんに声をかけた。

「それと、演奏中申し訳ないが、そのギターを貸してくれないか」

「オーケー、カモ〜ン」

ゲンさんから折れたオールのギターを受け取る。バリケードをくぐり抜け、ゲンさんのギターですき間を埋めた。

「ヘイ、ベイベ」立ち去りかけた私に、ゲンさんが歌うように言った。「一升瓶より、ワインにしてくれませんか」

「ああ、いいとも」

「チリ産がいいらしいですね。白を頼みます」

さすがに街中の高級料理店のポリバケツを食べ歩いているだけのことはある。ゲンさんは見かけによらずグルメだ。

「グンナイ、ベイベ」

私はゲンさんにおやすみの挨拶をしたが、わり箸と洗面器でドラムソロをはじめたゲンさんの耳には届いていないようだった。

8

翌朝早く私は行動を起こした。大型犬の捕獲に必要と思われるものをステーションワゴンに放りこむ。捕獲用ネット、訓練用鎖首輪《チョークチェーン》、矢部家から預かったハスキー犬の親友だという猫のキティのビニール人形、常食しているドッグフード、メルセデス・メカニック仕様のツールボックス、その他いろいろ。ハッチバックを閉めて、運転席のドアノブに手をかけた瞬間、背後で声がした。

「おはようございます」

草葉の陰から聞こえてくるようなハスキーボイス。誰であるかは振り向かなくてもわかった。

「今日は、日曜だぞ、婆さん」

私は背中を向けたまま、ドアにキーを差しこんで言った。今日はタフな一日になるはずだった。年寄りは足手まといになるだけだ。

「水臭いじゃないか。一人で出かけるなんて」

「これは遊びじゃないんだ。仕事だ」私は厳しい表情をつくって後ろを振り返る。そして目を見張った。「なんだ、その恰好は」

綾は蝶が飛び交うモリ・ハナエのトイレ用タオルで姉さんかぶりをして、派手な花柄の割《かっ》烹《ぽう》着《ぎ》を着ていた。両手には軍手。足にはピンク色のゴム長。

「さ、行こうぞ。いざ、いざ」

しわだらけの頬を赤く染めて興奮している。花柄の割烹着の下のシャツもモンペ風のスラックスも花柄だった。上が薔薇、下が牡丹。

「悪いけど、一人で行く」

足手まといになるだけじゃない。連れて歩くのが恥ずかしかった。

「いざ、いざ」

いつものように都合の悪い時にだけ、聞こえないふりをする。私が黙ったままクルマに乗りこもうとすると、綾が言った。

「お弁当、お前さんのぶんも、つくってきたんだよ」

「愚かな。そんなもので俺が喜ぶとでも思っているのか」

「鶏の照り焼き弁当だよ。比内《ひない》の地鶏」

「乗れよ」

午前六時四十分。私と照り焼き弁当と婆さんは、海岸へ向けて出発した。

蒲鉾屋根を陽に輝かせている朝の光の中の空き倉庫は、婆さんの厚化粧と同じく、月明かりの中で見るより、さらにみすぼらしく見えた。私たちの行く手にマッコウ鯨の死骸ように横たわっている。防波堤の手前でクルマを停め、唯一の出入り口であるゲンさんの段ボールハウスの玄関まで歩く。廃材のバリケードも毛布にくるまったゲンさんも手つかずのまま残っていた。

バリケードの中ほどを崩す。まず綾を抱えあげて向こう側に降ろし、道具一式と自分の体を押しこんだ。

ゲンさんは段ボールの邸宅に寄りかかるようにして眠っていた。汗ばむほどの暑さにもかかわらず、煮しめた醬油色の毛布にくるまり、その上には灰色の毛皮までかけている。昇りかけた陽に燻《いぶ》され、昨日にもまして異臭を放ち、朝の爽気をだいなしにしていた。チリワインで金網の玄関をノックすると、ゲンさんに覆いかぶさっていた毛皮だけがぴくりと動いた。

「ここにいろ」

綾を手で制し、足音を忍ばせて段ボールハウスに近づく。灰色の毛皮が、淡いブルーの目でこちらを睨んでいた。私はスポーツバッグに詰めた道具の中から、チョークチェーンを取り出す。輪の部分が投げ縄のように収縮する、犬の訓練用の鎖の首輪だ。そして、ゆっくりと近づいた。

犬が顔をあげ、ナイフのように尖った両耳を立てた。濃いグレーの体毛の中で、顔の部分だけ婆さんの厚化粧のように白い。赤頭巾の絵本に出てくるオオカミのような顔。シベリアンハスキーだ。

まだ小犬の幼さの残る顔立ちだが、体は見事に成長しきっている。大人が四つんばいになったほどの大きなハスキー犬だった。体重は綾より重いかもしれない。私に気づくと、北欧美人のようなアイスブルーの目で睨《ね》めつけながら低い唸り声をあげ、そのコンマ一秒後には、もう駆け出していた。

私も走った。チビはフェイントをかけるように敷地の奥まで疾走し、それから大きく迂回して倉庫の中に駆けこんだ。後を追い、息を切らせて私が中に飛びこんだ時には、もう姿が見えなくなっていた。

夜の闇の中では、無限の空間が広がっているかに見えた倉庫の中は思いのほか狭く、広さも形状も、あまり思い出したくない故郷の中学校の体育館を思い出させた。ここに体育用具室がないことはわかっているのに、一瞬、嘲り笑いの残響が耳をよぎった気がして、胸の奥がちりりと焦げた。

裸のマネキン人形が、いつか見たホロコーストのドキュメンタリーフィルムさながらに死屍累々と横たわっている。段ボールやぼろ布と化した衣料品があちらこちらに散乱していた。キャットウォークの上、唯一の明かり採りである窓ガラスは半分がた割れて、格子模様を描いていた。私は目をこらし、耳に神経を集中させ、そのすべてを見まわした。したしたしたした。

キャットウォークから足音がした。

したしたしたした。キャットウォークはコの字型に構内を取り巻いていて、足音はそこを左から右へと移動している。私は昨日とは反対の、右翼に上る階段へ走った。足音がそこを通り過ぎると同時に階段を駆け上がる。

キャットウォークの奥へ灰色の塊が跳びはねていくのが見えた。素晴らしいスピードだった。だが動きはすぐに止まった。コの字の行き止まりにつきあたったのだ。チビは二度、三度、跳び上がって壁を爪でひっかいたが、すぐに反転してこちらを向く。私は歩調をゆるめてチョークチェーンを構え直す。ポケットに突っこんであったキティ人形を取り出し、牙を剝くハスキー犬にそろそろと近づいた。

地雷原を突破するような慎重さで足を動かした。チョークチェーンがちりちりとかすかな金属音を立てる。チビは低く唸って私を威嚇し、壁に爪を立て、またくるりと向き直り、反転して唸り声をあげる、この動作を繰り返していた。背中の毛が逆立ち、尻尾が後脚の間でまるまっている。逃げるべきか攻撃をしかけるべきか迷っている様子だった。向こうもこちらが怖いのだ。私は愛を告白するフランス人のごとく、甘い鼻濁音で囁きかけた。

「……チビ……チビ……チビちゃん」

唸り声が大きくなっただけだった。チビの両耳が後ろに傾き、尻尾が立ち上がる。よくない兆候だった。犬が攻撃をしかけようとしている時のポーズだ。私はチョークチェーンを左手に持ちかえ、右手で高価な貢ぎ物のようにうやうやしくキティ人形をさし出す。目は見ないようにした。犬は人に見つめられるのを嫌うのだ。そして今度は、裏声を使って言った。

「おはよう。わたし、キティちゃん」

チビが吠え声をあげた。チビという名には似合わない咆哮《ほうこう》だった。これ以上近づくと飛びかかってくるかもしれない。私はとっさに体をそむけ、身を縮めた。背中に凶暴そうな咆哮が突き刺さる。しかしチビは攻撃をしかけてはこなかった。

吠えかかる犬には、尻の匂いをかがせるとおとなしくなる、という話を聞いたことがある。犬は股間の肛門腺の匂いを嗅ぐ習性があるからだそうだ。いままで試す機会はなかったが、私はそれを実行に移すことにした。

深呼吸をしてから、後ろ歩きでゆっくりと歩きはじめた。吠え声がやんだ。背後でふんふんと鼻息が聞こえてくる。二メートルほどの距離に近づいた時、私はジャケットの裾をめくって、チビに向けてそろりと尻を突き出した。恥じらう処女のごとく。

いきなり尻を嚙みつかれた。ブルックス・ブラザーズのツイードが無残に裂ける音がした。そしてすさまじい咆哮。

〝バウバウバウ〟

私はキャットウォークを走り逃げ、階段を駆け降りた。階段の真下で、派手な服を着た子供用のマネキンを突き倒してしまった。マネキンが悲鳴をあげる。婆さんだった。

「待っていろと言ったはずだぞ。帰れ、ここは危険だ」

厳しい顔で綾を咎めた。

「お前さん、パンツ丸出しで何をいばっているんだね」

私は尻を押さえた。

「犬コロに嫌われたようだの」綾は小馬鹿にした横目で私を見た。「動物は正直だよ。人間の心根がわかるのさ。優しい心の人間か性根の曲がった人間か、お見通しさね。まあまあ、ここは、優しいババにまかせよ」

自信たっぷりの様子で言う。何の根拠もない危うい自信としか思えなかった。

「やめておけ、婆さん。残り少ない命を大切にしろよ」

「ほっほほほ、すぐにあたしを連れてきてよかったと思い知るよ、ほほほほほ」

ほほほ、ほほほ、とふくろうのように笑いながら、婆さんはキティ人形を抱え、私の制止を振りきって階段を上がっていく。手すりを握りしめて一段ずつ足を揃え、三段ごとにひと休みする、おそろしく悠長な上り方だった。階段を上りきる前に疲れて帰ってくるだろうとタカをくっていたが、最後まで上ると、本当にチビの所へ行ってしまった。階段の途中まで追いかけたが、私はそこで待つことにした。まぁ、死ぬことはないだろう。確信はなかったけれど。

「これこれ、ワンコやワンコ」

しばらくして綾の声がした。その声はすぐチビの吠え声にかき消される。少しの間《ま》。もう一度、綾の声。そしてまたチビの吠え声。こころなしか先刻よりも激しい。突然、けたたましい物音が頭上でわき起こった。一瞬ののちに、階段の上から婆さんが降ってきた。私はその体を受け止める。スーパーキャッチ！

「だいじょうぶか、優しい婆さん」

私は言ってやった。

「だめだよ、あの犬コロは。性根が曲がってる」

私に抱えられたまま、いまいましげに綾が毒づいた。最終兵器のキティちゃんは、敵の手に落ちてしまった。


作戦変更だ。私はクルマに戻り、捕獲用ネットを出した。チョークチェーンの輪の部分に積み荷固定用のネットをつけた投網状の仕掛けだ。以前、アライグマを捕まえるためにつくった。かつてアライグマをペットとして飼うことが流行していた時期がある。私が追いかけていたのは、その生き残りの一頭だった。

アライグマが一時期もてはやされたのは、テレビの人気アニメのキャラクターになったからだ。しかし、実物はそれほど可愛い動物ではない。あれは猛獣だ。私は二本の指を危うくちぎれそうになるほど嚙まれたうえに、傷口を化膿させ三日間高熱を出して寝こんだ。

アライグマでさえそうなのだから、体重が三十キロ以上ありそうなシベリアンハスキーに本気で襲いかかられたら、人間などひとたまりもない。動物の捜索中に何度も野犬や獰猛《どうもう》な番犬の襲撃を受けたことのある私は、その恐ろしさを十分に知っている。犬はおとなしく寛容な動物だから、誰もが忘れているが、自然界の弱肉強食のヒエラルキーで言えば、大型犬の殺傷能力は——いや中型犬ですら、丸腰の人間よりはるかに上なのだ。

婆さんはさっきの一件ですっかり体力を使い果たしてしまったらしく、今度はついてこようとはしなかった。ゲンさんの段ボールハウスのリビング——潰した段ボール箱の上にビニールシートを敷いた部分だ。ちなみに家の奥の屋根を載せた場所がベッドルーム——にちょこんと上がりこんで伊予柑をむいている。あんな所によく平気で座っていられるものだ。あんた、いい男だね。阪東妻三郎《ばんつま》みたいだよ。婆さんに褒められてゲンさんが顔を赤くしていた。

ゆっくり足音を忍ばせて階段を上がる。チビは番犬よろしく両脚を揃えて座っていた。私の姿を見咎めると、恨みでも抱いているかのような碧眼を向けてくる。三メートル手前まで近づいてから、捕獲網を投げた。投網式のネットはチェーンの音を響かせて的確な放物線を描いて飛び、中空に理想的な円形を広げ、そしてすっぽりと見事にマネキン人形をキャッチした。

マネキンを捕まえたネットの隣でチビが歯を剝き出している。姿勢を低くして耳を後方に寝かせ、ブラシのような尻尾を天井にはね上げていた。すこぶるよくない兆候だった。私は思わず愛想笑いを浮かべたが、無駄だった。

〝バウバウバウバウ〟

私は階段へと遁走した。

午前中いっぱい、破れたネットを修理しながら、何度もトライを重ねたが、結果は同じだった。周囲に障害物が多すぎるのだ。

昼近くなって私は、正攻法を諦め、持久戦に持ちこむことにした。飼い主をここに連れてきたほうが解決が早い気もしたが、私の職業上のプライドが、それを許さなかった。

折れたオールのギターを弾く手をとめて綾の世間話の相手をさせられていたゲンさんは、私の顔を見るとほっとしたような表情になった。私は先刻、チビが顔を埋めるように体を預けていたボロ毛布を貸してくれないかと持ちかけた。レンタル料は比内地鶏の照り焼き弁当。割に合わない取引に思えたが、プライドには替えられない。

倉庫に戻り、ゲンさんの毛布ですっぽりと体を覆う。真夏に二日続けて履いた靴下へ納豆とブルーチーズをブレンドして詰めこんだような凄まじい臭気がした。チビの好物だというドライタイプのドッグフードを抱えて、再びそろそろとキャットウォークへ上がる。

壁ぎわでうずくまっていたチビが起きあがり牙を剝いてきた。だが、すぐに唸るのをやめ、ふんふんと鼻を鳴らしはじめた。そして私のほうを不思議そうな表情で見返してくる。思った通りだ。チビはゲンさんの毛布が好きなのだ。

今回は五メートルほど距離を残して立ち止まり、足もとにドッグフードをひと握り置く。そして後ろ歩きで退却した。さらに五メートルほど退くと、そこにドッグフードをまたひと盛り。何度かこれを繰り返して、階段下まで戻った。階段の途中にもドッグフードを仕掛け、階段下にはてんこ盛りにする。それからゲンさんの毛布を頭からかぶり、段ボールとマネキンの陰に身をひそめる。悪臭が毛穴までしみこんでくるようだった。鼻を閉じ口だけで呼吸しながら、なおかつ息を殺す。なかなかの苦行だ。嘘だと思うなら、一度試してみるといい。

そのまま一時間待ったが、キャットウォークは静まり返ったままだった。先に動いたほうが負けだ。我慢比べになりそうだった。

もともとシベリアンハスキーはめったに鳴かないおとなしい犬だ。きれい好きで匂いも少ない。馬鹿だという噂もあるが、あのチビを見ているかぎりそうは思えない。馬鹿なシベリアンハスキーが多くなったのは、大量生産ともいえる安易なブリーディングによって近親交配を繰り返したせいだ、誰かがそんなことを言っていた。なにしろ、ほんの数年前まで、シベリアンハスキーは人気ナンバーワンの犬種だったのだ。

あれだけたくさんいたシベリアンハスキーはどこへ行ってしまったのだろうか。世の中の犬の数は、流行りすたりで変わる。玩具やインテリアと同じ。勝手なものだ。動物が好きだという人間は多いが、動物ははたして人間を好きなのだろうか。

ボロ毛布を誰かが引っぱっていることに気づいた。もぞもぞと裾が動き、もこもこ毛布がふくらんだかと思うと、右の肩口から婆さんの顔が現れた。

「どうだい、調子は」

「最高だ。俺の鼻が曲がっていないかどうか、確かめてくれないか」

綾は弁当を分けてくれた。比内地鶏の照り焼き弁当は私の分だけで、自分の弁当は小さな握り飯二つと漬物だった。金持ちの息子がいるわりには貧乏臭い婆さんだ。毛布の臭いの中で喰う気にはなれず、婆さんに見張りを交替してもらうことにした。

「なんじゃね、これしきで、情けない」

婆さんは離れた所で握り飯を喰いはじめた私を、しわと見間違えそうなほど目を細くして見返してくる。驚いたことに婆さんは、私の替わりにボロ毛布をかぶり、その中で握り飯を喰っていた。

「あんた、平気なのか？」

頭上を気づかいながら、声をひそめて言った。

「平気の平左衛門だわね。外地から引き揚げてきた時なんぞ、みんなもっとひどい臭いをさせていたよ。生きているのに体からウジがわくほどだからね。こんな立派な毛布があったら、それこそ奪い合いだよ。寒いからね、毛布一枚がなくて死んだ子供もたくさんいたんだよ」

自分の昔話に自分で興奮した婆さんの声が、だんだん大きくなっていく。私は唇にひとさし指を当てて、婆さんの声を制止した。

「鼻をほじるのは、おやめよ。癖になるよ」

ボロ毛布に戻った私に、婆さんはズボンを脱げと言う。私が返事をするより先に巾着の中から裁縫道具を取り出した。私はチビを捕獲した後、矢部家を訪問することになるのを思い出して、素直に脱いだ。

天井近くのガラスのない窓から四角形に切り取られた午後の日差しが降りそそぎ、荒れ果てた倉庫の中は早暁にも薄暮にも似た薄明かりに包まれていた。ここ数日では珍しく、春らしい日和だった。婆さんは陽だまりを選んでしゃがみこみ、こちらにちんまりとした後ろ姿を向けている。驚くほど小さな背中だった。八十いくつだか知らないが、あの体でそれだけの年月をずっと生きてきたことが不思議でならなかった。

姉さんかぶりに割烹着にゴム長。どこかで見たことのある光景だった。思い出すまでもない、昆布採りに出かける時の母親の姿だ。船に乗れないから、浅瀬から昆布を引っぱってくるのだ。昆布泥棒——船で昆布漁をしている近隣の家から、そう呼ばれているのを知っていた母親は、私に仕事を手伝わせようとしなかった。おかげで私は同級生たちから「昆布泥棒」と呼ばれることはなかった。「昆布泥棒の子」だ。私のズボンを縫う婆さんの姿が、なんだか厭《いと》わしく思えて、私は目をそむけた。

エサを仕掛けて二時間が経過したが、進展はなにもなかった。時折、チビがキャットウォークを徘徊する音はしたが、階段まで近寄ろうとする様子はない。婆さんはまだ私のブルックス・ブラザーズを縫っている。まるで息をしていないかのように、ぴくりとも動かなかった。本当に死んでいるのかもしれない。なにしろ、いつ死んでもおかしくない齢だ。念のために私は綾の背中に声をかけた。

「婆さん」

動かない。

「おい、婆さん」

綾はうなだれたままだった。頭が真下に垂れ、肩の上からは首筋しか見えない。私は毛布をはね飛ばして駆け寄った。薄い肩をつかんで揺さぶる。婆さんは私に揺すられるままだった。口からよだれが垂れていた。

「どうした、しっかりしろ」

もう一度激しく婆さんの体をシェイクした。綾は、かっと目を見開き、よだれをすすりながら、どろりと濁った寝ぼけ眼《まなこ》で私を睨んできた。

「痛いよ」

私のブルックス・ブラザーズの穴は半分もふさがっていなかった。

二時間半が経過した時点で、階段上へ偵察に行った。チビはそこを自分の居場所と決めているのか、キャットウォークの隅でお座りのポーズをしたまま動かない。階段の上がり口へ牛乳を満たした皿を置く。興奮して、腹が減っていることは忘れていても、喉は渇くはずだ。再びボロ毛布をかぶって身を隠した。臭気に慣れてしまったのか、鼻が馬鹿になったのか、もう鼻から息を吸っても、さして気にならなくなっていた。綾はまた縫い物をはじめている。

「外地って、どこにいたんだ?」

綾に話しかけた。別に婆さんの昔話に興味があったわけではない。退屈していただけだ。

「北満。満州だよ。忠文さんはそこで生まれたんだ。可愛い赤ちゃんだったよ。ころころよく太っていてね、一貫近くあったものだから、みんなに双葉山の再来だなんて言われたほどさ」

やはり、話しかけるべきではなかった。婆さんの自慢話は果てしなかった。大陸には家族と渡り、いまは亡き旦那とはそこで知り合ったそうな。蒋介石に会ったことがあるよ。いい男だったね。川島芳子さんって知ってるかい。男装の麗人だよ。私はあの人の諜報活動を手伝ったことがあるんだ——。ほとんどがホラ話のようだった。旦那は陸軍軍人。玉すだれのようにたくさんの勲章を下げていたのだとか。

私はだんだん馬鹿馬鹿しくなってきて、話を右の耳から左の耳へと抜き、頭上に意識を集中させようと努力した。何分経ったろう、気がつくと婆さんはまだ話を続けていた。

「ちゃんと聞いているかい?」

「なんだっけ」

「あたしが上海で歌姫をしていた話。満州に行く前だよ。あたしはダンスホールで唄を歌っていたんだ。支那服を着てね」

「ふん」私は鼻先で婆さんのホラ話を吹き飛ばした。「次から次へとよくもまあ」

「我《ウォ》来《ライ》为《ウェイ》你《ニー》们《メン》唱《チャン》一《イー》个《コ》歌《コー》」

「なんだって?」

「一曲歌ってみようかって言ったんだ」

婆さんは両手を腰のあたりで組み合わせ、妙なシナをつくって、口を「O」の字型に開けた。

「よせっ」

とめようとした時には遅かった。婆さんはイグアナのように喉に垂れた肉を震わせて歌いはじめた。私の知らない言葉の――たぶん中国語の――唄だ。頭上で突然の驟雨《しゅうう》に似た足音が弾けた。チビが動揺して暴れはじめたのだ。

「わかった、信じるから、もうやめてくれ」

キャットウォークの中ほど、チビが柵の間に頭をこじ入れて、こちらを見下ろしていた。耳を立て、垂らしていた尻尾を上げて攻撃態勢に入ろうとしている。だが、婆さんは歌うのをやめようとしない。

チビが唸りはじめた。声のトーンがだんだん高くなっていく。鉄柵の間から見える尻尾は、半分だけ立った状態で左右に揺れている。メトロノームのように。まるで唄に合わせてタクトを振っているかのように。綾の唄が高音部に入ると、チビの唸り声も高くなった。

私の頭の中で電球が灯ったのは、その時だ。綾の耳に囁きかけた。

「婆さん、歌いながら、後ろからついてきてくれ」

自分の唄に酔いしれて目をつむり首を揺らしていた綾が、目を閉じたままこくんと頷く。私は毛布を頭からかぶって階段を上った。綾の歩調に合わせて、ゆっくり一段ずつ両足を揃え、三段ごとに休む。綾は毛布の端にしがみつきながら独唱を続けた。

悪くない唄だった。最初に電話で聞いた声とも、いつものしわがれ声とも違う、メゾ・ソプラノ。悲しげな子守唄のような旋律だ。歌っているのがこの婆さんでなかったら、聴き惚れてしまったかもしれない。

チビはキャットウォークの中ほどで腰を落とし、ビクターの商標のような姿勢で小首を傾げている。あきらかに唄に聴き入っていた。この犬は音楽がわかるのだ。私はポケットからチョークチェーンを取り出した。チビはじっと動かない。ブルーの瞳は私ではなく、背後の綾を凝視したままだ。

あと二メートル。チョークチェーンを差し上げ、首輪部分の輪を大きく広げて身構える。ちりっ。金属の鎖がかすかな音を立てると、チビの目が綾から私に移動した。そのとたん、綾が咳きこんだ。

〝バウバウバウ〟

チビが毛布に齧《かじ》りつく。ボロ毛布は私の手を離れ、チビの手に――正確に言えば口に――渡ってしまった。

綾が再び歌いはじめたが、もうチビの関心は新しい戦利品に移ってしまったようだ。毛布をくわえ、さっそうと壁ぎわの自分の陣地に戻ると、キティ人形と一緒に前脚で抱えこんでしゃぶりはじめた。時おり私たちのほうに顔を上げて、邪魔をするなという表情で唸り声をあげた。私は手にしたチョークチェーンを投げ縄のようにくるくるまわしながら、天井を仰いだ。

「なぁ、お前さん、あの毛布が好きってことは」歌声とは似ても似つかない声で、ぽつりと綾が言う。「ワンコはあの髭の旦那も好きってことじゃないかね」

私は思わず綾の顔をまじまじと見つめた。何を勘違いしたのか、婆さんが頬を染めてうつむいた。

「勘違いするな」

チリワイン一本、という取引条件にもかかわらずゲンさんは難色を示した。犬は好きではないと言う。公園で寝ていると、追いかけられることがよくあるのだそうだ。チリワインの白プラス新しい毛布でようやく契約が成立した。今回の仕事で私はゲンさんに、どのくらい稼がせることになるのだろうか。

ゲンさんを先に立たせて倉庫の階段を上った。チビは母犬にすがりつくように毛布に顔を埋めていたが、私たちが近寄ってくることを知ると、不機嫌そうに首をもち上げた。私は思わず深呼吸をしてしまった。ゲンさん本体の臭いは、毛布の比ではなかった。

「尻だ。尻からだ」

ゲンさんの背後に隠れて指示を出す。私の後ろでは私のジャケットの裾を握った婆さんが、中国語の唄を歌っている。チビが体を起こしながら鼻と耳を動かした。目はゲンさんの垢のこびりついたズボンの尻に向けられている。私たちはゲンさんを楯にして爆発物処理班のようにじりじりと歩を進めた。

あと数歩で手の届くあたりまで距離を縮めると、チビがのそりと立ち上がった。思わずゲンさんを前に押し出して首をすくめた。両手で顔を覆ったゲンさんが不安げな声をあげる。

「私、保険に入っていないんですけれど」

「俺もだ。国民年金だけだよ」

チビは眩しいものを見るように目をしばたたかせながらゲンさんに近寄ってきた。首を上げ、鼻を鳴らしてゲンさんの尻の臭いを嗅ぎ、そして尻の割れ目あたりをぺろりと舐め上げた。ゲンさんが悲鳴をあげる。

婆さんの言った通りだ。ゲンさんが好むと好まざるとにかかわらず、チビはゲンさんを、いたく気に入っているようだ。私にも、ひとつ気づいたことがあった。一メートル半に近づいた時、私はポケットからチョークチェーンではなく、いつも矢部家で使っている革製のリードを取り出した。さっきから失敗を重ねていたのは、おそらくチョークチェーンの音のせいだ。理由はわからないが、チビは金属製のこの首輪の音に過剰に反応する。音を聞くたびに脅《おび》え、そして怒るのだ。

うっとりとゲンさんの尻の臭いを嗅いでいるチビの側面にまわりこみ、後ろから首にリードをまわす。

かちり。ストラップが締まった。

チビはきゃんとカン高い声を上げたが、自分のリードの革の匂いを嗅ぐと、急におとなしくなった。首を抱き、耳の後ろを掻いてやると、もっと掻けと言いたげに私の手に耳をこすりつけてくる。垢のたまった耳は、ゲンさんの毛布と同じ匂いがした。

目を犬と同じ高さにすると、いままで見えなかったものが見えてきた。私はキャットウォークの一番隅、チビがずっと座り続けていた場所に、ドッグフードが散乱していることに気づいた。私が仕掛けたドライタイプのものではない。ミンチ肉の高級ドッグフードだ。山積みになった段ボールに隠れるように、まだ底に水の残った洗面器が置かれているのも発見した。

私の仕掛けに乗ってこないはずだ。誰だか知らないが、ここでチビにエサと水を与えていた人間がいたのだ。

矢部の家にクルマを走らせた時には、もう陽が西に傾きはじめていた。新興住宅街の煙の出ない煙突が、どの屋根にも同じ長さの影をつくっている。私は子供たちが歓声をあげて飛び出してくる光景を想像し、私への尊敬に輝く二対の眼差しを思い浮かべた。

クルマを停めると、後部シートのチビが興奮した様子で唸り声をあげはじめた。倉庫での声とは違う、ハミングするような唸り方だった。ケージを開け、リードをつけたとたん、弾けるように飛び出し、私より先に門の中へ入っていこうとする。

ドアチャイムを押したが、応答はなかった。私はアポイントメントをとらずに来てしまったことを後悔した。ガレージにはクルマがなかった。日曜の午後だ、家族でどこかに外出してしまったに違いない。

犬小屋があったことを思い出した私は、庭にまわってみることにした。クリスマスプレゼントのようにチビをつないで帰り、子供たちを驚かせようと思ったのだ。

たんねんに芝を刈った庭に入る。犬小屋がなくなっていた。再び門に戻って、ようやく表札も消えていることに気づいた。

「お留守のようだね」綾が言う。

「ああ、たぶん、ずっとお留守だ」

誰がチビにドッグフードを与えたのかがわかった。矢部本人だ。おそらく新しい引っ越し先では犬が飼えないに違いない。子供たちにそれを説明できなかったか、子供たちが納得しなかったか、どちらかは知らないが、チビは逃げ出したわけではなく、困り果てた矢部に捨てられたのだ。事情を聞かされていない子供たちに泣きつかれて、私を雇ったに違いない。一日だけ、駄目なら諦める。そんな約束とともに。

ただいま、と言ったつもりなのだろうか、チビが飼い主のいない家に向かって、甘えるような遠吠えをした。

ふと気がつくと、傍らにいたはずの綾がいなくなっていた。犬の次は婆さんだ。チビが淡い湖水を思わせる目で、私を見上げていた。目が合うと、くりっと顔をそむけて首筋を見せる。耳の後ろを掻け、と言っているらしい。私はため息をついて耳を掻いてやった。

婆さんは簡単に見つかった。けけけけけ。矢部家の斜向かいの家から、婆さんの怪鳥のような笑い声が聞こえてきたからだ。縁側に座りこみ、その家の主婦とおぼしき中年女性と話をしている。

「なんだかねぇ、突然だったらしいよ。夜逃げ同然だったそうだわね。ご近所に挨拶もなかったってさ」婆さんの聞き込みの技術は、よけいな時にだけ天才的な能力を発揮する。

「ヤクザ者か何かに借金をこしらえて、払えなくなったって」

矢部家の家庭事情には興味がなかった。問題はこの犬だ。

「どうする、お前さん、このワンコは？」

沈黙の言い訳をするように煙草に火をつけた私の顔を、婆さんと犬が一緒に見上げてきた。

「あんたにやるよ。可愛がってやってくれ」

「そりゃ無理だよ。うちの嫁は犬が嫌いなんだ。保健所に引きとってもらったらどうかね。新しい飼い主をみつけてもらえるって聞いたことがあるよ」

私は黙って首を横に振った。仕事柄、保健所——この街の場合は県営の動物管理センターだが——のことはよく知っている。確かに里親探しはするが、貰い手が現れるのはごく稀《まれ》で、運良く引き取られるのは、人気のある犬種の小犬ぐらいのものだ。捕獲した動物を預かるのは五日間。その間に里親が見つからない場合は、施設内のガス室送りだ。一歳を過ぎた流行遅れのシベリアンハスキーは、入ったら二度と出ては来れないだろう。涙で目を腫《は》らした矢部の子供たちの顔を思い出して、私はもう一度首を振った。

「そうだよ、お前さんが飼えばいい」

綾がそう言うと、チビがワウと鳴いた。嫌だ、と言ったのかもしれない。私は煙草のけむりとともに言葉を吐き出す。

「あいにく動物は嫌いなんだ」

「信じられない男だね。動物で稼いどるくせに」

「世の中はそういうものだ。昆布採りをしている人間が、昆布が好きとはかぎらない」

「なぜ昆布が出てくる?」

「さぁ」

私は首をひねり、靴の底で煙草を押し潰した。

9

この街の背後には、市街地の拡大を悪意を持って阻《はば》もうとしているような小高い丘陵が横たわっている。その間断なき妨害活動は、高速道路を大きく迂回させることには成功しているものの、ハンカチ一枚分の地面ですら見逃さないデベロッパーの侵略にはなすすべもなく、丘陵の東斜面のあらかたは、斜めにかしいだ建て売り住宅やマンションに喰い荒らされていた。

『柴原アニマルホーム』は、その丘陵の頂近く、コンクリートと人間に抵抗する最後の砦のような場所にある。ステーションワゴンが坂道に入ると、後部シートの大型ケージの中で、アイドリングの音に似た不機嫌そうな唸り声をあげていたチビがけたたましく吠えはじめた。昨日からずっとこんな調子だ。

昨夜は厨房に繋いでおいた。疲れていたようですぐにいびきをかいて眠りはじめたが、夜中に目を覚ますと、キティ人形を口にくわえたまま旧式の冷蔵庫と一緒に唸り出した。私が近寄ると、くりっと横を向き、側頭部を突き出す。耳を掻け、ブルーの瞳がそう言っていた。しかたなく再び寝つくまで掻いてやる。起こさないように足を忍ばせてベッドへ戻ろうとすると、背中に唸り声を浴びせてくる。振り返ると、チビはまた手招きをするように首を振り、耳の後ろを私に向ける。この繰り返し。ほったらかして寝ようとしたら、いきなり遠吠えをはじめた。おかげで私は睡眠不足だった。

「婆さん、後ろに猫の人形がころがっているだろ。チビに渡してやってくれないか？」

「動けないよ」

情けない声で婆さんが言った。そうだった。助手席に座りたがるくせに、いつもシートベルトをしないから、今日は無理やり締めさせたのだ。

「じゃ、唄でも歌ってやってくれ」

綾が歌いはじめると、チビはようやく静かになった。今日の婆さんは、昨日の割烹着をそのまま仕立て直したような派手な大柄のワンピース姿だ。その恰好で事務所に現れた時から、訊かなくても私についてくるつもりであることがわかった。クルマの中でも脱ごうとしない花飾りのついた大きな帽子が、さっきから運転の邪魔でしかたがない。香水をつけていないのが、せめてもの救いだった。香水のかわりに婆さんからは湿布薬の匂いがした。

「お前さん、妙な男だな。性曲がりのくせに、なぜ犬ころ一匹に情けをかける？」

ふいに歌うのをやめた綾が、歌声とは違うところから出ているようなしわがれ声で尋ねてくる。私はステアリングを握り、前を見つめながら、とっておきのセリフを独り言めかして言った。

「ハードでなくては生きていけない。優しくなければ生きる資格がない」

実際にそれは独り言になった。肝心な時にかぎって耳の遠くなる婆さんは、私の言葉をまったく聞いていない。私は綾の耳に触れそうになるまで口を近づけて、もう一度同じ言葉を繰り返した。

「なにをする」綾が首をそむけて、私に咎め立てする視線を向けてくる。「いやらしい」ハンカチを取り出して、干し柿よりしなびた耳を、粉《こ》を払うように拭きはじめた。

「年増の色香に迷うたか」

私の眼球は硬貨のように丸くなった。

「バ、バ、バ、バ」バカを言うな、そう言おうと思ったが、行き場のない憤りにもつれた舌は、上手く動かなかった。

「どうやら図星のようだね」

「バ、バ、バ、バ」

「ババが好き？」綾が頬を紅色に染めて、小首を傾げた。

「違う」ようやく私は叫んだ。「俺の仕事についてきたいのなら、今度から補聴器をつけるか、メガホンを耳にくくりつけるかしてくれ」

「冗談だよ。ちゃんと聞こえているよ。資格がどうのこうの。どうせ誰かの受け売りだろ」

しらっと婆さんが言う。

「マーロウの言葉だ。あんたは知らんだろうが、心ある人間は皆知っている」

「マー坊？」

「フィリップ・マーロウ。俺と同じ探偵だ」

「へりくつマー坊?」

沈黙することに決めた私に、綾はなおも話しかけてくる。いつもろくに声をかけないから、一度、会話の糸口をつかむと離そうとしないのだ。

「お前さん、資格だけでは世の中、渡っていけんぞよ。あたしなんぞ、会計士と宅地検定とクルマの運転と産婆のお免状まで持っているのに、勤め先は性曲がりの動物探し屋のところしかない」

いつもの私なら黙殺しただろう。しかしこのところ誰かとまともに会話をしていなかった私は、こんな年寄りが相手だというのに、ついむきになって言葉を返してしまった。もちろんそれは間違いだった。

「ハードボイルドの名言だ。俺の一番好きな言葉だよ。あんたには関係のない世界だ」

「ハートポイトト? どなたさんだね?」

「ハードボイルド。人の名前じゃない。人の生き方の名だ。英語だよ。直訳すれば、かたゆで玉子」

「なんだ、ゆで玉子が好きなのかい。鶏肉も好きだものね。早くお言いよ」

「違う」

私は今度こそ本当に黙殺した。

坂の途中、舗装路が途切れたあたりでクルマを停める。ハッチバックを開けてチビを降ろし、木漏れ日の中を歩きはじめた。風には湿った土の匂いがあり、頭上では鳥たちが囁き、そして背後では綾がわめいていた。

そういえばシートベルトの解除方法を教えていなかった。なかなか気のきいた配慮だったかもしれない。妙なデザインの帽子が、助手席で苛立たしげに揺れている。一応は規格サイズなのだろうが、婆さんがかぶると、まるでメキシコ人のソンブレロのようだった。

「だから、ついてくるなと言ったろう」

クルマに戻った私は勝ち誇ったように婆さんを見下ろした。

「助けはいらないよ」怒りに濁った目で言葉を返してくる。「お前さん、クルマにカギまでかけて。私が中にいるのを知っていて、わざとやったね」

「すまん、いつも一人だから、癖になっているんだ。悪気はない」

もちろん悪気があったに決まっている。私は頭を下げるかわりに舌を出した。

「まったく、いい齢して、子供みたいだね。いやらしい映画のテープなぞ見ておるくせに」

私は舌を出したまま、両耳に親指を突っこみ、トナカイの角のように広げた手をひらひらと動かした。

婆さんはきいきいと悪態をつきながら、シートベルトを力まかせに引きちぎろうとしている。

「はずし方を教えてやってもいいぞ、あんた、小便が近いからな、そこで漏らされたら困る」

私がそう言うと、婆さんは情けない顔でこちらを見上げて、ぽつりと呟いた。

「……もう遅いよ」

私は声にならない叫びをあげて、シートベルトのロックをはずし、婆さんをクルマから引き抜いた。私に体を抱え上げさせたまま、今度は綾が勝ち誇った笑い声をあげた。

「ほっほほほ、冗談だわよ」

婆さんは、スローモーションビデオかと思うほどの悠長な足どりで坂道を歩く。帆船のような帽子が、丘からの風をはらませているうえに、日傘までさしているものだから、ろくに歩けないようだった。小さな婆さんの体は、風が吹くたびに飛ばされそうになる。本当に傘と一緒に飛んでいってしまえば、どんなに愉快だろう。私は綾を待たずにチビと先を急ぐことにした。

私が歩調を速めると、突然、背後から綾が猛烈な勢いで迫ってきた。小石をはじきとばしながら、小走りで私を追い抜いていく。まったく可愛げのない婆さんだ。

坂道の途中に木製の看板が立っている。看板には、ぶっきらぼうな書道家が書いたような文字がそっけなく入っていた。

『柴原アニマルホーム』

そこから雑木林へと続く小径には、遊歩道風に地面へ丸太が埋めこまれている。ここまで来ると、柴原アニマルホームがすぐそこであることがわかる。さまざまな動物たちが発する匂いが一帯に漂っているからだ。何匹もの犬の吠え声やけたたましい鳥の鳴き声、名も知れない動物の咆哮も聞こえてくる。チビが耳を立て、低く唸りはじめた。

私はとっくに婆さんを抜き返していた。綾は坂の途中、はるか後方を這いつくばるようにして歩いている。もう抜き返す気力も体力もないらしい。私は歩調をゆるめた。言っておくが婆さんのためではない。何となく、ゆっくり歩きたくなっただけだ。

雑木林の奥は、小さな畑になっていて、その先にトタン板を張った粗末なフェンスが立ちはだかる。間口はおよそ三十メートル。ここが柴原アニマルホームだ。

フェンスの一角につくられた木戸の上から、中を覗いた。奥行きも間口と同じほど。個人の住まいとしてはかなりの広さだが、内部はむしろ狭苦しく感じる。なにしろ敷地の両側には動物小屋が並び、当の動物たちのほとんどは、敷地の中で好き放題に飛びまわっているのだ。犬、猫、鶏、タヌキ、ヒツジ、クジャク。信じられないことにフタコブラクダまでいる。奥には、山間のロッジ風のログハウスが見えた。動物たちの姿を見たチビが唸り声を大きくしたが、その声は種々雑多な鳴き声にあっさりとかき消されてしまう。

ログハウスの右手、物置小屋の手前にしゃがみこんだ柴原克之《しばはらかつゆき》が見えた。すぐそばに立つ人物と話しこんでいる。先客がいたようだ。私は煙草を取り出し、チビのリードを門柱にひっかけて待つことにした。

突然、尻をつつかれた。婆さんがようやく到着したらしい。相手にせずに煙草に火をつけようとすると、また尻をつついてくる。その拍子にライターの火が私の鼻を焼いた。私は眉をつりあげて振り返った。

「こんにちは、探偵さん」

私の仏頂面は四分の一秒で笑顔に変わった。風鈴の音《ね》を思わせる涼やかな声の主が、片手にもったニンジンをフェンシングの剣のように構えたまま、いたずらっぽく微笑みかけてくる。柴原翔子《しょうこ》だ。

「ほら、うちの畑のニンジン」

翔子は泥まみれのニンジンを山積みにした大きな竹籠を掲げてみせ、もう一度微笑んだ。翔子が笑うと、頬が果実をためこんだリスのようにふくらみ、唇が「ん」の形になる。鋼鉄ですら溶けてしまいそうな笑顔だった。長い髪をバンダナで包んだ翔子は、長袖Tシャツにオーバーオールの作業着姿で化粧気はまるでなく、鼻の頭に畑の泥までつけていたが、それでも輝くように美しかった。

「ニンジン、好き?」

翔子が言った。

私は嘘をついた。

「もちろん」

チビに気づいて翔子が歓声をあげる。どんな魔法を使ったのだろう。翔子が首筋を抱きしめて頬ずりをすると、あれほど不機嫌に唸り続けていたチビが急におとなしくなった。

私とチビを見比べた翔子は、何も言わなくても、私が訪ねてきた理由を察したようだ。私にもう一度笑顔を見せて、中へ入るようにすすめてきた。

「今日は連れがいるものですから。ここで待たせてもらいます」

目の隅に、木立ちの中をふらふらと大きすぎる帽子を揺らして近づいてくる、さまよえるメキシコ人が見えたのだ。

お茶、淹れて待ってるね。翔子は動物たちが近くにいないことを確かめてから、慎重に戸を開け、ログハウスへ歩いていく。後ろ姿に見とれていると、途中で足を止め、克之と話をしている男の背後に忍びよって尻にニンジンを突きさしているのが見えた。見事な銀髪にベレー帽を載せた、画家を漫画に描いたようななりの初老の男が、悲鳴をあげる。翔子たちとは親しい間柄なのかもしれない。翔子の場合、親しい人間でなくても同じことをやりかねないが。

ベレー帽の老紳士は私に気づくと、座を明け渡す気になったらしい。克之に片手をあげて挨拶をし、こちらに向かって歩きはじめた。途中で一度、克之を振り返り、指を突き立てて言った。

「あんたも気をつけたほうがいいよ」

老紳士は私の顔を見もせずに、会釈したのか、木戸の脇に垂れた木の枝をよけようとしたのか、さだかでないほどに頭を下げて出ていった。

「いい男だねぇ。佐田啓二みたいだよ」

背後で婆さんの声がした。しわの中の干しアンズのような目を輝かせて、老紳士の後ろ姿を何度も振り返っている。

動物たちが外に出ないようにそっと戸を開けて中に入った。そして柴原克之に声をかけた。

「やぁ」

克之が顔を上げ、夢の中の風景を見ているような目で、ぼんやり私を見返す。私の挨拶には小さく頷いただけだ。いつもながら愛想の悪い男だが、別に私に悪意があるわけではないことはわかっていた。誰に対してもそうなのだ。愛想のない男を、私は嫌いではない。

克之は流行遅れのダンガリーシャツの袖口をまくりあげ、松の根のように筋肉の盛りあがった腕で、バスタブほどもありそうな大きな水槽を洗っていた。私と同年輩だが、アラスカのイヌイットかモンゴルの牧童を思わせる童顔だから、齢より若く見える。その童顔と草食動物のような目には不釣り合いな、広い肩幅と頑強そのものの体格の持ち主だ。

「犬を引き取って欲しいんだ」

私がそう言うと克之は、ほんのかすかに眉をしかめた。

「嫌だって言っても置いていくんだろ」

しかし克之のチビを見る目で、断らないことがわかった。私よりチビのことが気になってしかたがない様子だった。

ここへ来るのは半年ぶりだった。柴原アニマルホームの噂を聞いて、初めて訪れたのは、探偵稼業を始めてすぐの頃だ。何を勘違いしたのか、私の事務所のテラスに、雑種の小犬を入れたバスケットを置き捨てていった人間がいた。その犬を引き取ってもらってからのつきあいだ。以後、猫を二匹、フェレットとミドリガメを一匹。仕事のなりゆきで受け取ってしまった動物は、ここに連れてくることにしている。いまのところ断られたことはない。柴原アニマルホームは、いわば、この街で捨てられたペットたちの駆け込み寺なのだ。

日傘をさした綾が物珍しげにアニマルホームの中を歩きまわっていた。いまは子供のニホンザルの飼育舎の前で、傘をくるくるまわしている。まるで親子対面のようだった。克之がちらりと綾の方に視線を走らせ、私にもの問いたげな表情を向けた。私は腰かけるのに手頃な庭石を見つけて、しゃがみこみながら言った。

「母ザルにどうかと思ってね。できればあれも引き取ってくれないか」

柴原はほんの儀礼程度に歯を見せた。

「あんた、そこに座るのはいいが、気をつけたほうがいいよ。靴が中身ごとなくなるぞ」

私は座ろうとした石を見た。石がこっちを睨んでいた。

「ワニガメだ」

克之がぼそりと言う。私はあわてて腰を上げた。庭石に見えたのは、甲羅に苔を生やした、獰猛そうな歯を持つ巨大なカメだった。

「爬虫類も飼いはじめたのか?」

「いや、それは商売モノ」克之は水槽を洗う手を止めず、弁解するようにぼそりと言う。

「みんなを喰わせていかなきゃならないからな」

みんなというのは、ここにいる動物たちのことだ。そして翔子。翔子は柴原克之の妻だった。

柴原アニマルホームは、一応私設動物園だ。入場料は大人が二百円、子供は無料。しかし私は人が入っているのを見たことがない。柴原夫妻は、自給自足の畑仕事と、犬のブリーディングや調教、そして細々としたペット売買を生活の糧にしている。これだけの動物のエサ代だけでも馬鹿にはならないはずだ。私は彼らの生活の悩みを、またひとつ増やしに来たのかもしれない。

さっきまで犬たちにすり寄られて逃げまわっていた婆さんの姿が中庭から消えていた。いつの間にか勝手に物置小屋に入りこみ、中を詮索していた。自分の背丈ほどもある木箱を覗こうとして低い背をせいいっぱい伸ばしている。

おい、婆さんいいかげんに――そう言って綾に近寄った私も、木箱を見ると、思わず蓋に手をかけてしまった。輸入品であることを示す珍しい英文字のスタンプが目に入ったからだ。

克之が亀のようにのそりと首を上げて言った。

「それはやめたほうがいいよ」

その言葉は少し遅すぎた。もう私は蓋を開けてしまった。木箱の中のガラスケースには、何十匹もの赤と黒のストライプ模様のヘビが、うぞうぞと蠢《うごめ》いていた。

「マダラサンゴヘビだ」克之がのんびりと言う。「いちおう毒ヘビだ。嚙まれたらただじゃすまない」

私はあわてて蓋をしめた。

「これも商売モノかい？」

胸の動悸を押さえて私は訊いた。

「ああ」克之がなんだか残念そうに言う。「そいつはまだ日本では珍しいんだ。扱っているのはうちだけじゃないかな。現地の輸出元《シッパー》から直で買ったんだ」

本当は売りたくなくて、全部自分で飼っていたい、そんな口ぶりだった。

動物捜査の仕事を始める前の私なら、毒蛇がペットとして売られていることなど信じはしなかっただろうが、もう別に驚きもしなくなった。いまやこの国では、どんな生き物も金を出せば買えるのだ。横浜あたりの専門店に行けば、サソリもタランチュラもニシキヘビも手に入る。まだ私のところに捜索の依頼が来ていないのが幸いだった。ワシントン条約のI種に記載されている動物だって証明書さえあれば買えるし、証明書のないものですら数百万の値で闇取引されている。

「みんなぁ〜お茶の時間だよぉ」

ログハウスから、翔子ののどかな声がした。

ログハウスの前に張り出した丸太造りのテラスは春風の風上で、ここでは動物たちの鳴き声も匂いも薄らぎ、かわりにハーブティーの香りに包まれている。私はブラックコーヒーと酒と水以外の飲み物を口にすることはまずないが、翔子が淹れてくれた自家製のハーブティーなら話は別だ。

五月になったばかりだというのに、テラスのフラワーボックスには、サルビアの花が咲いている。柴原夫妻とは初対面の綾が、私よりずっと打ち解けた様子で、ずるずる音を立ててハーブティーをすりながら一人で喋っていた。

「何かの悪い知らせだね、この暑さは。年寄りには大変だよ。あたしゃきっと、ことしの夏を越せないだろうねぇ」

夏どころか、この婆さんなら次の氷河期も越せそうな気がしたが、黙っていた。翔子がいちいち頷き、感心したり、なぐさめたりしているものだから、婆さんは完璧に図に乗っている。自分の体の不調を嬉しそうに語った後は、もう私が何度も聞かされた息子の自慢話だ。

忠文さんはね、あ、あたしの息子のことだよ。優しいんだよ。この間も東京のお寿司屋さんに連れていってくれてね。ウニがおいしかったねぇ。やっぱりお寿司はウニだねぇ——。

さっきはまるで化粧気のなかった翔子が、薄くピンクの口紅を引いていた。少し陽に焼けたパンケーキのような翔子の肌によく似合っている。たぶん私のための口紅だ。そう思っただけで、ハーブティーが喉の途中でつかえそうになった。口紅以外に化粧はしていない。必要がないのかもしれない。まだ二十代半ばの翔子の頬は、頬紅がなくても薔薇色に輝いていた。厚く塗った白粉がしわの中で粉をふいている綾と並んでいると、とても同じ生き物とは思えない。その別種の生物である婆さんは、まだ喋り続けている。

「嫁はね、忠文さんよりずっと年下なんだよ。ちょっときついんだよねぇ」その嫁なら知っている。胸に九十センチ級のロケット弾二基を備えたダイナマイト・ボディだ。「まぁ、いまどきの娘だからねぇ。孫は三人。いちばん上が小学六年だったっけ」

「あら、羨ましい。私たち、子供が出来ないから。この子たちが子供がわり」

婆さんの言葉に相づちを打っていた翔子が、庭で跳びまわる動物たちのほうへ首を傾けて、それからリスのように笑った。残念ながらその笑顔は、私にではなく克之に向けられていた。

「お父さんは、なんだって？」

翔子が克之に訊く。

「ああ、別に」

「いつもの話」

「うん、俺たちも気をつけたほうがいいって」

夫婦の会話を見つめる私は、眩しさに目を細める表情をしていたに違いない。ベレー帽の男は、翔子の父親だったようだ。ちゃんと挨拶をしておけばよかった。

テラスの手すりにつないだチビは、克之に「シット！」と声をかけられると、ぴくりと体を固くした。「おすわり」翔子が優しく声をかけて顎や首すじをなでると、おとなしくうずくまり、くんくんと甘えた声を出す。私に対する態度とは、ずいぶん違うような気がした。

柴原アニマルホームの犬たちには首輪がない。他のたいていの動物と同じように昼は園内で放し飼いにし、夜は犬舎で寝る。チビもここの環境と他の犬に慣れたらそうする、と克之は言った。私は克之にチビのチョークチェーンの話をした。

「訓練士にそれでぶったたかれてたんじゃないかな。訓練所じゃチョークチェーンをよく使うからね。飼い主が見てないところじゃ、バシバシやるヤツがけっこういるんだよ」克之は口数の多い男ではないが、動物の話は例外だった。「もっとも、犬のしつけっていうのは、基本的にそういうものだけどな。力で服従させるのがね」

「それ以外の方法は?」私は訊いた。

「しつけなんかしないことだな。もっといいのは、飼わないことだ」

あたり前だろ、という顔で克之が答える。

「そういえば、エルザは元気かい?」

私がそう言ったとたん、柴原夫妻は顔を見合わせ、急に黙りこんだ。エルザは私がここに来るきっかけになった、テラスに捨てられていた雑種犬だ。少しの沈黙の後、克之が無表情のままぽつりと言った。

「死んだ」

無理やり感情を押し殺している声だった。

翔子が泣きそうな表情に笑顔を張りつけて、綾に声をかけた。

「おばあちゃん、もう一杯、お茶どう?」

翔子がログハウスのキッチンに戻ってしまったのは、ここから先の話を聞きたくなかったためだった。家の中を覗きたくなったに違いない、綾も翔子についていってしまった。

婆さんがいなくてよかった。いたらここで念仏を唱えはじめただろう。克之の話によると、半月ほど前、アニマルホームからエルザが消え、翌朝、首だけが敷地の中に投げ入れられていたという。首のない死体は近くの森で見つかった。四肢は中足骨の関節から先がすべて切り取られていたそうだ。

「信じられないよ。自分がやられてみろっていうんだ」

克之が珍しく感情をあらわにして、吐き出すように言う。

「犯人はわからないのか？」

私の問いに、克之は曖昧な表情を浮かべた。

「察しがついている？」

私の問いに頷きはしなかったが、否定もしない。克之の視線が私の背後に走る。物置小屋の方角だった。振り向くとフェンス越しに使い古しのドラム缶が山積みされているのが見えた。中庭にいた時にはわからなかったが、ここからだと以前には空き地だったフェンスの向こう側に、ドラム缶や建設残土の山が山脈のように連なっているのが見える。いま流行りの産業廃棄物というやつだ。

「不法投棄？」私は眉をひそめた。

「いや、あっちの土地を持ってるヤツが商売でやってるんだよ」

確かにこの辺りは、東京にも横浜にも近く、すぐそこに高速道路も通っている。そのくせ土地の値段は都心に比べたら、格安だ。恰好のゴミ捨て場かもしれない。

「あそこだけじゃ足りないらしい。この土地を売れっていう人間がいるのさ。この間も来たよ。港南興産とかいう名刺を置いていった。どう見てもサラリーマンには見えないヤツらだよ」

克之の話によると、フェンスのこちら側一帯は翔子の父親の土地で、アニマルホームはその一部を借りているのだそうだ。父親の所にもかなり強引な土地の買い上げ話がいっていると言う。

「じゃあ、さっきの気をつけろっていうのは？」

克之は答えるかわりに、怒りと哀しみをカクテルしたような目で私を見つめ返してきた。

「何かあったら、声をかけてくれ。いつも借りばかりだ。探偵料はいらない」

私がそう言うと、克之が心底驚いた声を出した。

「あんた、人間相手の仕事もするのか」

「もちろん」

少なからず傷ついて私は答えた。

帰り道の綾は上機嫌で、子供のようにはしゃいでいた。くるくる日傘をまわして、しきりに話しかけてくる。あんなおいしいお茶は飲んだことがないよ。いい夫婦じゃないか、ちょっと変わっているけど。今度はいつ行くんだい。日頃、人に親切にされることがあまりないに違いない。かわいそうな婆さんだ。その陽気さがなんだか哀れで、私は婆さんの言葉に素直に相づちを打ってやっていた。しかし、頭の中では別のことを考えていた。柴原克之の言葉が気になったからだ。

港南興産という名前には、聞き覚えがある。街の港近くにトラック・ターミナルを所有している、敷地の割に看板の小さな会社だ。一度、迷い猫を探しに入った時、小指の欠けた男に追い返された経験があった。

クルマの中でも婆さんは喋り続けた。

「別嬪さんだねぇ。さっきの若奥さん。こってい牛みたいなあの旦那にゃもったいないね」

「ああ」

珍しく二人の意見が一致する。私は少しの間、柴原翔子の面影を追った。翔子のことを考えると、私はいつも、子供の頃に見たロシアの映画を思い出す。森の中で動物たちと暮らす、妖精のような少女の話だ。映画の中の少女は、金髪で男物のルパシカを着ていたが、私の夢想の中ではオーバーオールに着替えている。顔は翔子だ。アカカモシカやシベリアグマやユキウサギに囲まれた翔子は、子供を抱いた母親のように微笑んでいる。私は夢想の中でも彼女に誠実だった。他の女のように頭の中で服を脱がせたりはしない。危険な兆候だった。まるでティーンエイジャーだ。相手は人妻だというのに。私のひとときの美しい幻想を婆さんが破った。

「あたしの若い頃によう似とる」

一瞬、夢想の中の翔子の顔が婆さんのしなびた顔にすりかわった。美しいファンタジー映画が、そのとたんにホラームービーになった。

「言っていいことと、悪いことがある」

私は不機嫌な声で言った。

「写真を見せてやるよ。あたしだって、好きで齢をとったわけじゃないんだ。生まれつきしわしわなわけじゃないんだよ」

婆さんも不機嫌な声を返してきた。

「そいつは知らなかった。てっきり生まれつきだと思っていたよ」

この婆さんが若い時分にもう写真が発明されていたことも知らなかった。綾が額のしわをつりあげて睨んでくる。

「なんだったら、写真を見せてやろうか？」

「いや、結構」

「海水着のもあるよ」

「遠慮しておく」

坂の下のカーブから、対向車が現れた。シルバーメタリックのベンツだ。丘陵のワインディングロードは、センターラインのない狭い道だが、むこうには道を譲る気がまるでないようだった。しかたなく私はクルマを路肩に寄せてベンツをやりすごした。

多すぎるアンテナを触角のように突き立てたベンツの中には、善良な市民とは言えない顔立ちの男たちが何人も乗りこんでいた。どこへ行くのだろうか。この先の道にそう多くの行く先があるとは思えなかった。

ベンツがすり抜けていく一瞬、もう一度車内を窺ったが、側面はスモークウインドゥで、中の様子はよく見えなかった。

自分がずっと待ち続けていた刑事事件にかかわることになるかもしれない。なんの脈絡もなく、そんな予兆めいた思いが、鳥の影のように私の胸をよぎった。そして、それはほどなく現実のものとなる。

10

「なぁ、婆さん、いつになったら終わるんだ」

私はもう何べん口にしたか分からないセリフをまた繰り返す。綾がここに来てもう二週間になるが、確定申告の帳簿づくりはいっこうに終わる気配がない。椅子の上に正座してそろばんをはじいていた綾が、そのままの姿勢で体を回転させて、こっちを向いた。私の口を封じるように言う。

「まぁ、そうあわてなさんな。塩煎餅はどうかね」

私は首を横に振った。婆さんはいつも家から持ってきた煎餅や饅頭《まんじゅう》を机の上に常備している。よく喰う婆さんだ。もう総入れ歯らしく、ひと口大に割った煎餅を舐めるようにして喰うのだが、それでも一日が終わる頃にはひと袋がなくなる。

かりこり。煎餅をかじる音。

ぽちぽち。そろばんの音。

本来ならば——私は思う。本来ならばいま頃は、仕事着にしては短すぎるタイトスカートを身につけたダイナマイト・ボディの秘書が、私のために完璧なフレンチローストを淹れ、尻と胸を震わせてデスクに運んでくるはずだった。ぷるぷるゆさゆさと。私は多額の報酬を約束する電話を切り、彼女が動物系の香水の香りとともに耳もとに吹きこんでくる本日のスケジュールを聞き、そして近い将来、二人の関係が単なる雇用関係以上のものへと進展することを匂わせる、大人同士のきわどいジョークを交わし合うはずだった。

ところが現実の私の目の前では、和服にたすき掛けの老婆が、塩煎餅をかじり、渋茶をすすりながらそろばんをはじいている。ぷるぷるゆさゆさではなく、かりこりのぽちぽち。私は自分の人生設計がどんどん間違った方向に突き進んでいることを感じはじめていた。

私は今日も仕事にあぶれている。チビの捜査以来、事務所の電話は鳴らない。かかってくるのは間違い電話か、海外投信や金投資のセールスだけだ。あなたの資産を大きく殖やす耳寄りな情報。そんなに儲かるなら会社を辞めて自分がやればいい。

ダイニングテーブルの向こうで、煎餅と鉛筆を舐めながら、日がな一日、訳のわからない作業に没頭している婆さんの顔を見ているうちに、ふと、疫病神という言葉が浮かんだ。

「まさか、あんた、ここに長く居座りたくて、わざと時間稼ぎをしているんじゃないだろうな」

私が疑わしげな声を出すと、婆さんは家禽を思わせる表情のない瞳を向けてくる。頰をふくらませてひとしきり煎餅の咀嚼を続け、そして煎餅の粉にけぼけぼとむせながら、ようやく声を出した。

「ゴマ煎餅もあるよ」

答えになっていない。

「やっぱり、な。会計士なんてどうせ嘘なんだろ」

「馬鹿をお言いでないよ。どのみち延滞の追徴金を取られるんだ。少しでも節税させてやろうと思ってな。あんた、去年はずいぶんムダな金を払っているんだろう」

私は素直に首を縦に振った。ささやかな収入に比べたら、不条理と思えるほどの税金を払っている。節税という言葉は、嫌いじゃない。

「節税？　どうやるんだ」

「ほほほほ」

「妙な笑い方をするのは、やめてくれ」

「うふふふっ」

「それも」

口につめたゴマ煎餅を粉にして飛ばしながら綾が言う。

「例えば、ここの光熱費、ガス・水道料金だよ。ここが住居でも、事業を自宅で営んでいる場合は、専有面積および営業時間の比率に応じて、最大三分の二までの必要経費分が認められるんだよ。家賃だって半分にする必要はない。ここなら三分の二でいけるよ」

驚いた。まるで暗記しているようにすらすらと答える。本物だった。

「あとは、あんたの背広だね。背中に事務所の名前を刺繍すれば、作業着扱いで経費で落ちるよ」

「嫌だ」

私はきっぱりと首を横に振った。


十一時半。昼飯をどこへ喰いに行くか、目下のところ他に考えることのない私が、それを思案しはじめた時だった。何日ぶりかで電話が鳴った。

火掻き棒のような手を伸ばしかけた綾より速く受話器をつかむ。婆さんがいつも電話を自分の近くに引き寄せているのに気づいて、定位置に戻しておいたのだ。私は婆さんにアカンベを投げかけてから、受話器の向こうへ言葉を押し出した。

「はい、最上探偵事務所ですが」

仕事の依頼ではなかった。電話線の向こうから聞き覚えのあるジャズ・ベースのような低音が響いてきた。

——あんたか？

柴原克之だった。この男が私の事務所に電話をかけてきたのは初めてだった。彼の動揺した声を聞くのも初めてだろう。

——チビがいないんだ。消えちまった。

私の耳に叩きつけるような声で克之が言う。

——朝から探しているんだけど、どこにも見あたらないんだ。昨日の夜まではいたんだ。朝、犬舎に行ったら戸が開いていた。かけ金式だけれどカギもついてる。他の犬は開けたことがないんだ。あいつはカギを開ける芸当でもしこまれているのか？

「いや、どうかな」

受話器の向こうで克之が想像しているだろうものを、私も頭に思い浮かべた。首のない犬の死体、あるいは首だけの犬。

「すぐ行く」

私が受話器を置き、ジャケットに手をかけた時には、もう婆さんがドアの外に飛び出していて、ステーションワゴンのドアにしがみついていた。

「カッちゃんが、あそこを探しに行ってるんだけど」

翔子が声を震わせ、フェンスからこぼれ落ちそうなドラム缶の山を指さして、両腕をかき抱いた。エルザの事件を思い出しているに違いない。雨の中の鳩のように打ちひしがれ、頬からはいつもの薔薇色の輝きが失せている。まるで子供を誘拐された母親といった風情だった。実際、柴原夫妻にとって、動物は皆、自分たちの子供なのだ。翔子の悲しむ顔を見ると、私も悲しくなる。なんとかしなければならなかった。私のこの手で。

「だいじょうぶ、きっと見つけますから」

私が言いたかったセリフを、私より先に婆さんが口にした。

廃棄物投棄場のフェンスから克之が顔を出した。私たちを見ると、いつものように挨拶の言葉がわりに小さく頷き、それから首を横に振った。ラグビーのフォワードのような体格に似合わない身軽さでフェンスから飛び下りると、もう一度、ゆっくり首を振り、私と綾に言う。

「わざわざ悪いな」

「いえいえ、なんのなんの」

私が口を開く前に、婆さんがまた私のセリフを奪った。

「俺は上を探してみるよ、あんたたちは下を頼む」

克之はそれだけ言うと、誰の返事も聞かずに、ログハウスの裏手の斜面を一人で登りはじめた。丘の頂近くにある柴原アニマルホームは上下を森にはさまれている。上というのは、ここから丘の頂上まで続いている木立ちの深い一帯のことだ。

「何があるかわからない。一人はここに残ったほうがいいだろう」

私は綾の顔を見て言う。私は翔子と二人で下の森を探そうと思った。一人にしてはおけない気がしたのだ。万一、チビが無残な姿で発見されたら、翔子はその場で倒れてしまうかもしれない。私の言葉に婆さんは、わかったと言う顔で頷き、そして翔子に声をかけた。

「あんたは行かなくていいよ。ここにいなさいな。あたしが、この人と探しに行くからさ」

行かなくていいのは、あんただよ。その言葉を喉の手前で抑えて、私も大きく頷いた。

柴原夫妻のつつましい畑の横を過ぎると、その遥か下、民家の点在するあたりまでの斜面に雑木の繁った森が横たわっている。昨日の雨で森は湿り、ひと足ごとに腐葉土の中へ靴がめりこんだ。むせかえるような若葉と土の匂いが、今日は瘴気のように感じられた。

動物捜査のプロフェッショナルの観点から言えば、チビがまだこの辺りに潜んでいる可能性は薄かった。もういなくなってから、少なくても五、六時間が経過している。まだチビはアニマルホームを自分のすみかとして認めてはいないだろうから、付近を徘徊するのに飽きたら戻ってくるということもなさそうだ。私は森の捜索が終わったら、柴原夫妻の心配性を笑いとばして、本格的な捜査を提案するつもりだった。

そうとも、笑いとばすのだ。そうならなければいけなかった。

木の根を足場にし、太い枝で体を支えながら斜面を降りていくと、森はいよいよ深くなった。下生えが私のグレイ・フラノを濡らし、細枝が顔を打つ。背後で婆さんが自分の草履に悪態をついている声が聞こえた。振り返ると、鳶《とび》色の絣の着物のすそをからげて、ころげるようについてくるのが見えた。上の森の急斜面に比べれば、こちらは下りで勾配も緩やかだが、老婆にとってはストックなしでアルペンコースを滑降するに等しいだろう。

「いいよ、婆さん、俺が一人で行く」

私がそう言っても、聞こえないふりをする。

すべり落ちるように道なき道をしばらく進むと、平坦な窪地に出た。頭上を覆っていた繁り葉がとぎれ、周囲に明るい五月の陽光が戻った。ヒメジョオンがいたるところで目玉焼きに似た小さな花を咲かせている。地元の人間が森に分け入るためのものなのか、目の前の下生えは細く踏み固められ、小径となって左右に延びていた。

窪地の先で森は再び傾斜し、勾配を増して下方へと落ちこんでいる。下に行くにしたがって木立ちはまばらになり、熊笹や丈の高い野草が密集している藪に変わる。その藪の向こうに、遠く小さく民家の煉瓦色の屋根が見えた。

私は目を閉じ、耳を澄ました。遠くかすかに下方の県道を行き交うクルマの音がする。もしチビがアニマルホームを脱走するつもりなら、この下の森を抜けて人里へと降りていったかもしれない、チビは生まれながらの飼い犬だ。飼い犬は人に捨てられても、人のいる場所が恋しいものなのだ。

綾が無事、木立ちから転落してきた。婆さんが多すぎる森の木に文句を言っている声に混じって、かすかな葉擦れの音が聞こえた。

下からだ。深い藪の中で、草の葉が渦まくように揺れている。子供の背丈ほどもある繁みに隠れて姿は見えないが、何者かが葉を揺らしながら斜め前方へと移動しているのがわかった。チビだろうか。私はそちらに向かって走った。藪の中の波紋もどんどん下へ遠ざかっていく。

窪地の端で木の根に足をとられ、体の均衡を失った。とっさに受け身をとったが、上手くいかなかった。濡れた土に手がすべり、顔面から倒れこんだ。鼻をしたたか打った。脳天を突き上げるような血の臭いがした。

顔を上げた時には、もう薮の中の軌跡は影もかたちもなくなっていた。周囲に驚くほど大量の血が飛び散っているのを見た私は、あわてて鼻をおさえる。そして、自分が鼻血など出していないことに気づいた。鼻をつく生ぐさい臭いが、尋常でないことにも。

後ろを振り返った。私がつまずいたのは木の根などではなかった。

靴だ。

グレイ・フラノにこびりついた絶望的な泥土に舌を鳴らして立ち上がった私は、中腰の姿勢のまま凝固してしまった。

靴には中身が詰まっていた。

深い下生えの中に誰かが倒れている。這うようにして駆け寄った。そして私は反射的に顔をそむけた。ひと目見ただけでわかった。いや、見る前からわかった。鼻に張りついてくる乾いた血の臭いと腐敗しはじめた生き物の臭いが、それがもう生身の人間ではなくなっていることを示していた。

たったいま見たものが、本当に現実のものなのか確かめるために、私はもう一度、下生えを覗いた。

仰向けの死体の顔面は、ホールトマトのように赤く潰れ、片一方の眼球が垂れ下がり眼底神経だけで繋ぎとめられていた。鼻があるべき場所にはスペード型の穴しか開いていない。喉が口より大きく裂けていて、気管か食道かどちらかに違いないものが赤色のホースのように飛び出している。私は喉もとに胃液がこみあげてくるのを感じた。

「どうした、ひどい血じゃないか」

背中で綾の声がした。

(ばあさん)

と言ったつもりだったが、声が上手く出なかった。かわりに足もとを指さす。自分の指先が震えていることに初めて気づいた。

「おや、ハイカラな靴だね」

私は首を振ってもう一度指をさす。綾が腰をかがめたまま動かなくなった。二人で言葉もなく顔を見合わせる。婆さんの目が灰色のガラス玉になっていた。

胃液が口から噴き出して、綾の顔まで飛び散った。綾はまばたきもせずに、ふところからハンカチを取り出して顔をぬぐう。瞳孔が開いたままだ。

笑いたければ、笑うがいい。想像の中で私は何度も殺人事件に遭遇していた。そして想像の中の私は、フィリップ・マーロウがそうであるように、死体をコールドミートであるかのように冷静に観察し、凶器と犯人の手がかりを探すタフな探偵だった。しかし現実の死体を目の前にした私は、死体はおろか自分の体すら満足に扱えなくなっていた。気のきいたセリフも出てこない。出てくるのは、ドラマや映画でおなじみの新米刑事と同じ、ゲロだけだった。

「けけけ」綾が、怪鳥じみた叫びをあげた。「けけけけけ」

ゲロと一緒に出てきた涙でかすむ目に、見たことのあるベレー帽が映った。血に染まってピンク色に変わってしまっている白髪頭にも見覚えがある。死んでいるのは、この間会った、翔子の父親だ。

「けけけけ警察だよ」先に我に返った綾が叫ぶ。

（まず克之を）

そう口に出しかけて、からっぽの胃袋からまた胃液を噴き出してしまった。

「警察だ、警察を呼ばなくちゃ」婆さんが私の尻の上をなでながら声をひっくり返す。背中をさすってくれているつもりなのだろうが、背丈が違いすぎた。「しっかりおしよ、男だろ」

「……婆さん」初めてまともに言葉が出たが、我ながら情けないことしか言えなかった。

「あんたは……だいじょうぶか？」

「あたしゃ、戦争でたくさん見てきたから」

そういう婆さんの手も震えていた。

11

第一発見者として感謝状でももらえるのかと思っていたのだが、所轄署に同行を求められた私は、窓に鉄格子のはまった狭苦しい部屋に押しこまれた。いつか見たテレビドラマのセットそのものの殺風景な部屋だった。インテリアといえばスチール製のデスクと椅子しかない。ドアに近い隅の方には、これもドラマで見たようなライティングデスクが置かれ、若い刑事がボールペンを手にして身構えている。ただし、もう昼の二時をまわっているのに、カツ丼は出てこない。

スチールデスクの向こうに座る男は、アッパーカットを狙うような低い姿勢で私の顔を睨み上げていた。私の目玉を串刺しにしようかという視線だった。五十前後、とぼしい頭髪を耳のすぐ上から分けて、芸術的な技巧で前髪に見せかけている中年男だ。少ない髪の埋め合わせのように、両方の耳から歯ブラシのような耳毛が飛び出している。テレビの刑事ドラマでいえば、さしずめ主人公の敵役のたたき上げ刑事で、無実の主演女優を誤認逮捕してストーリーを混乱させる役どころ。デッサンを間違えた肖像画のように顔が大きい。目も鼻も口も態度も、背丈以外は何もかもが大きい男だ。

「あそこでいったい何をしていたんだね」

声も大きかった。しかも喋るたびに餃子の臭いの混じったひどい口臭がした。警察が発明した新手の拷問法かもしれない。

「もう話したはずだが?」私は男にそっぽを向いて答えた。男の息が臭かったし、もう何度も同じ質問をされて腹が立っていたのだ。「僕はテープレコーダーじゃない」

「私は聞いてないんでね」

男が爪楊枝で前歯をせせりながら言う。自分だけ昼飯を喰いやがって。しかも人の迷惑もかえりみず、餃子など。私の胃袋には胃液すらないというのに。怒りと苛立ちで、胃潰瘍の古傷がきりきりと痛みはじめた。

死体を発見した私は、あの後、マーロウのようにふるまうことをあっさり放棄して、ゲロを吐きながら携帯で警察に通報した。正直に言おう。恐ろしかったのだ。遠い記憶の中の父親の水死体には、少なくとも血はなかった。臭いも覚えていなかった。死は怖い。死はむごい。死は臭い。私は行く先々で殺人事件に出くわすようなシリーズミステリーの探偵とは違うのだ。

克之を探し出して現場に戻った時には、もうパトカーが到着していた。制服警官たちに続いて、私服の刑事と活動服の男たちが現れ、周囲の木立ちに青いビニールシートを張りめぐらせて死体を囲いはじめた。私はその場で事情を訊かれ、住所と名前を尋ねられた。その名前がすみやかに照合されたのだろう。制服警官の一人がパトカーから戻って来たとたんに彼らの態度が一変した。どうやら道路交通法違反や住居不法侵入で何度も職務質問を受けている私は、所轄署のブラックリストに載っているらしい。

死体が運び出されるより早く、私と綾はまるで容疑者のように男たちにはさまれて覆面パトカーに乗せられた。乗りこもうとする瞬間、背中で翔子の悲鳴を聞いた。心臓を握りしめられるような叫びだった。振り向こうとすれば振り向けたかもしれない。しかし私は翔子の顔を見ることができなかった。

「犬を探してたんだ。死体を探していたわけじゃない。柴原さんに聞いただろ」

私は忍耐の残りかすを絞り出すように言った。へどを吐きすぎた喉が痛んだ。

「いや、私は聞いてないんだ」

「なるほど、僕は容疑者というわけだ」

「ただの参考人調書だ。あくまでも任意で来ていただいているだけですよ」

「おクルマ代は出るのかい？」

「ちゃんと話をしてもらえれば、考えるよ」

男が光り物の魚を吊るしたような趣味の悪いネクタイをゆるめはじめる。長くなるぞ、と脅しをかけるように。同じことを何度も言わせれば、私が違うことを喋るとでも思っているのだろうか。

「いいネクタイだね。どこで買ったんだい？　魚市場？」

「イトーヨーカドーだよ」

私の喋り方も彼らの気に入らないようだった。私の態度が私の立場を危うくしていることは、自分でもわかっていた。だが、私は死体の前でゲロを吐き、忠犬が尻尾を振るごとくあっさり警察に通報してしまった自分への弁明のように、へらず口を叩き続けた。警官には素直な態度で応じないのが、正しい私立探偵のたしなみだからだ。駄々をこねるようなつまらない意地だが、いまの私にはつまらない意地しか残っていなかった。もしそれを手放してしまったら、自分には何もなくなってしまうような気がしたのだ。本当に何も。

「わかった、あんたは犬を探していたと。じゃあ、あの婆さんは何者だ」

「婆さんのことは、婆さんに訊いてくれ」

綾は入り口脇の革張りソファーを備えたロビーに案内されていた。いまごろは別の刑事たちに囲まれているはずだ。

私が再び黙りこむと、男はモールス信号を打つ手つきでひとさし指でデスクを叩きはじめる。ほんとうに信号を送ったのかもしれない。ほどなくドアが開き、私服刑事が入ってきた。男の手もとにメモを置き、耳毛をのぞきこむように耳打ちをする。男のことを警部補と呼んでいた。県警は。一課では。耳毛男が偉そうに言っているのが聞こえた。たぶんヤツはその人間なのだろう。時折、二人揃って私に視線を走らせてくるのが気に入らない。

私服が部屋を去ると、耳毛の警部補は再び指でデスクを叩きはじめた。今度はどこに信号を送っているのだろうか。メモに目を走らせながら言った。

「犬を探すのに、あんな年寄りが必要なのかい？　婆さんとは何をしていた？」

指の速度がだんだん速くなっている。

「デートだとでも？」

怒らすつもりで言ったのだが、男は指の動きをとめ、不必要にまつ毛の長い目を大きく見開いて私を振り仰いだ。

「なぁるほど」

そう言って一人で勝手に頷く。私に意味ありげな視線を送って寄こして、もう一度言った。

「なるほどねぇ、そういう趣味か」

男が不快さを振り払うようにゆっくり首を振る。若い刑事がペンを走らせる音が聞こえた。

「ちょ、ちょっと待ってくれ」

男は私の言葉を無視して、若い刑事を振り返った。

「おい、おととしの未解決のやつ、ここの管轄だったよな。連続老女強姦魔。捜査報告書があるだろ。出してくれ」

「待ってくれ！」私の声は悲鳴に近かった。

「あの婆さんが、いったいいくつだと思ってるんだ」

「もう訊いたよ。六十五だろ」

あの婆ぁ、サバを読みやがって。

「六十五じゃない。八十すぎだ」

「大きな問題じゃない。確か、老女専門の暴行事件の被害者は、最高齢が九十一だったからな」

「違う！」

「婆さんは、お前が犯人かもしれないと言っているらしいぞ」

くそ婆ぁ！

結局、私は五時間も事情聴取された後に、ようやく解放された。被害者の死因、そして犯人がわかったからだ。

内線電話を受けて何か話しこんでいた耳毛男は、受話器を置くと、ぶっきらぼうな調子でわざとらしい敬語を使った。

「もう結構ですよ。お引き取りいただいて」

「もう結構とは？　どういう意味だ」

私の目を見ようとせず、爪楊枝で爪の垢をほじりはじめる。

「ご協力ありがとうございました」

「こんなところに何時間も座らせておいて、何の説明もなしに、帰れっていうのかい」

男がしぶしぶ口を開く。

「死因は、咬傷による外因性ショック死。つまり咬まれたんだな。やったのは人間じゃない。犬だ」

「犬？」私は胃の中に、再び苦い胃液がこみあげてくるのを感じた。「犬って、どんな？」

「捜査中です」

それだけ言うと、男は口をきつく結んで、天井を睨みはじめた。もう何も訊くな、ということらしい。セールスマンのような身なりの若い刑事が、セールスマンのような口調で私に言った。

「些少ですが、ご協力いただいた謝礼をお出ししますので、窓口でご請求ください」

驚いた。本当にクルマ代が出るらしい。しかしちっとも嬉しくなどなかった。

「それより、僕のステーションワゴンは？」

「ステーションワゴンって、あの薄汚いライトバンのことかい？」耳毛男が驚いたように言う。あてこすりではなく、本当に驚いている様子なのが不愉快だった。「ああ、まだ現場に置いてあるよ。だいじょうぶ、駐車違反キップは切らないようにしておくから」

「そりゃ、どうも」

私は皮肉たっぷりに言ったのだが、男は気にするな、という顔で鷹揚に頷いた。

窓口で書類に名前と住所を書かせられてから、クルマのキーを受け取った。私は最後のささやかな反権力活動を試みた。ボールペンをくすねてやったのだ。


事務所に戻った時には、もう日はとっくに暮れていた。厨房だけが薄ぼんやりとした明かりに包まれている。一瞬、トマトを刻む包丁の音を聞いたような気がして、私は体を緊張させた。

ドアを開け、厨房を見ないようにして室内灯のスイッチを押し、事務所の明かりをすべてつけてから厨房に顔を振り向けた。白い影が見えた。

うおう。叫びかけてから、舌打ちをした。食器棚に温泉旅館の名前が入った手ぬぐいが干してある。婆さんが雑巾がわりに使っている手ぬぐいだ。よけいなことを。よけいなことをするくせに、厨房の明かりを消し忘れている。

柴原アニマルホームに電話をかけたが、誰も出なかった。柴原の家には留守番電話などというしゃれたものはない。確かテレビもエアコンも持っていなかったはずだ。電話があるのさえ、奇跡のような家なのだ。

受話器を置いてから、デスクの上に婆さんのいまいましいほど達筆のメモが載っていることに気づいた。

七時までお待ち申し上げましたが、お帰りにならない由、おいとま致します。腰痛悪化の為、明日は病院へ参りますので、午前中のお勤めはお休みさせて戴きます。

私の機嫌をとるつもりか、メモといっしょにゴマ煎餅が二つ置いてある。私はメモを握り潰して屑かごに放りこんだ。

昼飯を喰いそびれていたことを思い出した。食欲はなかったが、冷蔵庫に入っているはずのレトルトのチキンクリームスープを温めることにする。

冷蔵庫のドアを開けると、壁とのすき間に何かがはさまっているのに気づいた。キティ人形だった。アニマルホームにチビを預けた後、渡しそびれていることに気づいてクルマの中をさんざん探したのだが、見つからないわけだ。チビがここに隠していたらしい。

鶏肉を噛みしめると、口の中に血の臭いが漂った。ふだんは好ましく思っている、喉にねばりつくような鳥皮の感触が急に忌まわしいものに思えて、私は皿を押しやった。

ゴマ煎餅をかじりながら椅子に体を預け、今日一日、ためこみ続けた息を吐き出した。あの刑事の言った「犬」というのは、どう考えてもチビのことだ。となると、警察が私を拘留しようとしたのは、まんざら見当違いではない。私はアニマルホームへ凶器を持ちこんだ張本人なのだ。昨日まではなんともなかったはずのチビに咬まれた尻が、急にひりひりと痛み出した。

キティ人形を手にとった。汚れて黒猫になってしまってはいるが、どこにも咬みちぎった跡はない。大切に舐めあげていたようで、布製の顔も体もてかてかと光っていた。老人は咬み殺しても、ガールフレンドには手を出さなかったようだ。

私はデスクにパブミラーを立てかけ、トランクスごとズボンを下ろし、首の筋肉が痙攣《けいれん》を起こすまでねじ曲げて、尻を見た。蒙古斑状の痣の右下辺りだ。数日前までは少し赤くなっていたが、いまは何の跡も残っていない。チビは私に手加減してくれたのだろうか。それともすんでのところで私も尻の肉を喰いちぎられるところだったのだろうか。

それほど悪いヤツでもないのだが――ズボンをずり上げながら、そんなセリフが口をついた。だが、それは容疑者が逮捕された時の親や妻のお決まりの言葉だ。人間には犬の心はわからない。人間には人間の心でさえわからないのだから。デスクの上のキティちゃんが、虚ろな黒目でこちらを睨み返している。私には優しいひとだったのよ。そう言っているようだった。

その晩、何度も柴原の家に電話を入れたが、結局、一度もつながらなかった。

12

空は今日も鬱陶しいほどの青空だ。登りのワインディングロードに入ったところで、私はブリヂストン・ロードスポーツのギアをローに入れ、ペダルを踏みこんだ。

柴原アニマルホームへ続く坂道は新緑に包まれ、朝の光の中で樹々がエメラルドグリーンに輝いている。五月はこの丘陵が一年中で最も美しい季節だ。ただし、自転車で走るのには向かない。坂道の半分も行かないうちに、ひたいから汗が噴き出してきた。

異変に気づいたのは、アニマルホームまで、あとカーブ三つというあたりにさしかかった時だ。ふだんはクルマも人影も、まず見かけることのない道の片側に、渋滞の列のようにぎっしりとクルマが停められていた。縦列駐車は道が次のコーナーに消えるまですき間なく続いている。まるでこの先にディズニーランドでもあるかのようだった。

最後のコーナーを曲がりきると、アニマルホームの突然のにぎわいの理由がわかった。看板の手前、道幅いっぱいにパラボラアンテナを咲かせたテレビ局の中継車が停まっている。私のステーションワゴンは、撮影機材を積みこんだワゴン車と新聞社の旗を立てた黒塗りのセダンにはさみ撃ちされていた。

ブリヂストン・ロードスポーツをステーションワゴンに立てかけて、木立ちの中の小径に足を踏み入れる。人ひとりがやっと通れる狭さの中を、カメラや送信ケーブルを担いだ人間たちが羽虫のように右往左往していた。私には見向きもせず、体の脇を足早にすり抜けていく。スキー競技のポールになった気分だった。

アニマルホームの前には、蠅が群がるように黒い頭がひしめいていた。トタン張りの柵に脚立が並び、その上に立つ男たちは誰もが必要以上にポケットの多いベストを着ていて、業務用のカメラを敷地内に向けている。その姿を野次馬が遠巻きに眺めていた。

ひときわ人だかりの多いのは、門の近くのニンジン畑だ。真ん中にマイクを握りしめた女が立ち、カメラに向かってキーの高い声を張りあげている。

「――たのです。殺人犬は昨夜、このペット業者の住居から逃走しました。あたかも動物園のように多くの生き物を所有していますが、もちろんここは正規の施設ではありません」

私は新聞をとっていないし、テレビもあまり見ないから、まるで知らなかった。昨日の事件に世間は――少なくともマスコミは――想像以上に騒いでいるらしい。

女のハイヒールの下にニンジンがころがっている。翔子の畑が無残に踏み荒らされていた。

私は野次馬をかきわけてニンジンを拾い、女の背後に忍びよった。

「危険な動物を野放しにしていたペット業者夫婦が、どのような管理を行っていたのか、その責任が問われ、きゃあ」

女の尻にニンジンを突きさした。

アニマルホームの木戸の前には制服の警察官が二人、手を後ろに組んで突っ立っていた。二人ともまだ若く、高校球児のような面立ちをしている。帽子どめの紐をきちんと締めて中空を睨んでいた。

「ごくろうさん」

軽く片手を上げて中に入ろうとしたが、右側の大柄なほうが、片手を差し上げて私を押しとどめた。

「この家の知り合いだ。私は第一発見者だ」

返事は戻ってこなかった。帽子の紐だけではなく、口もマニュアル通りに引き結んでいる。もう一歩、足を進めると、今度は左側も片手を上げた。並みの飼い犬より、よほどしっかり訓練されている。

木戸のすき間から中を覗くと、何人もの男たちが動物舎や物置小屋のまわりを囲んでいるのが見えた。翔子と克之の姿は見あたらなかった。

「柴原さんは、中にいるのかい」

無言。私は制服警官たちに手を差しのべて、言ってみた。

「お手!」

無言。私はあきらめてもと来た道を戻った。木戸の近くにかたまっていた取材記者らしい何人かの男女の視線が私に集中した。スーツ姿で警官に声をかけていた私を、捜査員と勘違いしているようだ。

「訊きたいことは、あるかね」

私はオフレコ情報をくれてやる、気のいい捜査官といった笑顔を彼らに向けた。

「犬はもう捕まったのですか？」

ひとりが手帳を片手に訊いてくる。暗黙のルールがあるらしく、マイクやカメラは向けてこない。

「捜索中だ」

私は胸を張って言った。

「ペット業者夫婦に逮捕状は出ますか？　業務上過失致死ですか？」

「いや、それはないな。彼らに罪はない。勝手に動物を捨てておいて、問題が起きるとすぐ騒ぎ立てる。そちらのほうこそ犯罪だ」

私の言葉に誰もが訝しげな顔をした。二人に罪などあるわけがない。罪があるとしたら、チビを連れてきた私だ。私は饒舌だった。婆さんの言う通り、私は性根が曲がっているから、気分が重い時ほど舌がよくまわる。

「犬とまだ決まったわけではない。犬のしわざに見せかけた殺人鬼の可能性も考えています」

おおっ、記者の一人が感嘆の声をあげて、メモをとりはじめる。あとの三人は私の正体に気づいたらしく、いつの間にか姿を消していた。

「殺人だとすると凶器は？」

一人だけ残った若い記者が目を輝かせ尋ねてきた。素直ないいヤツだ。たぶん彼の業界での出世は望めないだろう。

「フレッド・ブラッシーを知ってるかい？」

「いえ」

「では、彼の使った恐ろしい凶器のことも？」

「ええ。外国の犯罪者ですか？」

「プロレスラーだ。歯を使う。ヤスリで自分の歯を尖らせてあるんだ。そして相手に咬みつく。こめかみにでも咬みついてみたまえ、リングはもう血まみれだ」

男の目からすうっと輝きが消えていった。私はそうそうに立ち去ることにした。

森の中では、青色の陰気な制服を着た男たちが徘徊していた。背丈ほどの長い棒で藪の中をつつきまわしている。遺留品の捜査でもあるまいし、あれでチビが捕まると思っているのだろうか。いなくなって二十四時間以上経つ犬の捜索で、失踪現場に何か仕事があるとすれば、周囲の地形を把握して逃走ルートを割り出すことだけだ。そして、それは彼らの仕事ではない。私は自分の手でチビを探し出すつもりだった。自分の汚した靴は自分で磨け。確かフィリップ・マーロウもそう言っていた。いや、私の母親だったかもしれない。

ヘビのようにうねりながら丘を這い登る道を歩く。砂ぼこりの舞う未舗装の隘路だ。登りつめると、丘の頂上に出た。頂上だからといって別に標識が立っているわけでもないし、ベンチが置かれているわけでもないが、ちょうど展望台のようにテニスコート半面ほどの土地が拓けている。

丘の西側、アニマルホームとは反対側の斜面は一面の草地だ。こちら側では数十メートル下で地面は平地に戻り、赤土がむき出しになった造成地になっている。しかし、かさぶたのような赤黒い造成地のすぐ先は、南北に延びる高速道路のフェンスだ。地図で下調べをした通りの光景だった。

高速道路は南へ下るにつれて市街地の方向へ迂回しているから、チビが左手に進んだとしたら、追いこまれるように街に戻ることになる。しかし、もし右手、北のルートを選んだとしたら、ことはやっかいだ。なにしろ相手はソリ犬。捜査範囲は津軽半島まで広がることになる。

今度は坂道を下ってみた。右手はナイフで切り取ったような崖。左手は下草が生え放題の雑木林。克之が「上の森」と呼んでいる場所だ。

私はニンジンをポケットに突っこんだままだったことに気づいた。ひと口かじってみる。泥の味しかしなかったが、喉の中に流しこんだ。翔子とはもう会えないような気がした。なにしろ私は父親殺しの凶器を送りつけた張本人なのだ。私の顔は思い出したくない過去として、彼女の心のゴミ箱に放りこまれるだろう。私にとっての昆布のように。死んだ翔子の父親には悪いが、彼の死よりもそのことのほうが私の心を重くした。

アニマルホームの看板を通りすぎた。左手はここから「下の森」になる。道の片側はみっしりと木立ちと雑草に覆われているが、しばらく下るうちに、ドアを開けたように草木が途切れた場所を見つけた。死体のあった窪地に続くけもの道かもしれない。私はそこに分け入った。

二十歩も行かないうちに声がした。

「どこへ行くんだい」

すぐ前方で、警官の活動服よりさらにぱっとしないダークブルーの制服を着た男が、長竿を地面に突き立てて私の行く手をはばんだ。〝FIRE-DEPARTMENT〟という文字を刺繍した胸ポケットを誇らしげに突き出している。

「この先は立ち入り禁止だよ」

鼻の穴をふくらませながら言う。必要以上にはりきっているように見えた。正規の消防署員ではなく、ふだんは民間人の地元の消防団に違いない。

「すまない、気づかなかったんだ」私は素直に謝罪した。「ところで何をしているんだい。柿泥棒の見張り？」

男が薄い眉をつり上げた。人を怒らせる才能にかけて、私は人後に落ちない。男は竿を構え直すと、追いたてるように私の足もとの藪をかきまわしはじめた。

その時、私は、あるものに気づいた。男の自慢げに磨き上げたバイク用ブーツのすぐ下だ。

黒褐色の固形物。

糞だ。

それが犬の糞であるかどうか、確かめることはできなかった。男が私を道に押し返すように、竿を振って追いかけてきたからだ。しかし、後ずさりしながら私は確信していた。人糞に似たあの色と形は、犬の糞だ。サイズから見て小型犬のものではない。乾燥が進んでいたから、排泄してだいぶ時間が経っているはずだ。

柴原アニマルホームの犬たちは、昼間は庭に放し飼いで、散歩の習慣はない。丘陵の上のこの辺りまで、わざわざ犬を散歩させにくる人間もそうはいないだろう。となると、可能性がいちばん高いのは、チビの糞だった。

やはりチビはこちらに——丘の下へ向かったのだ。私は昨日見た、斜面を下る航跡に似た繁みの動きを思い出していた。

道に戻った私は、ステーションワゴンの荷台にブリヂストン・ロードスポーツを放りこんで、丘を下った。ガードレールの向こうの崖下には渓流が流れている。坂がゆるやかになり、民家の点在する辺りまで来ると、渓流は幅を広げて川になり、ガードレールのすぐ下は河原になった。首輪のない犬が人の目に触れずに、人里を突破するには恰好のルートに思えた。この辺りではまだ川の水深はさほどではないが、犬が気まぐれを起こして泳いで渡るほど浅くもない。私は確信した。チビは街の中にいる。しかも川のこちら側。街の北半分のどこかだ。

事務所のデスクの上で、留守番電話の録音ランプが点滅していた。三件。メッセージは吹きこまれていなかったが、最後の一件の録音テープが克之の困り果てた「あうう」という呻き声を拾っていた。ロビンソン・クルーソーのような男だから、留守番電話には慣れていないのに違いない。私の携帯の番号も教えていたはずだが、たぶん覚えていなかったのだろう。こちらからかけるまでもなかった。録音テープが巻き戻りはじめたとたんに電話が鳴った。

——あうっ。

受話器をとると、柴原克之の安堵の吐息が聞こえた。

「どうした、昨日から何度も電話していたんだが」

答えるかわりに克之は再び深く息を吐く。今度は疲れ果てたというふうなため息だった。公衆電話からかけているようだ。

「いまどこにいるんだ?」

私の問いに答えず、克之が呻くように言った。

——どこかで会えないかな。

克之は電話で長話をする男ではないし、電話で長話をするような用件でもなさそうだった。私はそれ以上何も訊かず、ヨットハーバーに近いホテルを指定した。準備がいる、少し時間をくれと言う。一時では? 私の言葉に克之は沈黙する。オーケーということだろう。あうっ。もう一度、ため息をついてから克之が電話を切った。

約束の時間まで、まだ二時間ある。私は不動産屋用の住宅地図を何枚も重ね合わせて壁に貼った。高速道路と川にはさまれたエリアを示す地図だ。その中から大型犬が徘徊していても人に気づかれないような場所を選びだして、赤色のマーカーで塗ってみた。河川敷、雑木林、公園、緑地、建設現場、ゴルフ場、墓地、寺社。地図のいたるところが赤くなった。こうしてみると、逃亡からまる一日以上経っているのに、チビが誰の目にも触れることなく逃げおおせているのも、さして不思議はなかった。だが時間の問題に思えた。人のいないところには食べ物もない。いずれ腹が減れば、チビは人間のいる場所に出てきてしまう。なにしろ、いまやチビはこの街でいちばん有名な野良犬なのだ。ひと目でも誰かに姿を見られたら、ただちに通報され、ダークブルーの制服たちがバスを連ねて駆けつけるだろう。

手配ポスターをつくることも考えたが、すぐに思い直した。チビより先に私が警察に通報され、座り心地の悪い取調室の椅子で、新たな尋問を受けるのがオチだ。市民全員の目と人海戦術の捜査員。それを私ひとりだけで出し抜くことができるだろうか。数万人対一人。ロンドンのブックメーカーだって手を出さないだろう分の悪い勝負だった。

顔を洗い、ネクタイを結び直していると、婆さんがやってきた。ドアを開けるなり、煮立った湯沸かしポットのように喋りはじめる。

「あああ本当に驚いたよ聞いたかい亡くなったのはあの若奥さんのお知り合いだってねぇ気の毒にねぇ本当に怖いねぇどこの誰だろうねあんなひどいことをするのは」

私のことを警察に売ったくせに、まったく事件のことを把握していないらしい。私は婆さんの顔は見ず、パブミラーを覗きながら言った。

「俺だろ？　犯人は」

ぎくり。背後で婆さんの曲がった腰の伸びる音が聞こえるようだった。鏡の隅に、腰へ手をあてて顔をゆがめ、同情を引こうとしている婆さんが映っていた。

「違うんだわさ」

「違わないさ」

邪気のない快活な声で私は言った。もちろん肚《はら》の中では邪気が渦巻いていた。

「警察の人がお前さんを参考人だって言っていたから、てっきり」

「てっきり？」

私は寛容に満ちあふれた笑顔で振り返る。むりやり笑ったから、頬がひきつりを起こした。

「参考人って、ほら、テレビのニュースだとたいてい犯人のことじゃないか、だから……」

「だから？」

「ああ、やっぱりあの男かね、って言っただけだよ」

私はネクタイをきつく引き絞った。婆さんの首を絞め上げるように。

「早く帰りたかったんだよ。腰が痛くて、座っているのが難儀で。腰はつらいんだよ。お前さんも齢をとったらわかる」

パブミラーの右から左へ、曲げた腰をさすりながら歩く婆さんが映っていた。無視していると、今度は左から右へ。鏡に自分の姿が映っていることに気づいたに違いない。しわだらけの顔をさらにしわしわにした渋面をこちらに向けて、へこへこと歩く。見て見ぬふりをした。

「そうそう」鏡の向こうで婆さんが招き猫のような手つきをする。「お弁当つくってきたよ、お前さんの分も。鶏そぼろだよ」

「いらない」

私がそっけなく答えると、婆さんの残り少ない眉毛がハの字になった。

「そうそう」婆さんがまた、おいでおいでをするように手を振った。私の気を引くつもりか、思わせぶりな物言いをする。「悪いことばっかりじゃないよ。いい話もあったっけ」

コルト三十二口径を忍ばせるようにスーツの内ポケットへキティ人形をすべりこませ、無言で出て行こうとする私の背中へ、婆さんが声をかけてきた。

「昨日、仕事の電話がたくさんあったんだわね。ひい、ふう、みい。三つも。大繁盛だよ」

仕事は欲しい時には来ない。欲しくない時にかぎってまとめてやってくる。なぜかそうなる。三年間のフリーランス稼業で知った、世間のしくみだ。

「ひい、ふう、みい。三つも」

「いまはそれどころじゃない」

婆さんの口を封じるようにドアを閉めた。

表通りに入り、ステーションワゴンを北へ走らせる。克之と会う前に行っておきたい場所があった。矢部の家だ。

さっき地図を見ていて気づいたことがある。アニマルホームの丘と矢部の家は、そう離れてはいない。直線距離にすれば二、三キロ。ハスキー犬なら、人目につかない夜か、明け方のうちにじゅうぶん駆け抜けることのできる距離だった。チビはもう家族が戻って来ないことも知らずに、自分の家へ帰ったのかもしれない。

矢部の家の前には先客がいた。短髪を金色に染めた若い男だった。USマリンのミリタリーの上下でブーツまで揃え、本物の番兵のように門の前に突っ立っている。顔立ちは典型的な日本人だが、大型冷蔵庫を連想させる肉厚の体もまるで海兵隊だ。自動小銃を持っていないかわりに、私がクルマから降りて数歩近づいただけで、銃口のような眼光を向けてきた。

「なんか用？」

男が首を斜めにかしげたまま私の顔を振り仰ぐ。開けたままの口でチューインガムをころがしていた。前歯がない。二十歳そこそこといった齢恰好だが、街中では目を合わせないほうが無難なタイプだ。

私は男から目をそらさず、両手をポケットに突っこんだまま見下ろしてやった。体重は私の一・五倍ほどありそうだったが、背丈だけはこっちが上だ。男の目はやけにぎらついていて、瞳孔が開いていた。最近、この街の路地裏でよく見かける目つきだった。クスリでとんでいる目だ。

「そういう、君は？」

歯のすき間から相手を威圧する低い声を出したつもりだったが、つい、うわずったテノールになってしまった。男はナイフの刃のように目を細め、口の片側でチューインガムを嚙みながら、私の質問を丁重に無視した。

「なんか用？」

玄関ドアに大きな貼り紙がしてある。『三崎ファイナンス』という文字が読めた。矢部が借金をしていたという危ない筋の金融会社の名前だろう。邸宅と工場を強引に差し押さえて、倒産整理を独占するつもりに違いない。この男は、他の債権者を追い返すための見張りというわけだ。

「三崎ファイナンスの人？」

私は尋ねた。男は頭をねじこむように私の顔を捉え続け、前歯のない歯を剝き出した。

「中塚組だよ」

自分の言葉の効果を確かめるように、一語ずつ言葉を切って言う。

「中を見せてもらうだけでいいんだ」

「うちが第一債権者だからさ」

教えられた言葉を丸暗記している口調だった。私を債権者の一人だと思っているらしい。

「犬だけでいい。犬を引き取りたいんだ」

このまま帰ったら自分も夜逃げするか首をくくるしかない、といった切迫した調子で言ってみた。犬が今夜の夕食がわりだとでもいうように。

「犬なんかいねえよ」

強引に門の中に入ろうとすると、男が私のスーツの前身ごろをつかんできた。私は男の腕をつかみかえし、背中にねじりあげて男に情けない悲鳴をあげさせ、口のきき方には気をつけろよ、坊や、と不敵に笑ってウインクを投げつけるシーンを頭の中で想像したが、体はまるで動かなかった。ポケットから手を抜き出しただけだ。手を抜いた拍子に、ポケットの中の小銭が飛び出して、あたり一面に散乱した。

「あああっ」

私は悲痛な叫びをあげてしゃがみこんだ。男の蹴りを警戒したが、男は突っ立ったまま動かなかった。小銭を拾い集める私の背中に、鬼気迫るものがあったのかもしれない。

「五百円玉がない。二枚あったはずなんだ。一枚しかないよ。庭までころがったかな。どうしよう。探してきてもいいかい」

悲壮感を漂わせて訴える私に面倒くさくなったのか、若い男は顔をしかめて、早く行けというふうに手を振った。しょせん、まだまだ若造。人生で並べ立ててきた嘘の数では、私のほうが上だ。

庭に入りこむ。芝生と小さな花壇だけのささやかな庭には、猫の子一匹いない。家の裏手にもまわってみたが、十円玉をひとつ見つけただけだった。

「遅《おせ》えよ」

建物の角から男が顔を出して吠えてきた。私は首をかしげながら玄関に戻った。

「ありがとう、チップだ。とっといてくれ」

私は気前よく男のミリタリージャケットのポケットに硬貨を突っこみ、後ろを振り返らず、背中越しに手を振った。

クルマのキーをまわしてアクセルを踏みこむのと、金髪が怒声とともに十円玉を投げつけてくるのは同時だった。

約束の時間の少し前に、ホテルに着いた。海を見下ろす最上階のレストランが売り物のこぢんまりとしたホテルだ。新聞を買い、ロビーの隅のソファーに腰を落として、克之を待つことにした。

新聞の社会面のトップ記事は、収賄容疑で政治家が逮捕されたという珍しくもないニュースで、アニマルホームの事件は、案外に片隅に追いやられている。昨日はたくさんの人間が死んだ一日のようだ。翔子の父親の死を報じる記事は、放火による焼死者三人と、無理心中による死者二人の間で肩身が狭そうだった。

相沢清一。それが翔子の父親の名前だった。年齢は六十四歳。マンションや駐車場を所有する資産家。断定はしていないが、断定したも同然の書き方で、犬に襲われた模様であり、警察と消防がハスキー犬の行方を追っている、と報じている。死体が発見されたのは「昨日の昼すぎ」で、死亡推定時刻は「昨日未明から朝方と思われる」と書かれていた。第一発見者である私の名前はどこにもない。

犬が人を咬んでもニュースにはならない、という譬《たと》えは正しいようだ。二、三十行ほどの簡単な記事だった。ただし、テレビ局は新聞社ほどクールではないようだ。ロビーの奥で人気俳優のゴシップを垂れ流していたハイビジョンテレビの画面が洗剤のCMに変わり、新発売の洗濯用洗剤が他社に先駆けた技術で見事にアクリルセーターを洗い終わると、見慣れた風景を映しはじめた。

画面いっぱいにアニマルホームの入り口と高い柵を真正面から捉えた映像が広がっている。禍々《まがまが》しい効果音が流れ、さっきのレポーターの女が喋りはじめた。残念ながら尻にニンジンは刺さっていなかった。

画面はすぐに唇から下だけを映した女の顔に切り替わる。『付近住民の怒りの声』というテロップが添えられていた。女の声はボイスチェンジャーでB級SF映画の宇宙人のような声に加工されている。

『何をやっているのか、あそこのことはよくわからないんですよ、はい。風向きによってはひどい臭いがしてくるし。動物園だって言うけど、なんだか気持ち悪くて、子供は行かせられないじゃないですか』

続いて中年の作業着姿の男。背中を向けていて顔は映っていない。声はやはり宇宙人。

『うん、犬はたくさんいたよ。猫もね。ないない、近所づきあいなんてないよ。近所というほど近くもないしさ。話をしたこともない。奥さんのほうは、結構愛想がよかったけどね。さぁ、何の仕事をしてるんだろう。畑で作物をつくったりしてたけど』

地球征服には絶対に失敗しそうな間の抜けた声で男は言う。柴原夫妻は、理解ある良き隣人に囲まれて暮らしていたわけではなかったようだ。

『ペット業者の妻の父親を無残な死に追いやった恐ろしい殺人犬は、まだ捕獲されていません。住民の方々の憤りはつのり、恐怖と不安は増すばかりです。以上、付近住民の方々の怒りの声でした』

付近住民というより、自分だけが怒っているように見えるレポーターが、言葉をしめくくる。柴原アニマルホームは狂犬を野放しにしていたという非難を一身に集めているらしい。被害者が翔子の父親であることも、昼下がりの主婦たちの好奇心と義憤をあおる恰好の材料になっているようだ。

ブラウン管の中で、目が痛くなるほど派手な背広を着た男が、ペット販売や繁殖ビジネスが特別な資格もなしに行われていることと、それに対する行政の不備に怒りはじめた時、誰かが私を監視していることに気づいた。

新聞を広げ、熱心に読むふうを装って、斜めに目を走らせる。アールデコ調の装飾をほどこした柱から顔だけ覗かせて、こちらを窺っている人影が見えた。サングラスをかけ、顔の半分を花粉症用の大きなマスクで覆っている。頭には時代遅れのチューリップハットをかぶっていた。探偵学校で習った尾行術の悪い見本を見ているようだった。

私が立ち上がり、洗面所に向かって歩きはじめると、そいつも柱から柱へ小走りで移動して後を追ってきた。仕切り壁でドアを目隠しした洗面所のエントランスに入る。一歩だけ足を踏み入れてから、体をそり返らせ、ロビーに向けて顔だけ出す。サングラスと顔が合った。サングラスはあわてて柱の陰に身を隠す。間抜けなヤツだ。エントランスは男女共用スペースだ。入った時とは逆の女手だけ洗って洗面所から出る。

性用に近い端から出て、大きく迂回し、ロビーに戻った。黄色のレインコートを着たチューリップハットが、柱の陰から洗面所を覗きこんでいる後ろ姿が見えた。私は背後に忍び寄って肩を叩いてやった。

「やあ」

男の背筋がぴくんと伸び、あううと呻いた。

「なぜ、わかった？」

マスクの中で柴原克之が、心外そうなくぐもり声を洩らす。どうやら本人は完璧に変装していたつもりらしい。

「昨日からテレビや新聞に追いかけまわされているんだよ。やっとこさ逃げてきたんだ。二人きりになってから声をかけようと思ってね。ホテルのコーヒーショップの隅、ヨットハーバーの見えるテーブルで、柴原克之はため息をついた。

「その恰好じゃだめだね。かえって目立つ。まるで床屋の看板みたいだ」

私が呆れて言うと、克之はまた大きく息を吐き、水浴びをするセントバーナードのように首を振った。

「高かったんだけどな、このサングラス」

オーダーをとりにきたウエイトレスが、トレーで忍び笑いを隠していることに気づいて、ようやく克之はサングラスをはずす。

私はトマトとキュウリのサンドイッチをオーダーした。この店のターキーをはさんだクラブハウスサンドイッチは悪くないのだが、昨夜同様、私の体は肉の類を受けつけそうにない。見ただけで血の臭いを思い出してしまいそうだった。丘の上でロビンソン・クルーソーのように暮らしている克之は、こういう場所にあまり慣れていないらしい。コーヒーが八百円、ビーフカレーが二千円もすることを発見して、目を丸くしていた。

「リゾットって何だい？　この千八百円の」

「昆布だしを入れ忘れた雑炊のことさ」

「信じられないな。雑炊が千八百円だなんて。飯は後にするよ」

そう言いながら、子供のように目を輝かせて子細にメニューを点検し、クリームパフェを注文する。案外に元気そうに見えたが、そうでもなかった。

「うちはきちんとやってるんだよ。俺はトレーナーの資格を持ってるし、うちの犬はみんな届けを出して、狂犬病の注射もしている」

クリームパフェをつつきながら、克之がぼやく。怒っているというより、なぜ自分たちが非難されているのか、理由がわからずに困惑しているように見えた。きっとこの男にとって人間を理解することは、動物を理解することより難しいのに違いない。

「奥さんは？」

私はさりげなさを装って訊いた。

「ああ、まぁ、もう落ちついているよ。いまは実家に行ってる。葬式の準備もあるからな。

俺、あいつの兄貴や親戚の連中から言われたよ。お前は葬式に来るなってね」

そう言って克之は、太い指にはまるで似合わない耳掻きのようなスプーンをかじる。

「すまない、俺がチビを預けたばっかりに」

私の言葉に克之が呆れた顔をした。

「あんたまで、そう思っているのか」初めて激しい口調になった。「そのことを話したかったんだ」

「そのこと？」

「あれはチビじゃない。チビがやったんじゃないんだ。警察にもそう言ったんだが、まるで取り合っちゃくれない。ハスキーは、気まぐれだけど気立てのいい犬なんだ。あんなことはしないよ」

それは私自身もずっと考えていたことだ。一晩だけだが一緒に暮らした犬だ。あんなことをしたとは思えない。いや、思いたくないだけかもしれない。私も克之も。

「どうして、そう思うんだ？」

私は慰めるように言った。答えるかわりに、克之はレインコートのポケットからポラロイド写真を取り出す。私の胃袋から喉もとへ、サンドイッチのトマトとは違う酸味が広がってきた。翔子の父親の死体を写した写真だった。

「なんで、こんなもの持ってるんだ」

私は写真から目をそむけて顔をしかめた。

「一応、遺族だからな。病院で遺体の確認をさせられたんだよ。その時、こっそりいただいてきたんだ。チビの無実を証明する大事な証拠だからね」

「証拠？」

克之は表情も変えずに、二枚の写真を私のほうに押し出す。

「ここを見てくれ」

見たくなかった。私は老眼の始まった中年男のように、身を遠ざけながら斜めに写真を見た。腕の部分の拡大。たぶん老人が攻撃から身を守ろうとした時に咬まれたものだろう。一枚は手のひらの側、もう一枚の写真は手の甲の側が撮影されていた。

「歯形がはっきり見えるだろ。これはシベリアンハスキーの歯形じゃない。ハスキーならもっと細長い形に跡がつくはずだ。それに、二枚を見比べてみるとわかる。シベリアンハスキーは水平咬合なんだ」

「スイヘイコウゴウ？」

「つまり、こうだ」

克之は自分の指で犬の顎のカタチをつくって見せる。ようするに上下の歯がほぼ水平に咬み合う歯形のことらしい。

「写真のは、違う。こうだ」克之が牙に見立てた親指をぐいっと突き出した。「アンダーショットって言うんだ。下顎前出。受け口みたいに下顎が突き出た犬だ」

「どんな種類？」

「そこまでは特定できない。同じ犬種でも犬によって違うしね。でもチビの歯形じゃないことは確かだ」

私は思わず写真を見つめてしまった。血の気を失った白い腕が冷凍肉のようだった。ひと言も言葉は交わさなかったが、ほんの数日前に会った人間が、歩いて会釈して婆さんが見とれていた人間が、物言わぬただの物体になってしまっている。その事実にいまさらながら気づかされて、私の言葉は少し震えた。

「じゃあ……他に犬が……」

「そうだ。あの晩、どこかにいたんだ。もう一匹の犬が」

私は無言で克之の顔を振り仰ぐ。克之が言葉を続けた。

「警察に言っても駄目なんだ。あいつらにとっちゃ、犬は犬でしかない。尻尾が生えててワンワン鳴くやつを捕まえさえすればいいと思ってるんだ。第一、俺の言うことなんか、ハナから信用しようとしない。あんたに頼るしかないんだ」

いかつい顔の中のカモシカのような目で、克之はクリームパフェのグラスに浮かぶさくらんぼを見つめていた。哀しげな目だった。克之がぼそりと言った。

「探してくれ。チビも、もう一匹の犬も」

こうして私は殺人事件の真犯人を追うことになった。犯人は人間ではなく犬。この事件に私以上にふさわしい探偵がいるだろうか。

13

懐中電灯を向けると、木立ちの中にぽっかりと光の穴が開いた。私は闇に体を溶けこませるように、森へ足を踏み入れた。

夜の森は、黒く深い。だが、けっして静かではなかった。わずかな風が吹くたびに、森中の樹々が巨大な獣の唸りに似た叫びをあげる。朽葉が夜気に震えて縮み上がっているのか、あるいは蟲が這っているのか、湿った土がみしみしと呟く。下生えの草の伸びる音すら聞こえてくるようだった。

午前零時。アニマルホームの下の森。昼間は警官や消防署員や消防団の連中がひしめき、カーニバルさながらのにぎわいを見せていたが、いまはもう人影がない。公務員も非常勤の一般市民も、明日のために眠りにつく時間だった。

星のない夜だ。周囲には人家の明かりも街灯もない。日没過ぎまでチビの姿を求めて歩きまわった私の体は濡れたコートのように重かったが、森の闇と冷気が全身の筋肉を緊張させた。誰もいないはずなのに、誰かの視線を感じた時のように、うなじがちりちりと熱くなる。

私は景気づけに口笛を吹いた。こういう時に吹く曲は決まっている。ロッキーのテーマだ。

口笛を吹きながら、めざす場所へ急いだ。夜は人間から距離感を奪う。ほんの十数メートルほどの距離が、長い遠征路に思えた。

見当をつけておいた辺りの地面を照らすまで、私はまだそれが存在しているかどうか不安だったが、それはあっけなく見つかった。小型のスコップを取り出して土の上からそれをすくいとり、ビニール袋の中に落としこんだ。犬の糞だ。もうすっかり干からびて、まるでかりん糖だった。私は証拠物件の古金貨を見つけたマーロウのように犬の糞の入ったビニール袋を慎重にハンカチでくるんでポケットに詰めこんだ。

背後で木が騒いだ。振り向きざまに懐中電灯の光を放つ。ずんぐりとした影。一対の眼が赤く光っている。しかし双眸がこちらを見つめ返したのはほんの一瞬で、すぐに身をひるがえして闇の中に逃げ去っていった。タヌキだ。東京近郊とはいえ、この辺りにはいまでも棲んでいて、生ゴミをあさりに人家近くにまで出没する。ゲンさんの宿命のライバルだ。

クルマを停めた場所まで戻りかけた時だ。丘の下から登ってくる灯火が見えた。速度から見てバイクではなく自転車。

近隣に住む人間だろうか。こんな時間にこんな場所に何の用事があるのだろう。挨拶をしてやり過ごそうかと考えたが、私は自分自身も、こんな時間にこんな場所にいる不審な人間であることを思い出して、懐中電灯の明かりを消し、木陰に体をすべりこませた。

自転車は通り過ぎなかった。私の潜むあたりから二十メートルほど手前で停まった。乗っていた人影は思いのほか小さい。少なくても柴原克之ではなさそうだった。小さな人影は森の中へ入っていく。私はそっと後をつけた。

私の前をゆく何者かは、ペンライトらしい細い灯ひとつで、臆することなく闇の中に分け入っていく。車道に近いこのあたりは木立ちの間隔こそ広かったが、道などないに等しい。たいした度胸だ。

ほどなく先行していたライトが動きを止めた。そして逡巡するように周囲に光を乱射しはじめる。深くなってきた森に行く手をはばまれて、進む道を探しているようだ。

私は数メートル手前まで近づいてから、人影に声をかけた。

「おい」

小さな人影とペンライトの光が、十センチは飛び上がっただろう。小さな体が夜目にもはっきりわかるほど震えながら、錆びたカランのようにぎくしゃくとこちらを振り返る。私は、そいつの顔に向けて懐中電灯を照射した。

子供だ。見覚えのある顔だった。ガルシアの捜査の時に出会った登校拒否児童だ。私が懐中電灯を垂直にして顎へあてがい、自分の顔を下から照らしてにやりと笑うと、少年はひっと悲鳴をあげて、今度は十五センチ以上飛び上がった。

「そこで何をしている」

少年はすぐに私であることに気づいて、大きく肩を上下させた。

「あああ、びっくりした。なんだ、おじさんかぁ」

「なんだじゃない、いったい、ここで何をしている？」

「そっちこそ」

「捜査だ」

私は懐中電灯の吊り金具に指をかけ、拳銃を回転させるようにまわしてから、構え直してみせる。少年は私の華麗なテクニックを見もせずに、髪にからみついた木の葉を払い落としていた。

「植物採集に来たんだよ。春休みの宿題なんだ」

「こんな夜中に？」子供とはいえ下手な言い訳だ。「しかも、いまは五月だ。なんで今頃」

春休みの宿題を──そう言いかけて、この少年がずっと学校に行っていないことを思い出した。

「学校に行く気になったのか？」

「うん、明日から」

「ランドセルを捨ててみたのかい？」

私は少年にウインクをしてみせた。

「うちの学校、私立だから、六年はランドセルを使わないんだ」

「あ、そう」

「昨日、パパにぶっとばされて、明日から行くって約束させられちゃったんだよ」

「あ、そう」

「だから、今日中に宿題をすませなくちゃならないんだ」

少年は急にいそいそと周囲を見まわして、足もとの雑草を手あたりしだいにむしりはじめる。素人演劇のリハーサルにつきあっている気がしたが、私は黙って少年の植物採集が終わるまで待った。

「もういいだろう。送っていくよ。子供はもう寝る時間だ」

少年は素直に頷き、デイ・パックから犬の引き綱らしい紐を取り出して、むしった草を投げやりにくくる。私が先に立って歩きはじめると、背中に声をかけてきた。

「ここって、昼間、テレビのニュースでやってた殺人の場所でしょ。おじさん、あの事件の仕事もしてるの」

「まぁ、そんなところだ」

「楽しそうな仕事だね」

「それほどでもない」

ずりっ。後ろで少年が森の土にすべってころぶ音がした。私は振り向いて手を貸してやった。白くてか細いアスパラガスのような腕だった。六年生だと言っていたが、ジャージで手の泥を拭っている骨の細そうな体はもっと幼く見えた。

「ほら、これを使え」

私は少年にハンカチを投げ渡し、そして訊いてみた。

「学校でいじめられてるのか？」

「別にそういうわけでもないけどさ」

そういうわけそのものの答えが返ってくる。私は少年の顔の前にひとさし指を突き立てた。

「逃げるな。闘え。孤独を恐れるな」

「コドクってなに？」

「ひとりぼっちという意味だ」

「英語で言うと、ロンリネス？」

「………？」

見事な発音だった。Jより上手だろう。

「僕、去年までロサンゼルスにいたから、日本語はだめなんだ」

「ロサンゼルスか。いい所だ」

行ったことはないが私はそう言ってみた。少年が学校でいじめられているわけがわかった気がした。本人は気づいていないようだが、少年がカタカナ言葉を喋る時、本式の英語風のアクセントになる。日本のガキどもがいかにも標的にしそうだ。私が東京のビジネススクールに入った時もそうだった。もっとも私の場合は、地方訛りだったが。

私は後ろを歩く少年に、背中で語りかけた。

「マーロウを読め」

「なにそれ」

「本だ。チャンドラーという男が本にしている。学校に行かなくても、大切なことはみんなそこに書いてある」

「本は苦手なんだ。むずかしい漢字が読めないんだよ」

「原書で読め」

私も読んでいないが、そう言った。

子供の持ち物にしては本格的なマウンテンバイクの施錠を解きながら、少年は大人びた口調で、じゃ、仕事がんばって、と私に言う。

「本当は何をしに来た？」

私は尋ねた。小さな背中がぴくりと震え、少しの間をおいてこちらを振り返った。

「おじさんと同じだよ」

「え？」

「捜査。犯行現場を見て、推理しようと思ってさ」

「探偵が好きなのか？」

「うん、ミステリーの漫画は好きなんだ。ふりがなもふってあるし」

「学校が嫌いなら、うちの事務所で雇ってやってもいいぞ。ただし中学を卒業してからだ」

冗談めかして私が言うと、少年は真顔で大きく首を振った。

「いや、いい、いいよ」

「あ、そう」

まぁ、嫌なら嫌で別にいいけれど。

自転車の赤いテールランプが闇にまぎれて消えるまで見送ってから、私は大切な宝物のようにそっと、ポケットの中の犬の糞を握る。そうとも、これが私と柴原夫妻の宝石になるかもしれないのだ。

14

鷹津ペットホスピタルは、病院というより気取った美容室風の造りで、駅に近い煉瓦通りの一角にある。オフホワイトで統一された診察室の中にも、動物病院であることを感じさせるものは少ない。壁際に観葉植物が並び、天井からはポトスの吊り鉢が下げられている。訊いたことはないが、院長の鷹津はきっと、動物より植物のほうが好きなのだろう。

鷹津は三十そこその年齢で、ボルゾイのような細面の優男だ。獣医というよりカタカナ商売の会社を経営する青年実業家といった容貌で、本人もそう見られることを望んでいるような身なりをしている。

アポイントなしで私が訪れると、ヒマラヤンに注射を打っているところだった。私の顔を認めると、鷹津は露骨に眉をひそめた。

「ああ、いらっしゃい」

帰れ、と言っているような口調だった。診察台の猫よりも痛そうな顔をしている、つき添いの飼い主がいなかったら、きっと私に向けて手を払い、「ハウス!」と叫んだに違いない。

診療を終えて病的な執拗さで手を洗っている鷹津に声をかけた。

「すまないな、仕事中。またメス猫の去勢手術かい?」

私の冗談に、鷹津は片眉をつり上げただけだった。まんざらジョークでもない。動物病院は私の情報源であると同時に、得意先のひとつでもある。治療中や入院中にペットを逃がしてしまう獣医は、世間が思っているより多いのだ。鷹津はその中でも一、二を争う藪医者だろう。わけのわからない病気には全部、もっともらしい病名をつけて、一本一万円のビタミン注射を打つという噂だ。

「軽い鬱病ですよ。精神安定剤を投与していたんです」

「猫の鬱病?」私は驚いて訊き返した。

「ええ、最近、多いんです。猫にも犬にも。別に珍しくはない。動物にも現代病があるんですよ。ストレスによる円形脱毛症、糖尿病、痛風だってある」

しかつめらしい顔で鷹津が言う。ろくな施設もなく素人の助手しかいないくせに、高額の入院費をとるために、すぐ動物を重症患者に仕立て上げるから、鷹津ペットホスピタルはいままでに三回も動物を脱走させていた。

プレーリードッグ一匹、集団脱走をした猫三匹の失踪事件は私の手で解決したが、喘息のヨークシャーテリアは、脱走途中でクルマに轢かれて死んだ。それを予後不良だか併発症だかの理由をつけて闇に葬ったことを私は知っている。喘息の犬が、どうして突然内臓破裂するのだろう。

「何か用ですか？　私は仕事をお願いした覚えはないですが」

鷹津はデスクの上のコーヒーカップを手にとり、回転椅子をまわしてこちらに向き直る。

私には椅子もコーヒーもすすめる気はないらしい。

「頭痛がするんだ。いい薬はないかな」

「ジステンパーのワクチンならありますけど」

にこりともせずに言う。ほんとうに注射を打ちたそうな顔をしていた。

「頼みがあるんだ。簡単な検査だ」

「検査？」不思議なことを言う、といったふうに鷹津は皮肉っぽく首をひねってみせる。

「誰が？　なんのために？　僕にどんなメリットがあるのかな？」

「君が、私のために。君にはなんの利益もない」

「ではお断りします」

「この病院の精神安定剤っていうのは、生理食塩水のことなんだね」

アルマーニの眼鏡の中で、鷹津の目が硬貨のように見開いた。私は薬品棚から、ヤツが客に背中を向けラベルを裏側にして戻していたボトルを抜き取り、手の中でころがしてみせた。

「なななんですか、あなた、院内のものを勝手に。いったい何が言いたいんだ」

丸くなった目の先が、部屋の外の受付カウンターに走っていた。先刻の客が生理食塩水に高価な代金を支払っているらしい。

「ただの独り言だよ。最近多いんだ。齢かな。しかも何度も同じセリフを繰り返しちまう」

私が発声練習のように大きく息を吸い、口を開けた瞬間、鷹津は肩をすくめ首を振った。

「わかりましたよ。何を調べればいいんです？」

私はウェッジウッドのカップソーサーに、犬の糞を詰めたビニール袋を置いた。

「これは？」

鷹津が顔をしかめてビニール袋を指先でつまみあげる。

「茶菓子にどうかと思ってね。糞だ。おそらく犬の」

「検便は苦手だな」

「獣医のくせに」

「あなたは、牛の肛門に手を突っこんだ後に、カレーライスを食べたこともないから、そういうことが言えるんです。で、何を調べればいいんです。寄生虫の検査？」

「いや、内容の分析。何を喰ったらこういう糞になるのかを、調べてくれればいい。できるかい？」

「当然ですよ、ドッグフードの銘柄だってわかる」

「素晴らしい」

皮肉でなしに私はそう言った。

「君のような医者がいれば、日本の動物たちも安心だ」

もちろんこれは皮肉だ。

海岸近くの川は、煮詰めすぎて灰汁《あく》の浮いたトマトスープのように濁り、あたりに汚泥の腐臭を漂わせている。昨日は河口近くの海浜公園を捜索した。今日はもう少し上流の河川敷を歩くつもりだった。

真夏のような四月が過ぎ、五月に入ったとたん、季節が逆戻りしたように寒くなっている。おまけに今日の空は暗く、黒いスポンジのような雲が、街に雨を落とす機会を窺っていた。私はトレンチコートをはおって河川敷に出た。

土手と川の間には、テニスの試合ができそうな広さの河原が横たわっている。とはいえテニスを楽しむのは難しいだろう。一面に丈の高い葦や青すすきが生い繁り、まともに歩けるのは、土手に近いほんのわずかな一帯だけだ。どこに何が潜んでいても、おかしくはない場所だった。

相沢氏の死因が喉への一撃であることを思い出して、私は情報提供謝礼A賞の手ぬぐいを、マフラーをするようにしっかりと首に巻いた。手のひらの咬み傷は、喉を守ろうとした時の防御創だろう。両手に軍手を二枚重ねてはめた。たいして役に立つとは思えなかったが、何もないよりはましだ。ヘルメットも欲しいところだが、そんなものはないし、あったところでかぶりたいとも思わない。気休めにソフト帽をかぶった。

軍手でとりあえず防御を整えた手に、フィッシング・ロッドを改良してつくった捕獲器を握った。釣り糸のかわりに先端を輪にした針金がつけてある。輪を犬の首か胴にひっかけ、針金を引っぱる。そうすれば犬はもう逃げられない。古典的な犬の捕獲方法だ。動物愛護協会からクレームがきそうな道具だが、他に方法は思いつかなかった。なにしろ今回、私が探し求めている相手には、私への愛護精神など期待できないのだ。

大きく深呼吸して、海峡横断遠泳に乗り出すように草の海の中に分け入った。夏まではまだ間があるというのに、青すすきは胸もとあたりまで伸びている。湿っぽい空同様、土も湿っていた。いたるところに潜むぬかるみが私の足からローファーを奪い取ろうとし、草を払うたびに羽虫や藪蚊が執拗な襲撃をしかけてくる。私はアマゾン探検の勇猛なガイドのようにフィッシング・ロッドをふるって河原を突き進んだ。

チビにしろもう一匹の犬にしろ、私は最大到達点を海岸線と考えていた。だからこうして河口から上流へ、捜査の輪を縮めるようにして歩いている。もちろん一晩で海岸まで到達して、そこから北上した可能性もあったが、その場合はすぐに密集した住宅街に突き当たる。数万人の市民に私が先んじることができるとしたら、犬がまだ川沿いのどこかにいる場合に限られているのだ。

しばらく河原を進んだが、捕獲器は伸び放題の草を払う以外に何の役にも立たなかった。そもそもこれだけの草藪の中で役に立つのかどうかも疑問だった。私はこの捕獲器を実際に使ったことは一度もない。婆さんで練習しておけばよかった。

婆さんは今日も病院に寄ってきたとかで、私がオフィスを出る直前になって、杖をついてやってきた。どうせ杖は同情を引くための小道具だろうが、腰痛だというのは、まんざら嘘でもないらしい。婆さんの体からは膏薬のハッカの匂いがした。

時折、川べりの護岸コンクリートで退屈そうに糸を垂らしている釣り人に声をかける。フィッシング・ロッドを握った私を、誰も怪しまない。

「やぁ、釣れますか？」

「だめだね、おたくは？」

「私も全然」

「何を釣りにきたんだね」

「犬を」

犬を探していると言っても、たいして驚かれなかった。柴原アニマルホームの事件は、もうこの街の誰もが知っている。私を捜査員だと思うらしく、みな質問には気やすく答えてくれるが、答えは同じ。何も見ていないと言うか、黙って首を振るか、そのどちらかだ。

駅前で買った今朝の新聞には、事件のことも、犬のイの字も載っていなかった。あれだけ怒っていたワイドショーも、たった一日で関心を失って、今日はもう大物俳優の節操のない不倫に怒っていた。あてもなく稲刈りのようにすすきや葦をかき分けているうちに、ふと、自分はここで何をしているのか、と疑問に思いはじめる。チビはともかく、克之の言う真犯人の犬が本当に存在するのかどうか疑わしくなってくる。現実を否定したい克之の妄想でなければいいのだが。

午後いっぱい、私は藪蚊の恰好の餌食になりながら河川敷を歩き、そしてそのまま日が暮れた。クルマに戻った私は、煙草をたて続けに二本吸い、隣街にある動物管理センターに電話を入れ、そしてニュースをひとつ手に入れた。今日の昼、丘陵近くで大型の迷い犬を一匹保護したという。

街道を走り、隣街にさしかかる頃には、雨が落ちてきた。雨にけむりはじめたフロントガラスの向こうに、ほどなく火葬場のそれに似た煙突が見えてくる。数年前にここに移転したばかりの県営動物管理センターは一見、研究所か文化施設といった趣だが、敷地内の奥に立つ禍々しいほど巨大な煙突が、その近代的な外観を少々奇妙なものにしている。処理した動物の死体を焼くための煙突だ。

病院風の簡素な白壁に囲まれたセンターの中は、いつにも増して静まり返っている。雨が窓ガラスを打つ音まで聞こえそうだった。保護室へ私を案内してくれる顔なじみの中年男が、顎のない丸顔をこちらに振り向かせた。

「人が出払っていてね。例の野犬狩りがまだ続いているんだ」

「すごい騒ぎみたいだね」私は他人ごとのように言う。「まだ捕まらないんだろう?」

「ああ、あのやり方じゃ捕まらないね。たぶんもう山の方にはいない。うちの人間もわかってるけど、上で仕切ってるのは警察だからね。警察は騒ぎを大きくしたくないんだ。街中を捜索したくないんだな」

ひとつ鼻を鳴らしてから男は口をつぐみ、丸顔をマラカスのように横に振る。名前は忘れた。確か松本か松崎かどちらかだ。みんながマツさんと呼ぶから、私もそう呼んでいる。

「今日は横浜の動物園から専門家も来てる。だんだん大袈裟になってるよ」

コンクリートの狭い廊下の奥が捕獲犬保護室だ。監房のようにいくつかの檻が並んでいる。一番手前が今日捕獲された犬の檻。その隣は捕獲二日目、さらに隣が三日目。犬たちは日ごとに檻を移り、五日目の檻に入った翌日に処分される。飼い主が処分を求めて持ちこむ犬の檻は、ここことは別の場所にあって、そちらはほぼ即日処分だ。

「今日はこの一匹だけだよ。あの騒ぎで巡回捕獲をしてないからね」

檻の中でうずくまっていた白黒まだらの塊が私たちの気配に気づき、起き上がって薄目を開ける。イングリッシュ・セッターの老犬だ。ひと目見て、克之の言う真犯人ではないことがわかった。

体から毛が抜け落ち、痩せて浮き出た肋骨が丸見えになっている。鶏ガラのような前足が細かく震えていた。老齢を理由に捨てられたのかもしれない。起き上がっただけで舌を出して喘ぎはじめた。腫れた歯茎にかろうじて残っている歯は、いまにも抜け落ちそうで、人間はおろか鼠一匹咬み殺せるとは思えない。老犬は目やにのたまった目で、じっと私の顔を見つめ返してきた。

マツさんは場末のハワイアンバンドのマラカスのように物憂げに首を振る。

「最近、また野犬が増えてるんだよ。それも大型犬がよくここに来る。少し前までは大型が流行ってたからね。景気が悪くなって、飼いきれなくなったんだろうな。餌代が馬鹿にならなないからね。あのハスキー犬だって、ちゃんと飼われてりゃあなぁ」

　私はイングリッシュ・セッターから視線をはずして、マツさんに尋ねた。

「犬が人を咬み殺すことは、よくあることなのかな」

「この街じゃ俺の知っているかぎり、初めてだな。よそじゃたまにあるみたいだけどね。ほら、何年か前にもあったじゃないか、土佐犬が飼い主を咬み殺したって事件が」

「ケガをさせることは？」

「それは多いよ。処分してくれって、ここに連れて来られる犬の中にも、結構多いんだ。なれてると思っていたのに咬まれて急に怖くなったとか、近所の子供を咬んじまって飼いづらくなったなんていうのがね。昔より増えているかもしれない。昔の犬には、咬むには咬むだけの理由があったんだけど、今の犬はいきなりだ。飼い主だっておかまいなしにケガさせちまう。まぁ、犬の心の病気みたいなもんだ。権勢症候群っていうんだけどね」

「ケンセイ症候群？」

「ああ、最近、多いんだよ。犬って集団の中での順位を意識する動物だろ。自分を群れのボスだと思いこむんだな。自分がいちばん偉くて何でも思い通りになると信じてしまうんだ。だから気に入らないことがあると、突然、感情を爆発させる。ほら、最近の子供なんかと同じだよ。キレるっていうんだっけ」

　狂犬病みたいなものかい。私のその言葉にマツさんは初めて笑い顔を見せた。

「いやいや、伝染《うつ》ったりするようなものじゃない。小犬の時に過保護に育てすぎるのが原因なんだよ。まぁ、どんな犬でもってわけじゃない。犬の生まれ持っての性格もあるし、犬種にもよる。土佐犬やマスチフなんかには多いっていうな。闘犬の系統はもともと攻撃的に育てられているしね。ヨークシャーテリアにも多いって聞くけど。もっともヨークシャーテリアじゃ怖くないけどね」

「シベリアンハスキーは？」

「さぁ、俺は別に犬の専門家じゃないからな」

前日の檻と二日前——事件当日に捕獲された犬の檻も覗いてみたが、ほとんどが捨てられた小犬で、成犬もシーズーとポメラニアンと柴犬系の雑種だけだった。相沢氏の手のひらいっぱいにつけられた歯形の持ち主にしては、いずれもサイズが小さすぎた。

「ありがとう。空振りだったようだ」

そう言って帰りかけた私に、マツさんが声をかけてきた。

「なぁ、あんた、一匹どうだい。たまにはいいだろ。貰っていってくれないか」

ここは動物たちにとってアウシュビッツだが、ここで働く人間たちが冷酷な看守というわけではない。私の出入りを許しているのも一匹でも多く生きて帰そうとしているからだろう。

私はマツさんの目も、イングリッシュ・セッターの目も見ないようにして、首を振った。

いつもならこの時間は真っ暗なはずのオフィスに明かりが灯っていた。婆さんが朝遅いぶんを埋め合わせするように、事務所で私を待っていたのだ。

「どこをほっつきまわっていたんだい。仕事もせんと」

濡れたトレンチコートを床に放り捨て、何も答えずに厨房でウイスキーのソーダ割りをつくりはじめた私に、婆さんが尖った声を浴びせてくる。

「電話があったよ。なんとかベッドホステスとかいうところからだよ」

ひと息でグラス半分を飲み干し、ゲップと一緒に言葉を吐き出した。

「ベッドホステス？」

「あんたの通ってる、おゲレツな店じゃないのかね」

婆さんは、ひたいの深い横じわの下に縦じわまでつくって、私に蔑《さげす》みの眼差しを投げかけてくる。はて。イメクラ〝エア・ホステス〟なら知っているが。少し考えてから、私はグラスでおでこを叩いた。

「ペットホスピタル？　鷹津ペットホスピタルのことか」

「ああ、そうだったかもしれないねぇ」

婆さんは、どっちにしろ、いかがわしい店なんだろ、といった顔で答えた。その通りだ。

鷹津への電話は、2コール目でつながった。受話器からいきなりカン高い悲鳴が聞こえてきた。

——たすけて〜、たすけて〜。

男なのか女なのかさだかでない、恐怖におののく金切り声。おそらく九官鳥が救いを求めているのだ。

「何の騒ぎだ？　生体実験でもはじめるのかい」

——まさか。これから腸閉塞の手術ですよ。あ、検査の結果ですけれど、

「ずいぶん早いじゃないか」

——最上さんの頼みとあれば、しかたない。

鷹津は私のジョークに怒りもせずに言う。なんだかやけに愛想がいい。

——わかりましたよ。ゲルニカのハイパー・フィレビーフだ。

「何？」

——ドッグフードの銘柄ですよ。ゲルニカ社のハイパー・フィレビーフ。四百グラム缶六百円の最高級品だ。飼い主は金持ちみたいですね。ノミとり用の飲み薬や、アメリカ製のサプリメントもずいぶん飲ませてるんじゃないかな。今度、うちのこと、紹介しといてくださいよ。

ということは、糞はチビのものではないということだ。アニマルホームの動物たちのエサは、克之が苦労してかき集めているレストランやスーパーの残飯やクズ野菜、焼いてから数時間で捨てられるハンバーガーチェーンのミンチ肉などだ。高価なドッグフードなどチビが食べていたはずがない。

あの森の近辺に、付近の人間はめったに来ないし、まして森の中で犬を散歩させる人間などいない、克之はそう言っていた。

やっぱり、本当だった。もう一匹の犬は、確かに存在するのだ。

おざなりに礼を言って電話を切ろうとすると、鷹津が性急な調子で言った。

——ところで、お願いがあるんですけれど。

「やっぱり来たか」

——え、何か？

「いや、こっちの話。いったい何だろう？ 九官鳥に手術を受けるべきだって、説得すればいいのかな」

——猫がね、逃げまして。今日、最上さんが見えた時にいたでしょ。メスのヒマラヤン。

「あの鬱病の？」

——ええ、念のために入院させたんですけれど、鬱病どころか、完全な躁状態で、ケージを開けたとたんに逃げ出してしまって。

私が黙りこむと、鷹津は沈黙を払いのけるように喋り続けた。

——お願いしますよ。飼い主がうるさ型なんです。この近くの小学校のPTA副会長でね……。

鷹津が私に捜索を依頼してくるのは、相手が上得意か、病院の悪い噂が立たないようにするためかのどちらかの場合だ。たぶん一見《いちげん》の客や金のなさそうな客は、適当な嘘を並べたてて誤魔化しているのだろう。

「わかった、いまかかわっている件が片づいたら、引き受けるよ」

いつ片づくことになるのだろう。そう考えながら私は受話器を置いた。電話が切れる寸前、九官鳥の断末魔の声が聞こえてきた。

「いったいぜんたい毎日何をしているんだい。おとついから仕事がたくさん来ているんだよ」九官鳥の次は婆さんのきいきい声。「早くせんから、ひとつはもう断られたよ。もったいないねぇ。商いをしたい時には、商いなしっちゅうてね」

「心配ない。いま、ひとつ増えた」

二杯目のソーダ割りを指でかきまわしていた私は、ふいに胸騒ぎを感じた。婆さんに尋ねる。

「来た仕事って、どんな仕事だ？　何を探せって？」

婆さんはしばらく天井に視線を泳がせてから首をひねる。一晩寝ると前の日のことを忘れてしまうのだ。

「来たのはみんなあの日だよ。仏さまを見てしまった日……えーと、ひとつは確か、猫だったね。そうだよ、黒猫だよ。エサをあげるのを忘れたら、プイっと出ていっちまったって言ってたね。黒猫はねぇ、執念深いからね。昔、うちの隣にも黒猫がいてね……」

長くなりそうだったから、後を促した。

「それと？」

「えーっと、もうひとつは……なんだっけ。ピーちゃんだったかね」

「ピーちゃん？」

「夜店で買ったたって言ってたから、たぶんヒヨコじゃないかねぇ」

断ってくれ。そう言ってから私は訊いた。

「向こうから断ってきたっていうのは？」

「犬だよ」

「犬？」口に運びかけていたグラスを宙でとめた。「どんな犬？　種類は？」

「そこまでは知らないよ。訊かなかったし」

「犬の仕事を頼んできたのは誰だ？」

「紙に書いておいただろ」

そういえば、警察から帰った夜、デスクの上にメモが載っていたような気がする。

「……捨てた」

「とんまのトンベエだわね」

幸いゴミ袋はまだ厨房の隅にころがったままだった。ゴミ屑を床にぶちまける。オフィスの余り紙で作った婆さんのメモ用紙は、カップ麺の蓋の裏にくっついていた。

『犬　至急　望岬台四丁目。中塚様』

中塚。どこかで聞いたことのあるような名だ。ほどなく私は、昨日、矢部の家で会った海兵隊もどきの若い男の言葉を思い出した。

「中塚組だよ」

記されている住所は、アニマルホームの丘のほど近くだった。

15

ひと目見て、善良な市民の家ではないことがわかった。中塚邸は丘の北東、古くからの家並みと新興の市街が派手なパッチワークをつくって同居するこの界隈で、ひときわ異彩を放つたたずまいだった。

刑務所のごとく高くそびえ立った煉瓦造りの塀は、人に覗かれるのを嫌悪しているとしか思えない。上部には鉄条網を張りめぐらせている。塀に組みこまれた飛行機も格納できそうなほど大きなガレージも、西洋の古城にあるような正門の鉄柵も、そこから垣間見ることのできる豪奢なコロニアル風の邸宅も、まっとうに生きていたら、とうてい手に入らないしろものだ。第一、善良な市民は塀や門に監視カメラなど備えつけたりはしない。

私は朝一番で法務局の出張所に出向き、商業登記を調べ上げていた。港南興産の代表取締役名は中塚澄子。たぶん中塚組組長が妻の名義で経営しているのだろう。そして中塚澄子の名は、三崎ファイナンスの役員の中にもあった。

まずクルマで中塚邸の周囲を偵察する。驚いたことに敷地の四辺が道路に面していた。門のある南面と裏手の北面は二車線の車道になっている。東と西の側道はやや狭い一方通行路だが、隣接する家はない。一区画全体が敷地なのだ。

少し離れた場所にクルマを停め、今度はゆっくりと塀に沿って歩く。そして邸内の物音に耳を集中させた。

二周目で、かすかな犬の鳴き声を聞いた。数メートル先の塀の向こうからだ。塀をノックしてみる。返答するように今度ははっきりと吠えた。その声にもう一頭の別の犬が輪唱しはじめる。どんな犬種かはわからないが、少なくとも耳にリボンをつけた類の犬でないことは確かな鳴き声だった。

犬が戻ったというのが本当かどうかはわからないが、複数の大型犬を飼う人間は、同種を揃えることが多い。覗いてみる価値はあった。

周囲を見まわす。人影はない。私は思い切りジャンプした。三メートル近くありそうな塀になんとか指先がひっかかる。素晴らしい。ダンクシュートも夢ではないかもしれない。煉瓦のわずかなすき間に足をかけて、一気に体を引き上げた。

顔面に棘を突き立てようとする鉄条網をさけながら塀の中を覗いた。すぐ右手に犬舎の鉄格子が見え、何匹かの犬が吠え騒いでいるのがわかる。しかし犬舎にはトタン屋根がついていた。ここからでは犬の姿は見えない。

両手に力をこめて塀の上に上半身を押し上げる。鉄線の棘が新調したばかりのブルックス

・ブラザーズの生地を裂く音が私を憂鬱にした。犬舎からは、犬たちが鉄格子に体を叩きつける音が響いている。一匹の足だけが見えた。やや白っぽい茶褐色。私はさらに身を乗り出した。
「おい、こら」

一瞬、犬に怒鳴られたのかと思った。大型犬の唸りに似た野太い声が、私の横顔に浴びせられた。ゆっくりと首をひねる。左斜め下に顔があった。蟹を連想させる平たい顔だ。ガードの下手なボクサーのように鼻が潰れている。薄い眉の下の小さな目が、私の顔を睨め上げていた。鉄条網の棘より鋭い視線だった。

「なにしてんだ、てめえ」

最近はあまりお目にかからないパンチパーマ。純白のゴルフスラックスにワニ革の靴。眩しいほど派手な色使いのアロハシャツの襟元に、チョークチェーンより太そうな金ネックレスをぶら下げている。博物館の標本のように素性のわかりやすい男だった。おかげで私は自分がのっぴきならない状況に陥っていることをすぐに理解した。

「やぁ、ボールが中に入っちまって」

とりあえず、スポーツマン風の爽やかな笑顔をつくってみた。

「ボールだぁ」

「そう、江夏のサインが入ってる」

男が自分の足もとを見まわしはじめた。見かけほど悪いヤツではないかもしれない。私はこの隙をついて退散することにした。

しかし、スーツの裾が鉄線の棘に引っかかってしまった。私の体は鉄条網に呼びとめられて、塀の上で宙に浮いた。破れるのに構わずそのまま飛び下りるべきかどうか、一瞬躊躇したのがいけなかった。いきなり塀の向こうからネクタイを引っ張られた。

「ざけんじゃねぇ」

蟹に似た男は、顔色まで蟹のように赤くしている。私のネクタイをつかんだ手に体重をかけてきた。喉仏が押し潰され、吐き気が襲う。犬の気持ちが少しわかった気がした。

「てめえ、さっきからこのあたりを、ウロチョロしてただろ。わかってんだよ、こっちはよ」

私は門と塀の四隅に設置してあった監視カメラを思い出した。が、もちろん遅かった。塀の内側に落ちながら、私はまだ四回しか着ていないブルックス・ブラザーズが無残に鉄条網に引き裂かれる哀しげな音を聞いた。

男はネクタイをつかんだまま、屋敷の中へ私を引っ立てていく。私は犬のようについていくしかなかった。犬舎はすぐ背後だったのだが、振り返ることすらできない。

ラブホテル流の豪華さに満ちた玄関の壁には『土足厳禁』と記された貼り紙が掲げられている。男は私に、入れ、ほら、このやろ、などと言いながら、きちんと靴を脱ぎ、模造大理石の床にワニ革の靴を揃えて置いていた。見かけよりは若そうな年恰好から想像はついていたが、その様子から見て、蟹男はこの屋敷のあるじの中塚組組長ではなく、組員の一人だろう。しかたなく私もローファーを脱ぎ、男の靴の隣に揃えて置いた。

私が連れて行かれた玄関脇の部屋は、モデルハウスでもなければお目にかかれない類《たぐい》の正六角形の造りだった。六角形のうちの三辺は、広い庭を望める天井までの高い窓だ。出窓には値の張りそうなアンティークが置かれ、部屋の中央に据えられた飾り縁つきの椅子とテーブルは、脚の先が猫足になっている。しかし、室内のそこここにたむろしているのは、部屋の趣にはまるでそぐわない風体の男たちだった。

椅子に座らせられた私は、まるで指名手配写真を並べたような凶相に取り囲まれていた。全部で五人。私の両隣には蟹男と、頭をつるつるに剃りあげた大男が座わり、椅子を寄せて私をはさみ撃ちにしている。私はさしずめ厚切りブレッドにさしこまれた薄切りのハムだった。正面に座っている金縁眼鏡をかけ、唇の上に細く髭を生やした中年男が、煙草のけむりと一緒に私の顔へ言葉を吹きかけてきた。

「何もんだ、おめえは？ 何しに来た」

北関東訛り。どことなく昔人気のあったコメディアンを思わせる物言いで、風貌も似ていたが、そのしわがれ声は似ても似つかないほどドスがきいている。

「あなたが、中塚さん？」

違うだろうと思いながら、私は男にそう尋ねた。窓の外はよく晴れていたが、この部屋は少し肌寒いようだ。私の声は少し震えていた。

「社長は留守だ」

組長と間違えられて、ちょび髭はまんざらでもなさそうに鼻の穴を広げる。懐柔に成功したかと思ったが、そうでもなかった。男がまたメンソールの香りのけむりを吹きつけてきた。

「おめえは、まだ俺の質問に答えてねえよ」

「別に怪しい者じゃない」

「謙遜するなよ。じゅうぶん怪しいよ」

「犬の捜索を依頼されたんです。こちらからお電話をいただきまして――」

「誰も電話なんかしてねぇよ」

「確かに中塚さんから、と」

「うちのオヤジが？　聞いてねぇよ」

オヤジと言っても、パパという意味ではなさそうだった。男はしらばっくれているが、犬がいなくなったことはまったく否定しない。

私は胸ポケットから名刺を探りあてて差し出した。ちょび髭はポケットに手を突っこんだまま受け取ろうとはしない。しかたなくテーブルの上に置く。男は私がテーブルにシミをこしらえてしまったとでも言いたげな一瞥を投げただけだった。名刺はあいにく、猫のイラストつきのものしか持ち合わせていなかった。〝ヘルプ・ニャー〟名刺の中で子猫が心細げに鳴いている。私も同じ気分だった。ヘルプ・ニャー。

「犬はもういいんだよ。こっちで見つけたんだ、なぁ」

最後のひと言は私にではなく、私の右隣に座っているスキンヘッドへのもののようだった。

スキンヘッドがトランペットを吹くように私の耳もとで胴間声をあげた。

「俺がつかまえたんだよ」

何が自慢なのか、電球頭をそり返らせて鼻の穴を見せつけてくる。右の手に真新しい包帯が巻かれているのを、私は見逃さなかった。

「え、本当に？」

目を見開いて驚いて見せた。椅子の前脚が浮き上がるほど体をのけぞらせる。やや演技過剰だったかもしれない。男たちの誰もが眉ひとつ動かさなかった。そもそも男たちの何人かには眉毛がなかった。

「知りませんでした。ところで逃げた犬ですけど、種類は何だったんでしょう？　例えば土佐犬とか？　あるいはドーベルマン？」

私の言葉に今度は反応があった。男たちが一斉に表情を硬くする。ただ一人、無表情のままのちょび髭が、わざとらしくあくびをしながら煙草のけむりを立ちのぼらせた。

「そんなこと聞いてどうすんだ？」

「業務上の統計をとっているんです。仕事を依頼された動物を細かく分析して、データ化しておくと、後々役に立つんです。いままで一度もかかしたことがない」

「統計ねぇ」

「はい」

「ご苦労なこった」

「なかなか大変です」

「分析ときたか」

「ええ、分析」

「なぁるほど」

「ぜひご協力を」

「関係ねぇよ」

私の口の元栓を閉めるように、男は灰皿の中で煙草を押し潰した。

「ご協力いただけないのなら、しかたない」私は喉に張りつく唾を呑みこみながら首を振った。「では帰ります。もう私には用事がないようだ」

私は椅子から立ち上がった。帰りがけに、こっそり犬舎を覗いていくつもりだった。

「まぁ、待ちなよ」

ちょび髭の言葉に反応して、蟹男とスキンヘッドが私の両肩に手をかけ、椅子に押し戻す。

「申しわけないが急用があるんだ」

「そう言わねぇで、ゆっくりしていけよ、便利屋」

すぐには返事をせず、ひとさし指をチクタク振ってみせた。

「私は私立探偵だが」

私はなけなしの反骨魂をひねり出して、ちょび髭を見つめ返してやった。金縁眼鏡の奥の目が、刃物のような光をたたえてこっちを睨んできた。私が目をそらすまでは、ずっとそうしているつもりのようだった。

「どっちだっていいじゃねぇか、なぁ、便利屋」

その目を見ているうちに、私は急にどっちでもいいような気がしてきた。

「……そうっすね」

耳の穴に指をつっこんでいたちょび髭が、私に耳垢を飛ばしながら言う。

「ところでさ、便利屋」

「はい、なんでしょう？」

思わず素直に返事をしてしまった。

「俺、頭わりいから、よくわかんねぇんだけどよ。答えてくんないかな」

「はい、何か？」

「なんで社長に会うのに、塀から入ってこなくちゃなんねぇんだ？」

私を取り囲んだ男たちが、私を一斉に睨《ね》めつけてきた。

「広すぎて、入り口がどこかわからなかったんだ」

自分でも下手な言い訳に思えたが、ちょび髭は天井を仰いで、私の言葉を考えるふうを見せる。しかし、左隣の蟹がよけいなことを言った。

「てめえ、俺には、ボールを探してるとか言ってたな。江川のサイン入りだとかなんとか、嘘こきやがって」

「いや、江川じゃない。江夏だ」

男たちが再び私を睨んでくる。ちょび髭が肩をこきりと鳴らして呟いた。

「じっくり話を聞かせてもらおうじゃないの」

やはりこの部屋には暖房が必要だ。私は両足まで震えはじめていた。

ちょび髭は煙草をふかすばかりで、なかなか声をかけてこない。他の四人は、ひと声かかれば咬みついてきそうな獰猛な顔を並べて、私の顔を睨みつけている。私はさりげなく部屋の中を窺い、この窮地を脱する手立てを思いめぐらせた。

ちょび髭の背後の壁際には、一般家庭向きとはいえない水族館並みの巨大な水槽が据え置かれ、銀色のアロワナが群遊している。たぶん一匹分の値段で私のステーションワゴンが買えるだろう。

左手の壁には、小型の水槽に見えるモニターが並んでいて、水の中の風景を見るようなぼんやりとした映像を映し出していた。屋敷の周囲を監視しているカメラの液晶画像だ。モニターの下には、何台かの電話機とスタンドアローンのパソコンが二台。成金趣味で統一されたこの部屋が、その一角だけ最先端オフィスのように改造されている。

右手一面の窓の向こう、庭の隅に、プレハブ小屋が建っている。何に使われているものなのか、四人家族ぐらいならじゅうぶん幸せに暮らせる大きさだった。組員の一人らしいジャージー姿の男が、ジュラルミンの箱を大切そうに抱えて、中に入っていくのが見えた。

まず、水槽。私は作戦を頭の中でシミュレーションしてみた。テーブルの上に置かれたガラス製の灰皿を投げて、水槽を割る。男たちがたじろいだ隙を逃さず、ひじ打ちで両側の蟹男とスキンヘッドを片づける。右足と左足を同時に蹴り出して、テーブルの左右に鬱陶しく突っ立っている二人。ここまでで、およそ五秒か。それから、ぶざまに髭から水をしたたらせている濡れねずみのちょび髭に、ゆっくりと微笑みかける。許しを乞うちょび髭の頭をスリッパでひっぱたき、ヤツの首根っこを絞めあげて、私はその髭を一本ずつむしるのだ。楽しい想像だった。思わず口もとに笑みがこぼれた。

「なに笑ってんだ、てめえは」

スキンヘッドにスリッパでひっぱたかれてしまった。

「しかし、あれだな」

ようやくちょび髭が口を開く。私の背筋は定規のようにまっすぐになった。ヤツは言った。

「喉、渇いたな」

その言葉を聞いたスキンヘッドが、首を左に振り蟹男へ顎をしゃくる。蟹男も左に立つ男に首を振った。そいつも首を左に振ったが、もう誰もいない、男は屋敷の奥に向かって何か叫んだ。

若い男が缶入りのウーロン茶を盆に載せて運んできた。私にはむしろ、舌が火傷しそうなほど熱いブラックコーヒーが必要な気がした。だが、そんなことを気に病む必要はまるでなかった。私のぶんはなかったからだ。

テーブルにウーロン茶の缶を並べている男は、なりはでかいがまだ若造で、髪を金色に染めている。どこかで見たことのあるヘアスタイルだった。海兵隊級の肩幅にも見覚えがあった。私はとっさに下を向き、偏頭痛に耐えるように片手で顔を覆う。指のすき間から様子を窺うと、ちょうど腰をかがめた金髪と目が合ってしまった。

「あ、この野郎」歯のない口で金髪が叫ぶ。

「やぁ、どうも」一応、挨拶を返す。

「どうしたミツオ」男たちの一人が金髪に訊く。

「この野郎は、この間の、あの野郎っすよ。そうだよ、この野郎は、あの野郎っす。てめえ、この野郎ぉ〜」

「それじゃ、わかんねえだろ。てめえまた入れてやがるな。商売もんに手え出すなって言ってあんだろ」

金髪がスキンヘッドにスリッパでひっぱたかれた。頭を押さえながら金髪が言う。

「こここの野郎、州浜町の物件のとこに来たヤツっすよ。勝手に中ぁ入りやがって、俺のこと、な、なめやがって」

あんだとお。男たちが口々に吠えはじめた。ヘルプ・ニャー。

「てめえ、何もんだ」

「誰に頼まれた」

「東洲会の鉄砲玉かっ」

全員が椅子を蹴倒すほどの勢いで立ち上がる。私も立ち上がった。スキンヘッドが私の胸ぐらをつかんで立たせたからだ。スキンヘッドは電球をねじこむように首を傾けて私の顔を覗きこんでくる。天井灯がつるつるの頭に映りこんで眩しかった。

「溝口さん、きっとこいつ、あれを探りに来たんですぜ」

スキンヘッドが、ちらりと窓の外のプレハブ小屋に目を走らせた。溝口と呼ばれたちょび髭は、ただ一人、悠然と座ったままで片手をあげる。男たちが一斉に動きを止め、沈黙した。

「なぁ、便利屋、ドライブ行こうぜ」〝ちょび髭〟溝口が私の顔を覗きこみながら言う。「どっか山ん中で話の続き、聞くよ。環境が変わればさ、喋りたくなるんじゃねえかな」

いや、結構。そう言おうと思ったが、絞め上げられた喉からは言葉が出なかった。私の返事も聞かずに、ちょび髭が蟹男にクルマを出すように命じた。

「スコップ、用意しとけよ」

スコップなど何に使うのだろう。なんとなく想像はついたが、それ以上は考えないことにした。

「溝口さん、クルマ、何にします？　ワゴン出しますか？」

蟹男の問いに、ちょび髭が答えていた。

「いつものでいい。帰りにゃ一人減るかもしんねえしな」

ヘルプ・ニャー。

その時だ。私は不思議な声を耳にした。

「しゅんぺい〜、しゅんぺいや〜」

恐慌をきたした頭が聴かせる幻聴だと思った。俊平というのは私の名前だ。この街で私を苗字ではなく名前で呼ぶ人間はいない。いや、生まれ故郷でもいなかった。私の母親ぐらいだ。現実から逃避するために、私の精神が幼児退行をはじめたのかもしれない。母親であるはずがない。母親は三年前に死んだのだ。

「おおお、しゅんぺい〜」

幻聴ではなかった。中塚組の組員たちもみな、声のする方向に首を振り向けていた。窓だ。窓の向こうに小さな干し首が見えた。正確に言えば、干し首になりかけた頭がこちらを覗きこんでいた。まるで出窓に並んだ骨董品のひとつに見えた。人間の骨董品。綾だった。

婆さんは窓にへばりついて、もう一度私の名を呼んでから、ふっと姿を消した。男たちが首をひねり、答えを求めるように私の顔を見る。私も首をひねった。

「しゅんぺぇぇぇいや〜い」

窓から消えた婆さんが、今度は突然ドアから姿を現した。ヤクザの組長の家に勝手にあがりこんできたのだ。男たちの誰もが言葉を失ったままだった。もちろん私もだ。

婆さんはよたよたした足取りで私に近づき、へたりと尻もちをついたかと思うと、私の両足にすがりついた。

「探したよう、俊平。この馬鹿たれ！　まぁた人さまの家にあがりこんで、ほんとうにこの子は」

「なんだ、婆ぁ」

ようやく声を出したスキンヘッドを振り仰ぎ、婆さんは顔中をしわにして入れ歯を剝き出した。たぶんせいいっぱいの愛想笑いのつもりに違いない。

「あい、この子の母親でござんすよ」

男たちは再び沈黙し、突っ立ったまま、その言葉の意味を考える。もちろん私もだ。

「この子は、あれなんざんすよ、おつむがちょっとね。子供の頃の長患いで」

誰かが言葉を発するより早く、綾はまくしたてる。

「申しわけござんせんねえ、ほんにほんに。この子は、人さまとまともにお話もできなくて……犬だけがお友達なんざんす。犬の声を聞くとねぇ、どこのお宅にもこうしてふうらふうらと……まったく不憫な子でねえ」

綾はふところからハンカチを出して、目もとをぬぐう。中塚組の組員たちは、誰もが気味悪そうな視線を私に注ぎ、私から少し体を遠ざけた。

「そういやあ」金髪のミツオが汚れた雑巾を見るような視線を投げてきた。「この野郎は、差し押さえの家でも、犬を見せろとかなんとか……」

綾がよよと泣きくずれた。溝口が初めて気づいたように私の名刺を手にとる。それに答えるように、綾がまた喋りはじめた。

「事務所なんて、そんな大それたもんじゃないんざんす。私がひとりできりもりしているだけの、しがない商いで。でもこの子にできるのは、犬探しぐらいでねぇ。何か手に職をつけさせてやりたくてねぇ。おおう」

ハンカチで顔を覆って綾が嗚咽《おえつ》した。迫真の演技だった。なんだか私まで婆さんの言っていることのほうが真実であるような気がしたくらいだ。スキンヘッドが婆さんと私の顔を見比べて、私に非難がましい視線を送ってよこした。

「さぁさ、俊平、みなさんにお詫びして、帰ろうねぇ。どうぞ、ここはこの婆に免じて」

私の手を握った綾は、床にへばりつくようにこごめた体をさらに平伏させて、組員たちに何度もお辞儀をした。

「ごめんなすって」

綾が私の手を引いて歩きはじめると、組員たちはみな一歩後ずさる。私たちの行く手はモーゼの紅海渡りさながらに開けた。

「おい、ちょっと待てや」

ドアまでくると、背後から溝口が声を浴びせてきた。綾が涙で白粉がまだらにはげた顔に、壮絶な笑みをたたえて振り返る。

「……婆に、免じて」

私は白目をむいて「わん」と鳴いた。〝ちょび髭〟溝口は、もうそれ以上なにも言わず、蠅を追うように私たちに手を振った。

玄関から出ても、綾は私の手を握ったままだった。

「さぁさ、お家に帰ろうね、俊平」

なんだか嬉しそうに言う。

「オーケー、婆さん、もういいよ。犬を見て来なくては」

「おやめよ、俊平。みなさん、まだこっちを見ているよ」

「わん」

門には鍵がかかっていなかった。婆さんはここから堂々と中に入ってきたらしい。結局、綾は、クルマを停めた場所に来るまで私の手を離そうとしなかった。

「婆さん、そろそろ手を離してくれ」

「遠慮しなくていいよ、俊平」

「運転が出来ないんだ」

「ああ、そうだね、俊平」

「その俊平も、やめてくれないか」

「あら、残念」

すっかり慣れた動作で助手席に乗りこんだ綾が、嬉しそうに思い出し笑いをする。

「どうだったね、あたしのお芝居。なかなかだったろう」

「ああ」私は正直に言った。

「あたしは松竹少女歌劇にいたからねえ。第一期生なんだよ。水ノ江瀧子って知っているかい。ターキーだよ。あのコが入ったのは、あたしより少しあと」

いつものほら話が長くなる前に、私は綾の顔の前に指を突き出した。

「なぜ、来た。危ない仕事だから、事務所で待っていろと言ったはずだが」

「危なかったのは、お前さんだろ。窓の下で話を聞いていたよ」

その通りだった。私の手はまだ震えていて、イグニッションにキーが上手く差しこめなかった。

「だいじょうぶかい、あたしが運転しようか」

返事のかわりに、私はようやく差しこんだキーをまわしてエンジン音を立てた。

「隙を見てただけだ。もう少し様子を見てから、あいつらを片づけようと思ってたんだ」

「口だけは達者だわね」

「そうだ、もう一度、犬を見てこなくちゃ」

「もうおやめったら。犬が見たかっただけなのかい。それなら心配ないよ、あたしが見てきたから」

「ほんとか？」

「ああ、立派なお宅だったからね。お庭をぐるりとまわって全部見せてもらったんだよ。だいじょうぶだいじょうぶ。さ、さ、行こう」

信じられない。私があれほど苦労し、たっぷりと冷や汗をかかせられたのは、いったい何だったのか。中塚組はいったい何をしているのだ。正門から堂々と入って来て、のこのこ庭を歩いている婆さんに、組員たちは誰も気づかなかったのだ。

とりあえずアクセルを踏みこんだ。本音を言えば、私も一刻も早くこの場を離れたかったのだ。蟹男に引きまわされ、スキンヘッドに絞め上げられた首が、いま頃になって痛みはじめていた。

「どんな犬だった」

「それより、お前さん、言い忘れているよ」

「なんだっけ？」

「あたしにお礼を言ってないよ」

「サンキュー」心をこめて言った。

「日本語でなくちゃ、嫌だわね」

「かたじけない」もう一度、心をこめて。

「素直じゃないね、俊平」

「ありがとう、こんぺいとう」心から。

16

信号待ちの間に、アニマルホームに電話を入れた。克之と話がしたかった。頭の中で少しずつ、欠けていたジグソーパズルのピースがはまっていくような気がしていたのだ。

例によってアニマルホームへの電話はつながらなかった。教えられていた翔子の実家に電話をかけてみることにする。司法解剖のために日延《ひの》べされていた翔子の父親の葬儀が、そろそろ行われるはずだった。

翔子が電話に出るかもしれない。そう考えて私の心は震えたが、携帯電話から飛び出してきた声は、似ても似つかない中年女のものだった。そっけなく克之がここには来ていないことと、翔子が小用で出かけていることを告げ、自分は今夜の通夜の準備を手伝っている近隣の人間で、彼らがいつここにくるかはわからないと言った。電話を切ろうとした瞬間、私はふと思いついて、別の人物の名を口にした。いらっしゃれば、お話ししたいのですが――。

こんな時に申しわけありません。そう切り出した私に、電話に出た人物は葬儀の湿っぽさを感じさせない快活さで言う。

――通夜が始まる前なら時間がとれるかもしれない。四時でどうでしょう。

私は再び謝罪めいた言葉を並べてから携帯を切った。

「で、どんな犬だった」

アクセルを踏みこみながら婆さんに訊いた。

「立派な犬だったよ」

「大きさは？」

「立派な大きさだったね」

「毛の色は？」

「犬らしい色だったわね」

「もう少し具体的に頼む」

「うーん、茶色と言えば茶色、灰色と言えば灰色のような。黒だったかもしれない」

「水玉模様の可能性は」

「ないとは言えないねぇ」

素晴らしい観察眼だ。感動のあまり婆さんの頭をひっぱたきそうになった。質問を変えてみる。

「何匹いた？」

「ひい、ふう、あらら？　ひい、ふう、うむむ」

婆さんの頭をたたくかわりに、ウィンカーを思いきり下へたたきつける。右折。河川敷の方角だ。

「なにか特徴は？　耳が垂れているとか、尖っているとか。顔が長いとか丸いとか」

「うーん、そうぽんぽんと言われても、困るよ。犬は犬だからねぇ。あたしは犬よりお庭の植木を見たかったんだよ」

「写真か絵をみれば思い出せるかい」

「もちろんだわさ」

あまり自信がなさそうに、婆さんが言った。

犬が戻った。私の事務所にわざわざそんな電話を寄こしたのは、事の発覚を恐れての出まかせではないかと疑っていたのだが、たぶん事実だろう。俺が捕まえたんだ。スキンヘッドが目と頭を輝かせて、そう言っていた。あのツルピカ頭の中に、とっさに嘘がつけるほど複雑な脳味噌が詰まっているとも思えなかった。包帯はその時に負った傷のために違いない。

とはいえ、中塚の飼い犬が真犯人だという証拠は、まだどこにもなかった。いまはとにかく街の捜索チームより先に、チビを見つけることが先決だ。河川敷に向かう途中で事務所に婆さんを落としていこうと思ったが、遠まわりになるからやめた。第一、どうせ一緒に行くと言い出してシートにしがみつくに決まっている。

「よし、捜査にいくぞ」

「あいよ」案の定、綾は目鼻が埋まってしまいそうなほど顔をしわくちゃにした。「そうくると思って、お前さんのぶんのお弁当もつくってきたんだよ」

「何を探しに行くのか、わかってるのか」

「あの犬を探しているのだろ。丘の家の旦那に頼まれて」

「なぜ知っている」

「年寄りに隠しごとなんてできないんだよ。ちゃんとお見通しさ。奥さんのお父様が亡くなったんだもの、犬を探してる暇はないものねぇ。犬を見つけて、あの奥さんをなぐさめるつもりだろ」

どこまで理解しているのだろうか。私にはよく理解できなかった。婆さんの頭の中は、この事件と同じようにミステリアスだ。

河口から遡ると、川の流域はいったん工場街にはさまれて幅を狭くするが、下流から数えて四つ目と五つ目の鉄橋の間に、再び広々とした河原をつくっている。今日はここが捜索ポイントだ。

ステーションワゴンが、土手から河川敷に下る道をジェットコースターのようにすべり降りると、窓にへばりついて外を眺めていた綾が、小娘めいた歓声をあげた。まるっきり行楽気分だ。

河口近くと同様、この辺りも一面の草藪だが、土手に近い側の三分の一ほどは野草が刈られ、芝が植えられている。手入れの悪い芝生以外は何もないささやかな緑地だが、この間の連休には、それなりの人出があったようだ。即席のバーベキュー炉として使われた石のかまどや焚き火の跡が、あちらこちらに残っていた。

緑地の片隅には金属製のゴミ箱が据えつけられていて、周囲には容量をはるかにオーバーした大量のゴミが盛大にまき散らされていた。靴先でゴミの中を探ると、空き缶やカップ食品の容器に混じって残飯も出てきた。もしチビがこのあたりに潜んでいるとしたら、何日分かの食料には困らないだろう。今日こそ見つかるかもしれない。私の胸は高鳴った。それがはたして期待によるものなのか、不安によるものなのか、自分でもよくわからなかった。

「ほぉ～い、お弁当にしようよ」

土手の下、クルマを停めた辺りで婆さんの呼ぶ声がする。いつの間にか芝生に風呂敷を広げ、その上で正座をして私に手招きをしていた。

私は首を振りかけてから、さっき婆さんに借りをつくってしまったことを思い出して、素直に誘いを受けることにした。老婆と二人で弁当を喰っているところなど、人に見られたくなかったが、幸い周囲に人の影はない。

「さ、さ、おむすびだよ」

婆さんは、アルミホイルに包んだやけにちんまりした握りめしを差し出してくる。炊きこみご飯の握りめしだった。具は筍と油揚げで、鶏肉抜き。このところの私が肉類を避けていることに、婆さんはいつ気づいたのだろうか。またも、ミステリアス。私は突っ立ったまま握りめしをたて続けに呑みこんだ。喉をつまらせて胸を叩くと、婆さんがポットのキャップに注いだ麦茶を差し出してくる。まるで小学生の運動会の昼休みだ。

「ほら、ゆで玉子もつくってきたんだよ。好きだって、この間言ってただろ。ちゃんとかたゆでにしたよ」

私は首をかしげた。ゆで玉子を好きだとも嫌いだとも言った覚えはないが。五秒ほど考えてようやく、いつかアニマルホームへ向かう途中での会話を思い出した。やっぱり、この婆さんは思い違いをしていたか。

「あのな、婆さん」玉子の殻をむきながら私は言った。「違うんだ。ハードボイルドというのは、玉子じゃなくて本の話なんだ。人間の生き方ついて書いてある本だ」

「ゆで方が足りなかったかね」

綾が悲しげに呟いた。

「そうじゃなくて……いや、どうでもいい」

こんなところでゆで玉子を喰いながら、老婆を相手に講釈を垂れている自分が虚しくなってきて、私は黙りこんだ。玉子の殻をむくのに失敗した綾は、かさぶたのように細かくひび割れてしまった殻を、苦労して一枚一枚はがしている。はがしながら首をひねっていた。

「ほんにねぇ、なんちゅうか、ゆで玉子っちゅうのは、人の世みたいなものだわね。むいてもむいても中身が出てこないからねぇ」

無理やりに理解しようとしているらしい、婆さんがもっともらしく嘆息する。

「もう、いいよ」

「はぁ、なんちゅうか、苦労してようやくむいて、やっと中身が出てくるんだわね。でも、黄身はまだまだ白身の中であります」

「婆さん、思いつきで喋ってないか」

「はぁ、なんちゅうか」

「いいよ、むりに説教してくれなくても」

「まぁ、そう言わないでさ、説教は年寄りの楽しみなんだから」

私はハッチバックを開け、フィッシング・ロッドを取り出す。チビを相手に使うことにならなければいいが。婆さんはまだ喋り続けていた。私はその言葉を右の耳から左の耳へと素通りさせた。

「お話の中のことは、お話の中のことだよ、お前さん。本の中に出てくる人は、続きがないから楽だけれどさ。人の一生ちゅうのは、よけいな続きが長いんだよ」

針金の輪の具合を確かめる。ちょっと大きすぎるかな。独り言を言いながら手もとに神経を集中させた。

「本の真似なんかしなくたって、だいじょうぶだよ。お前さんもそれほど悪い人間じゃないよ。あたしにはわかるから」

あまりゆるすぎてもだめだな。

「へそ曲がりで、へ理屈が多くて、意気地も足りないけれどさ、いいところだって、ちゃんと親からもらって生まれてきたんだから」

ふむ。このくらいでいいか。

「とりあえず、食べ物の好き嫌いだけ直しなよ」

音を立ててハッチバックを閉じた。さて、捜索開始だ。

私は樹海さながらに広がる青すすきの中に分け入り、目と鼻に飛びこむ羽虫と花粉と草いきれをものともせず、スーツのクリーニング代も惜しまず、フィッシング・ロッドを振った。

ときおり立ち止まって、草むらの中の気配に耳を澄ます。しかし、川を渡る風にゆれる草の葉の音しかしなかった。クルマを停めた場所を振り返ると、まだ弁当を喰っている綾が手を振ってよこす。なんだか本当に親のかわりに運動会を見に来た婆さんのようだった。

ゆっくり時間をかけてジグザグに五十メートルほど進む。振り返ると、婆さんが消えていた。草の上に首を伸ばして姿を探す。婆さんはすぐそこにいた。曲がった背中に両手を組んで、スケート選手のフォームをスローモションにしたような足取りでこちらへ向かって歩いてくる。

「なんか、手伝おうかね」

私は横に振りかけた首を止めた。あのスケートのフォームでまた引き返すのかと思うと、こちらの背骨まで痛くなってくる。

「じゃあ、そこの芝生の所を歩いてついてきてくれ。俺が草むらをつついていくから、何か飛び出してきたら、すぐに教えるんだ」

「はいな」

婆さんは曲がった背筋を伸ばして威勢よく答えた。なんだか不安になって、私はトレンチコートを脱いで婆さんに着せた。万一の時の防護服替わりだ。チビは犯人ではない、その思いは私の中で確信に近くなっていたが、百パーセントの保証があるわけではない。第一、首輪のないハスキー犬がけっして安全な生き物ではないことは、前回の苦闘で身にしみている。コートのポケットにつっこんだままだった手ぬぐいと軍手も手渡し、頭には私のかぶっていたソフト帽をヘルメットがわりに載せた。

「おお、今日は本格的だねぇ」

目の下まで落ちてくる帽子のつばをずりあげながら婆さんがはしゃぎ声を出す。トレンチコートは地面にひきずっていた。なんだか猿劇団から衣装を着たまま逃げて来た猿のようだった。

「危ないと思ったら、大声で叫べ」

「あいよ」長すぎて手の出ないコートの袖をひらひら振って綾が答えた。

私たちは上流に向かって進んだ。五月の昼下がりの緑一面の河原には、私と私のコートを着た婆さんしかいなかった。婆さんがあと六十歳若ければ、あるいはロマンチックな光景になったかもしれない。

五十メートルほど歩き、婆さんがちゃんとついてきているかどうか確かめた。いなかった。後ろを振り返ると、十メートルほど後方で地面に這いつくばっていた。私は天を仰いで舌を鳴らした。

「どうした、婆さん。もうへばったか」

返事がない。両手で芝生を掻きむしっている。私はあわてて駆け寄った。肩に手をかけようとすると、綾が呆けたような表情で私を見あげ、わけのわからないことを口走る。

「しょうりょうだよ」

ついにボケたか。私の確定申告はどうなるのだろう。

「しょうりょうばった」

「え？」

体に似合わず太く節くれだった綾の指先に、小さな薄緑のバッタが握られていた。

「今年はずいぶん早いねぇ。今年は暑かったから、こんなに早くから出てきたんだねぇ」

手にしたバッタをぼんやり見つめたまま、綾は独り言のように呟く。バッタなどゴキブリと一緒で、年がら年中、そこらへんにいるものだと私は思っていた。

「なぜしょうりょうって言うか知ってるかい？」

「いや」

「精霊流しの精霊だよ。ふつうはお盆のあたりに出てくるから、そう呼ぶのさ。子供をおぶったのもよくいるよね」

「おんぶばったたろ」

「そうそう。虫にも親子の情というものがあるんだねぇ」

「あれは子供じゃなくて、下がメスで上がオスなんだ。交尾してるんだよ」

「夢がないねぇ」

「バッタより、いまは犬だ」

「あいよ」

土手側から川岸へ斜めに歩き、また土手側へ斜めに戻る。私はミシン針のように黙々とこの作業を繰り返した。草をかき分けながらだから酷く時間がかかるが、フェアウエイをまっすぐ歩く婆さんにはちょうどいいペースのようだ。私がすすきの間から顔を出すと、先に辿り着いていて、遅かったね、などと言う。

そうして二百メートルは進んだだろうか。ますます高く、繁りを濃くして私の行く手をはばんでいた青すすきが、少し先で揺れているのに気づいた。私は足を止め、フィッシング・

ロッドを握り直した。

目をこらすと、明らかにそこだけつむじ風が吹いているように草が揺れ騒ぎ、そのそよぎがゆっくりと移動している。私はフィッシング・ロッドをベルトに差しこみ、両手で静かに草をかき分けながら後を追った。

気づかれたのかもしれない。草のざわめきが急に大きくなり、動きが速くなった。尋常ではない狂ったような動き。婆さんのいる芝地の方角へ向かっている。一瞬、相沢清一の血まみれの死体と、芝を掻きむしる綾の姿がオーバーラップした。逃げろ、婆さんにそう叫ぼうと思ったが、叫ぶ前に無駄だと気づいた。あれが犬だとしたら——いやゾウガメだとしても、婆さんのあの足では逃げきれないだろう。私は再びフィッシング・ロッドを握り、草むらの中を疾走した。婆さんに死んで欲しくなかった。こんな所で死なれたら、後始末が大変だ。

正体不明の何者かに先んじて草藪を抜け出る。そしてフィッシング・ロッドを振りまわして周囲の青すすきをがさがさと揺らした。芝地まであと数メートルの所まで来ていた何者かの動きが止まった。ヤツの動揺をそのまま伝えるように、周囲のすすきが渦巻き、ざわめいている。と、すすきの動きが後方に遠ざかりはじめた。私は再び草の中に飛びこんだ。背後で婆さんが何か叫んだが、何を言っているのかわからない。

草むらの中での敏捷さは、向こうの方が一枚上手だった。右かと思うと左へ、私が左へ動くと右へ。後を追う私を翻弄するように素早く自在に動く。すき間なく繁ったすすきに隠れて、姿はまったく見えない。私はフィッシング・ロッドを握った腕をいっぱいまで伸ばして、周囲の草を騒がせ、なんとかヤツを川の方角に追いつめようと試みた。とにかく草むらから出なければ勝負にならない。

すすきをなぎ払って追走する私に、ヤツのほうも怯えているようだ。やみくもに迷走して草藪をかきまわしている。私はその動きの先々に腕を伸ばし、草を揺らして、ヤツを牽制した。そして、じわりじわりと、一人きりの包囲網をせばめていった。

護岸コンクリートまであと少しの所で、不規則だったヤツの動きが直線に変わった。川をめがけて突進しているのだ。私もダッシュした。ぬかるみにはまってローファーが脱げてしまったが、構わず走る。

ヤツが草の中から飛び出した。コンクリートの上を死に物狂いで駆け抜けていく。ヤツはバタバタと川べりまで走り、岸辺から宙に身を躍らせた。そしてそのまま宙を飛んだ――どこまでも。翼を広げて。

カモだった。私はしばらく呆然とカモが消えた川べりを見つめ続けた。靴の脱げた右足がしんしんと冷たかった。フィッシング・ロッドを杖にして片足で歩き、ローファーを拾い上げる。しばし躊躇したが、濡れた足をローファーにつっこんだ。背中に婆さんがおぶさってきたような徒労感がのしかかってきた。

突然、気力が萎えてしまったのは、別に追いかけていたのがカモだとわかったためではない。このぐらいのことで気落ちしていたら動物の探偵などやってはいけない。カモが飛びこんだ川べりの向こうに見えたものが原因だった。

草むらの中では前方の鉄橋に視界をさまたげられて見えなかったが、鉄橋の向こうの草地の中で、いくつものダークブルーの帽子が見え隠れしていた。捜索隊がここまで来たのだ。地元有志か動物園から派遣されたという専門家たちなのか、私服の男たちも混じっているようだった。

「婆さん」私はまだバッタを追いかけている綾に声をかけた。「今日は終わりだ。もう戻ろう」

チビは川沿いのどこかにいる。私のその推理は、どうやらはずれていたようだ。あの人数でしらみ潰しに探しているのだ。ここから上流には、もういないだろう。私がすでに捜索した河口付近へ、私が探し終えた後に辿り着いたとも考えられなくはない。しかし、それより可能性が高いのは、最初から川に沿って歩いてこなかったか、もしくはもうとっくに海岸線まで達して、遥か遠くまで逃げ去っているケースだ。私は濡れた靴下を脱ぎ、泥水が出なくなるまで絞り上げた。そして首を左右にねじって骨を鳴らした。

「もう終わりかい」

「ああ、出直しだ」私は答えた。

一から出直しだ。

何の根拠もなく、煉瓦造りの壁に蔦《つた》がからまる洋館を想像していたのだが、まるで違っていた。丘の西、隣町にある翔子の実家は、まだ建ててからそう日が経っていない四角いコンクリート造りの家だった。

すでに道沿いに花輪が飾られ、鯨幕を張ったテントも設けられていたから、場所はすぐにわかった。ただしどこから家に入るのかよくわからなかった。玄関が二つあるのだ。

とりあえず手前のドアの呼び鈴を鳴らす。三十前後のブラックスーツの男が顔を出した。玄関の三和土《たたき》にはおびただしい数の靴が並び、邸内は葬儀特有の押し殺したような喧噪に包まれている。

男の肩の先に、廊下の奥を横切る翔子が見えた。ほんの一瞬で姿を消してしまったが、その姿は一枚の絵画のように私の網膜に焼きついた。黒いワンピースが、細い体をさらに儚《はかな》く頼りなげに見せていた。長い髪をシニョンにしたうなじは、いつになく白く見えた。こちらを振り向きもしなかった横顔は、心なしかやつれて見えた。翔子はこんな時でさえ、罪つくりなほど美しかった。

私は男に名のるのも忘れて、翔子の消えた廊下を見つめ続けた。男が私の視線を追い、自分の肩口のほこりを払いはじめて、ようやく私は我に返った。探偵事務所から来たことを告げ、訪問相手の名前を口にする。

「僕ですけれど」

男がセルフレームの眼鏡を指で押し上げる。本人だった。相沢雅也。翔子の兄だ。

喫茶店のテーブルをはさんで座り、私は翔子の兄に名刺を差し出す。内ポケットから抜き出した瞬間、猫のイラストつきのものであることを思い出して、心の中で舌打ちをしたのだが、相沢雅也は私のファンシーすぎる名刺を気にも止めなかった。私の名前と住所には、まったく興味がない様子だった。

自分と柴原夫妻の関係をどう説明し、訪ねた理由をどう切り出すべきか、私は悩んでいた。しかし、理由は向こうが勝手に考えてくれた。

「保険調査の方でしょ」

私はあいまいな微笑みを浮かべて頷いた。正直に生きていたら探偵稼業はつとまらない。実の兄のはずだが、雅也は翔子にはまったく似ていなかった。写真館の見合い写真の見本になれる程度の男前。どこかで見たことのあるような顔立ちだが、人の目をひくほどの特徴も魅力もない。たぶん東京のビジネス街を歩く男の、十人中一人か二人はこんな顔だろう。

私がおさだまりの悔やみの言葉を口にし、時節もわきまえずに訪問した非礼を詫びると、雅也は顔の前で手を振り、友人に話しかけるようななれなれしい口調で言った。

「いやもうさ、いい加減、親戚のオジさんやオバさんの相手にくたびれてたところだから。六時からだっていうのに、年寄りっていうのはどうして時間より早く来たがるんだろう」

黒服のためか一見、エリートビジネスマン風に見えたが、喋り方は案外に子供っぽい。父親の通夜の前だというのに、こちらが気おくれしてしまうほど軽い口調だった。こんなものなのだろうか。父親の葬式の記憶がなく、母親の葬式には出なかった私には、よくわからなかった。

「で、何を話せばいいのかな。だいたいのことはもう知っているでしょう？　ニュースでもやってたしね。事故ですよ、今回のことは」

雅也氏は口が軽いタイプのようだ。どうしたら話を訊き出せるか、私はここに来る途中、婆さんの世間話を聞き流しながら、あれこれ頭を悩ませていたのだが、コーヒーをすりながら、相づちを打つだけで事が足りそうだった。

「もっとも、殺されたようなもんだな」

私はカップを口に運ぶ手をとめた。話がいきなり核心に入った。

「殺された？」

「そうですよ。あの男に殺されたんだ」

「あの男とは？」

「柴原ですよ。妹のつれ合い。ご存じでしょ。有名になりましたものね、柴原アニマルなんとか。あそこには、行きました？」

柴原アニマルホームのフルネームを知っているが、口にはしたくないといった調子だった。

「ええ、まぁ」

私はカップに口をつけ、後の言葉をブラックコーヒーとともに喉へ流しこんだ。

「ひどいでしょう、あそこ。あれで動物園だなんて、笑っちゃうよね。ただの豚小屋だ」

雅也はアニマルホームの存在も、柴原克之の存在も、できればこの世から消し去りたいといった口ぶりで話し続けた。

「あんな仙人みたいな暮らしをして、世間から超越した気でいるんだ。現実をわかろうともしないで逃避して、自分だけ高尚な人間のつもりなんだ。うちの土地をただ同然で借りてるくせに。ああいう人間は、許せないな」

雅也は悪臭を嗅いだとでもいうように顔をしかめてみせる。私は自分が怒られている気がした。

「お父様は、あの日、なぜあんな早朝から、森に出かけられたのでしょう？」

私はもっともらしくメモを構え、保険会社から雇われた仕事熱心な私立探偵の役を演じてみせた。

「森？　森ってあの雑木林のこと？」

「ええ、誰かに呼び出された、などということは？」

新聞報道のされていない隠された事実を訊き出せるかもしれない。それが彼に会おうと考えた理由のひとつだった。

「いや、ただの散歩ですよ。不動産経営なんていっても、実際に親父がすることなんて、あまりないからね。出かけるといったら、自分の山を歩くぐらいだったから」

週に二、三度、ここから片道一時間かけてアニマルホームの森に行くのが、亡くなった相沢氏の習慣だったそうだ。あの日、朝の五時前に家を出たのも、特別なことではないと言う。

「あの森は、土地の売却で揉めているという話を聞いたのですが。地上げされそうになっているとか」

「揉めてた？　揉めてなんかいませんよ」子供のように口を尖らせて雅也が答えた。「土地を売ってくれって話は確かにあるけど、それがおたくに何か関係あるのかな？」

訝しげに私の顔を覗きこんでくる。

「あなたが土地を相続された場合、高額所得者の方のみを対象とするＶＩＰ特約が適用される見込みなのです」

何のことやら、言った私自身もよくわからなかったが、雅也はＶＩＰという言葉が気に入ったようで、満足げに頷き、訊きもしないことまで喋りはじめた。

「ここだけの話だけど、あの土地は変わりますよ。エコトピア・プロジェクトって言うんだけど。まぁ、くわしいことはまだ言えないけれどね」

言いたくてしかたがない様子だった。

「廃棄物の投棄場になるのではないんですか？」

「あのね、あなた、いくら山の中だっていっても、あの辺りの地価は馬鹿にならないんですよ。そんなもったいない使い方はしませんよ。もっとビッグ・プロジェクトだ。廃棄物処理場を建設するんです。しかも最近風当たりの強い、地域と問題を起こすようないいかげんなしろものじゃない。処理能力の新基準をクリアした最新の施設を完備するんです」

「その計画をしてる会社というのは、確か、えーと、港南興産とか言う？」

うろ覚えの名前を口に出すふうに私は訊いてみた。

「ああ、あそこはまぁ、下請けの会社で、もっと大きな資本が入るんですよ」

やけに詳しい。まるで自分がプロジェクトに参画しているような口ぶりだった。実際にそうなのに違いない。アニマルホーム同様、翔子の実家も手荒な地上げに悩まされているのではないか、と考えていたのだが、少なくとも兄の雅也は土地の売却に積極的なようだった。

「産廃施設だけじゃない。会員制のクアハウスもつくるんだ。余熱を利用してね。エコロジー・アンド・リラクゼーション。丘の上の都会人のオアシスだ」

怪しげな企画書の謳い文句をそらんじる口調で雅也は言う。

「なるほど、そして、あなたはそこを任される訳だ」

当てずっぽうで言ってみたら、図星だった。

「まぁ、まだプロジェクトの段階ですから」

と、高級リゾート施設の支配人のような尊大な仕草で、椅子にふんぞり返った。イエスと顔に書いてある。うまい話に騙されている、典型的な世間知らずのボンボンの顔に見えた。

「お父様は、土地を売るのに反対されていたとか」

「まぁ、親父も齢だから。年寄りはだめですよ。せっかくのビジネスチャンスより山でとれる山菜のほうが大切なんだ」

「妹さん夫妻も」

柴原の話をすると、またもや声を荒らげる。

「あいつらには何の権利もない。土地は親父のもので、柴原には借してあるだけだ。何であんな男に翔子も……翔子って妹なんだけど、馬鹿ですよ。あんな変な男にひっかかっちまって」

「お父様は妹さん夫婦の良き理解者だったのではないんですか？」

「親父は妹に甘かったからね。だからあんなことになっちまったんだ」

さりげなく調査の一環といった口調で、私は一番訊きたかったことを質問してみた。

「お父様が誰かに脅迫されていたようなことは？」

「脅迫？　まさか？　いったいどこの誰に？」

「いえ、たとえば土地取引の会社などに」

「親父もね、だんだん折れてきてはいたんですよ。あんな豚小屋よりも、現実を考えなくちゃダメなことがわかってきたんだな。エコトピアのことも、ちゃんと話さえ聞いてくれれば……きっと賛成してくれたはずだ」

そう言ってから雅也は、自分の言葉を正当化するように言い添えた。

「そうに決まってる」

どこかで見たことがあるような気がしたわけだ。私は突然、以前にも彼に会ったことがあるのを思い出した。

苦労知らずの贅肉が頬に垂れはじめているそのぼっちゃん面は、いつかアニマルホームから帰る途中、ベンツの中に並んでいた顔のひとつだった。

おとなしく待っているようにと言ってあったのに、クルマから婆さんの姿が消えていた。

五分だけ待って、戻ってこなかったら帰ってしまうつもりで、私はハンドルに腕をもたせかけて時計を見つめた。十分待ったが、帰ってこない。十五分で帰ることにした。運のいい婆さんだ。私がうっかり時計を見過ごしてしまった十七分後に帰ってきた。

助手席に乗りこむと、婆さんは指を舐めて、広告チラシを綴じてつくったメモ帳をめくりはじめる。

「聞き込みしてきたよ」

「何を」

「なんだか知らないけれど、お前さん、この家のことを探っているのだろ。手伝ってやろうと思ってね」

私には判読不能の百人一首のような草書で書かれた文字を、婆さんが読みあげる。

「清一。おととし奥さんに先立たれて男やもめ。親の財産で若い頃から道楽三昧。陶芸、水墨画、郷土史研究——なんだろうねキョウドシって。自分でお金を出してつくった本を、すぐ人に買わせようとする。風変わり。極楽トンボ。妾がいたらしい」

「なんなんだ、それは」

「亡くなった仏様の評判だよ。けっこうみんな、言いたいことを言うねぇ。はぁ、これからお通夜だっていうのにねぇ」

指に唾をつけて婆さんがメモ帳をめくる。

「翔子。可愛い子だった。小さい頃は男の子みたいで活発。よく生き物を飼っていた。イギリスに留学。そこで変わり者の妙な男につかまってしまった――ふぅん、どんな男だろうね」

「あそこの旦那だよ」

「ああ、なんだ」

どこでどうやって調べて来たのだろう。私よりよほど聞き込みの才能がある。

「雅也。子供の頃は可愛かったのに、ずいぶん太ってしまった。母親が教育熱心で、塾にたくさん通っていた。クルマ好き。外国のなんとかっていう高いクルマに乗っている」

ただし、ろくな情報はない。

「わかった。もういいよ」

「まぁ、待ちなよ。まだあるよ。四年ぐらい前まで東京の一流の会社に勤めていたけれど、そこを辞めて、自分で会社を始めた。輸入関係の会社だと。ユニューってなんだっけね。豆乳とは違うんだろうね。でもうまくいかなかったらしいよ。最近は出かけずに家でぶらぶらしているって」

ふむむ。なるほど。

「良美。化粧が濃い。ゴミの日を守らない。挨拶しない。この女は評判悪いわね」

「誰だ」

「雅也の嫁だよ。はぁ。近所の噂は怖いね。人の口に戸は立てられないって言うからねぇ。あたしも死んだら何を言われることやら」

「うん」私は即座に同意した。

「ちょっと気性はきついけど、可愛いお婆ちゃんだったとかねぇ」

クルマが走りはじめても、婆さんはまだぼやいていた。

「口は悪いけど、人は好かったとかねぇ」

17

誇らしげに胸を張るラブラドールレトリバーが表紙の『世界犬種大百科事典』を、デスクの上に広げた。タウンページ並みの分厚さにたじろぎながら、老眼鏡をかけた綾が眉をしかめている。

「うーん、どれだったかねぇ」

本は柴原克之に借りたものだ。克之は今朝早く唐突に電話をかけてきて、喪服を貸してくれ、と私に言った。相沢の家にどんな顔をされるかはわかっているが、今日、午後からの義父の葬式に出るつもりだと言う。

「うーん、これじゃないしねぇ」

綾は昨日も、オフィスにあった『ワンちゃん図鑑』を前にして夜まで首をひねり続けていたのだが、中塚の犬をまったく思い出せなかった。ドーベルマン、土佐犬、マスチフ。私が指し示した殺傷能力の高そうな犬には、すべて首を横に振る。

一晩寝れば思い出すかもしれない。その言葉を信じたのがいけなかった。一晩眠った婆さんの記憶は、さらに忘却の霧の彼方に消え去ろうとしていた。

「はぁ、犬ちゅうてもずいぶんいるものだね」

婆さんがのろのろとページをめくって、ため息をつく。

「婆さん、借りた本だ。指をなめてめくるなよ」

確かに、ずいぶんいる。私も仕事柄、ひと通りの犬の名は覚えているつもりだったが、克之が持参してきた本を見るまでは、犬の種類がこんなに多いとは知らなかった。同じ種でこれだけ大きさも姿形もさまざまな生き物は他に例がないだろう。すべて人間が、自分たちの都合で交配し、加工と改良を重ねてきた結果だ。日本では大型犬とされているシベリアンハスキーが、世界の基準では中型程度であることも初めて知った。なにしろ体重百キロ近い化け物や、肩口までの高さが八十センチを超える牛のような犬がゴロゴロいるのだ。

いつものように椅子に正座した婆さんの隣には、椅子の上であぐらをかいた克之がいる。私も喪服は持っていなかったが、黒に近いグレーのスーツがあった。克之はそれを着ている。身長は私のほうが少し高く、体重はむこうがはるかに上だから、肩がずいぶん窮屈そうで、ズボンの裾と上着の袖は長すぎたが、克之はいたく気に入った様子だった。スーツを着るのは五年ぶりだそうだ。ウエストボタンは留められず、はずしたままにしているのをベルトで隠している。あの大木のような太股がズボンに入っただけで奇跡に近い。

昨日はどこにいた？　克之は私の問いに、ずっとアニマルホームにいた、と答えた。動物舎に保健所の立ち入り検査が入り、それにつきあって一日中外にいたから、電話のベルには気づかなかったと言う。マダラサンゴヘビは何日か前に全部売れてたから、まぁ、よかったよ。あれを見られたら、またいろいろ言われたに決まっているからね。何だか他人事のようにのん気な調子で克之は言う。翔子の兄の言うことは、ひとつは正しい。克之は雅也とは別の意味で、世間知らずの仙人だ。

「ああ、これかもしれない」

たっぷり唾をつけた指で本をめくっていた綾の手がとまった。私はそのページを覗きこんだ。

「それは、チャウチャウ」

「ちゃうかね。じゃあ、これとちゃうかい」

「ダックスフントじゃないか。婆さん、いいかげんに指をさすなよ」

「だって疲れたよ、お茶にしようよ」

「駄目だ」

私は鞭を打つように、ぴしりと言った。なにしろ婆さんは、ひとつ何かをするたびに、ひとつずつ何かを忘れてしまうのだ。

「おや、これはどうだい」

何も期待することはやめて婆さんの指の先に視線を落とした。やっぱりだ。婆さんが開いていたのは『小〜中型犬——テリアの部』の一ページだった。

「頼むよ、婆さん、しっかり思い出してくれ」

「でも似ているんだよ」

似合わないネクタイで太い首を締め上げた克之も、苦しそうに顎を下げて覗きこんでくる。結び方を知らないと言うから、ネクタイは私が結んでやった。一度はずしたら二度と締められないだろうから服を脱ぐまで絶対にゆるめないようにしておくのだそうだ。その克之が喉から声を絞り出した。

「いや、ありえるな」

私は驚いて克之の顔を見返した。

「こうしたら、どうだい」克之は、ここ数日ほとんど手つかずになっている領収書の束から一枚を抜き取って、写真の犬の耳を半分ほど覆って見せた。

「ああ、これだよ、これ。間違いないよ」

婆さんが興奮した声を張りあげ、喉をつまらせてげほげほと咳きこんだ。

「断耳《だんじ》をしてあるんだ」

克之はほとんど動かない首で、自分の言葉に自分で頷いている。断耳というのは、犬の耳を人為的に短く切断して、外見の迫力や戦闘能力を高める手術のことだ。ドーベルマンやボクサーにはよくこの手術が施される。

開かれたページの右半分、全身と顔のアップの写真とともに、その犬の名と概要が掲載されていた。

〝アメリカン・ピット・ブル・テリア〟

確かにテリアといっても、ボクサーに似た獰猛そうな体形だが、体高五十センチ前後というからハスキー犬よりだいぶ小さい。鼻の短い、人面犬のような顔立ちの犬だ。

克之が唸り声をあげる。

「こいつは世界最強の闘犬だ」

「この犬が？」

「アメリカで品種改良された犬なんだ。もう絶滅している闘犬用のブルドッグやらマスチフやら、戦闘的な犬同士を交配させてつくったんだ。闘犬中の闘犬だよ。可哀相な犬だ。闘うために生まれてきたような生き物だよ」

この男には珍しく早口でまくしたてる。私はまだ首をひねり続けていた。

「こんな犬、日本にいるのか」

「結構、入ってきているはずだ。アメリカの西海岸あたりじゃ番犬として飼うのが流行りみたいだしな。イギリスなんかだとこの犬のための特別条例まであって、飼うことが制限されているんだけど、日本には特に規制はないからね。県の危険犬条例の指定犬にも入ってないんじゃないかな。無名で、サイズが小さいっていうだけで。しかも、こいつは……」

克之はそこで息を呑む。ネクタイの結び目に喉をつまらせたのかもしれない。

「普通は水平咬合だけれど、ブルドッグの血が入っているから、アンダーショットのやつも多いはずだ。横広の歯形も、この犬なら説明がつく」

「じゃあ……」

私の問いかけに、克之は窮屈そうに頷いた。相沢氏殺しの真犯人——いや、真犯犬がようやく姿を現したのだ。

私はずっと克之に訊いてみたかったことを口にした。

「なぁ、今回のことは、偶然の事故だと思うかい？」

「事故じゃないというと？」

「誰かが犬を使って、あんたの義父《おやじ》さんを殺したということは、考えたことはないか」

私がそう言うと、克之はネクタイで絞殺されかけているように、目を大きく見開いた。

事故ではない。これは計画的な殺人だ。私は、そう考えていた。相沢氏を脅迫していた暴力団の組長の飼い犬が、偶然逃げ出して、偶然アニマルホームのすぐ近くへ逃げこみ、偶然そこを通りかかった相沢氏に咬みつく。こんなダイスの同じ目が十回連続して出るような偶然など、あるはずがない。

「誰かって、誰だい？」

目を丸くしたまま克之が訊いてきた。私は答えた。

「中塚組」

中塚組が犬を使って相沢氏を襲撃したのだ。凶器は、犬。上手くやりおおせれば、なかなか賢いやり方だ。現場を誰にも見られなければ、野犬のしわざで片がつく。

たぶん中塚組は、現場で自分たちの犬を逃がしてしまったに違いない。それが誤算だったのだろう。おそらく私に犬の捜索を依頼してきたのは、相沢氏を咬み殺したのが自分たちの犬であることが発覚した場合に、ただの飼育管理上の手違いだとアピールするための布石に違いない。自分たちは何も知らなかった、我々も懸命に探したのだ、と主張するためだ。発覚してもどのみち、自分たちが直接手を下していないのだから、殺意を証明することは難しい。動物管理法違反か民事訴訟で話を納めてしまうことも可能だ。

もしかしたらチビは逃げたのではなく、中塚組の誰かによって連れ去られたのではないか、私はそんな危惧も抱いていた。エルザを盗み出して森で殺害したのが彼らなら、たやすいことだろう。殺人犬をアニマルホームの犬であるように見せかければ、自分たちに矛先は向かないし、土地買収の障害になっている柴原アニマルホームへ世間の非難の刃を向けさせることができる。一石二鳥だ。当たって欲しくない推理だった。もし当たっていた場合、おそらくチビはもうこの世にはいない。

「でも、首輪をはずしたからって、犬はむやみに人を傷つけたりしないよ。自発的に人間に危害を及ぼす動物じゃないんだ。そういうふうに生まれて、そういうふうに育てられているからね。犬が本気で人を咬むっていうのは、いろんな不幸が重なった場合なんだ。義父さんには悪いが、咬まれた方にも責任があることが多い。本人が意識しないちょっとした動作で犬が興奮してしまったりね」

克之は、動物に関してだけ発揮する雄弁さで、どこまでもお人好しに言う。中塚組ではなく、犬という動物を信じているのだろう。きっと犬たちの名誉にかけて、犬の弁護をしているのだ。「確かに闘犬種は攻撃的だけれど、それは相手の犬に対してだけだ。ピット・ブルだって、ちゃんと訓練していれば、飼い主には忠実な犬なんだよ」

ちゃんと訓練していれば、飼い主には忠実——その言葉を私は頭の中でリフレインする。そして、まるで名探偵のように、二つの別々の事柄が同時に頭の中でひらめいた。ジグソーのピースは、一つがはまれば、続けてはまるものだ。かちり。かちり。そのひとつを克之に問いかけてみた。

「もし、あらかじめ人を襲うように訓練されていたとしたら？　警察犬は犯人の腕に咬みつくトレーニングもするだろ」

克之が苦しげにゆっくりと首を横に振った。否定ではなく、しぶしぶ認めている振り方だった。

葬式の始まる時刻が近づくと、克之はズボンの裾を引きずりながら帰っていった。私は電話帳で県内の犬の訓練所をリストアップして、ダイヤルをプッシュした。さっき思いついた、もうひとつのことを確かめるためだ。

——シベリアンハスキー？　ハスキーの場合、レッスンには少々お時間かかりますよぉ。こちらに預からせていただいて、そうねぇ、六カ月マンツーワン・レッスンコースのほうがいいんじゃないかしら。サービス期間中ですから、いまなら一カ月六万五千円。

ここで三カ所目だ。犬の飼い主のふりをして電話をした私に、受話器の向こうの女が、ベテランの保険外交員といった声と語り口で説明をはじめる。経営者か経営者の妻を思わせる熱心さだった。

「以前、そちらにハスキーを預けていた方におたくの評判を聞いて、それで電話したのですが。短期間で、とても効果があったと」

──あらあら、どちらかしら。最近、ハスキーちゃんのご依頼は少ないんですけど。

私は矢部の名と住所を口にした。そして、こうつけ加える。

「私、矢部さんと同じシベリアンハスキー愛好クラブに入会している者でして。矢部さんのところの子がお世話になったドッグ・スクールなら、我々もぜひひとみんなで話し合ってるんです。まぁ、みんなと言っても、ほんの十五匹ぐらいかな」

──十五匹！

女の高い声がさらに一オクターブ高くなった。

──あらあらまぁまぁ、それはそれは。ちょっとお待ちくださいませね。

保留メロディの『口笛吹きと小犬』が流れたあと、再び女が電話に戻ってきた。

──矢部惠一郎さん。チビちゃんね。はいはい。去年の九月ですね。

私の投げたつり糸に、ようやくあたりが来た。

──あらま、一カ月コースだったのね。まぁ一カ月でも、うちならだいじょうぶ。基本訓練はしっかりレッスンしますから。

なんだかさっきと話が違う。

「咬みぐせも直りますか?」

——咬みぐせ?

女が警戒した口調になった。

「ええ、悩んでるんです」私の両手は犬の歯形だらけなんだ。そういえば矢部さんは、チビにも咬みぐせがあったって言ってたな——

——いえいえ、チビちゃんのレッスン・カルテには、そんなこと載ってないですけどねぇ。あ、うちはワンちゃんの訓練の記録をパソコンで管理してましてね。これが評判がよろしいんですよ、ほほ。

それだけ訊けばじゅうぶんだった。話が長くなりそうだったので、私は話題を変えた。

「基本訓練というのは、何をするんです」

——五つの基本ですねぇ。座れ、伏せ、待て、来い、つけ。一カ月コースだとそのくらいかしらねぇ……。

女は訓練の内容をこと細かに解説し終えると、サービス期間中には、ご家庭レッスン用のオリジナルビデオと、ワンちゃんの写真付き卒業証書がもれなくついてくることを長々と説明しはじめる。私は会員たちと相談して改めて電話をすると告げた。

——はいはい、お待ちしておりますよぉ。みなさんにも、よろしくお伝えくださいな。抽選でお散歩距離のチェックができるワン歩計もプレゼントいたしますから。

「なるほど、わかりました」

なるほど、わかった。

18

海岸沿いの道へステーションワゴンを走らせた。私は間違っていた。チビは川を渡ったのだ。そして私の今度の考えに間違いがなければ、チビはきっと、あそこにいる。ステーションワゴンを停め、夕暮れの迫る海岸を歩いた。そして広大な敷地を誇るその住居の持ち主に挨拶をするために、玄関をノックした。チリワイン〝コンチャ・イ・トロ・サンライズ・シャルドネ〟で。

段ボールの母屋の前で体操をしているゲンさんの背中が見えた。太極拳ともラジオ体操ともつかない妙な反復運動を繰り返している。私は終わるまで待つことにした。

「ああ、どうも」

両手を腰にあて、背中を反りかえらせたゲンさんが私に気づき、頭を上下逆さまにしたまま笑いかけてきた。髪も髭も同じように伸び放題だから、上下が逆さまになっても、たいして変わらない顔に見える。

「精が出るね。何してるんだい？」

「ダイエット体操を。最近、少し太り過ぎたようで。やっぱり健康は大切ですからね」

「そうだね。大切だ」

私は言った。そしてワインの瓶をかざしてみせる。

「一杯どうかな、と思ったんだけど、酒よりハトムギ茶のほうがよかったかな」

「いえいえ、それで結構」

ゲンさんは段ボールハウスの中にもぐりこみ、ワインオープナーを手にして戻ってきた。ゲンさんは何でも持っているのだ。

手慣れた動作でコルクを抜いたゲンさんが、ワンカップ大関の空き瓶に二センチほどワインを注ぐ。まず香りを嗅ぎ、それからくちゅくちゅと口の中でテイスティングした。ダイエットをしているというのは本当らしい。今日は気前よく私にもワインを注いでくれた。私は空き瓶のいちばん汚れの少ない場所を探して、そこからおそるおそるワインを口にする。残念ながら、鼻の穴は懸命に閉じていたから、ブーケはじゅうぶんに楽しめなかった。

「ああ、雨期の森の腐葉土と、南の花の香りがしますねぇ。やっぱり白はチリです」

ゲンさんは詩的に香りを讃えて、満足そうに喉を鳴らす。私には真夏の履きすぎた靴下と蒸らした納豆の臭いしかしなかったが、黙って相づちを打ち、二杯目を注いでやった。早くゲンさんの舌がなめらかになるように。

「訊きたいことがあるんだ」

「オーケー、ベイベ」そろそろいいだろう。

「犬を見かけなかったかい」

「はて、以前にもどなたかから、同じ質問を受けたような、受けなんだような」

「たぶん、私だよ。また犬を探しているんだ」

「ああ、やっぱり……はて、犬ねぇ」

質問するより先に酒を渡してしまったのは、失敗だったか。最初はそう思ったのだが、ゲンさんは白目をむいて夕焼け空を見上げ、なんども首をひねった。どうやら本当に知らないらしい。

「最近、あの中に入ったかい？」

私はワンカップのグラスで倉庫をさした。

「物置に？」体育館並みの広さを持つあの倉庫は、ゲンさんのただの物置らしい。「いえ、入ってません。ここ何日か、中から妙な物音や鳴き声がするもので。どうも気持ちが悪くて」

やっぱり、そうか。

「中を見せてもらってもいいかな」

「どうぞ、どうぞ」

ゲンさんは、資産家らしい鷹揚さで頷いた。

倉庫の中には陽の落ちる直前の薄闇が広がっていた。差しこんだ西日がキャットウォークの手すりを、血のような赤に染め上げている。私はマネキンたちに再会の挨拶をし、階段を上った。ゆっくり足音を立てずに上り、キャットウォークの上に顔を出す。

なにもかもこの間のままだった。狭い回廊にはマネキンの胴体や手足や段ボールが、台風の通った後のように散乱している。急速に光を失いはじめている薄暮の中へ目をこらした。

キャットウォークのいちばん隅、この間と同じ場所に、灰色の塊がうずくまっていた。

チビだ。

よかった。中塚組に連れ去られたわけではなかったのだ。

チビは前脚を枕にして眠っている。私は起こさないように足音を忍ばせて、そっと近づいた。

夕日が灰色の毛をぼんやり輝かせていた。かすかに開いた口から舌を覗かせているその寝顔は、まだまだ幼さの残る小犬の顔だ。閉じた吊り眼が、なんだか笑っているように見えた。矢部家の家族と一緒だった頃の夢を見ているのかもしれない。

床に散らばっていたドッグフードは、すべて食べ尽くしてしまったらしく、もうどこにもなかった。あの日の朝のうちに辿りついて、ずっとここにいたのだろう。チビの体は、ひとまわり小さくなったように見えた。白とグレーのツートンカラー、ひと昔前に流行ったコートを思わせる毛皮が泥で汚れ、ごわごわともつれていた。

ガラスのかけらを踏みつけて、私の足もとがかすかに鳴った。チビの鼻がひくひくと動きはじめる。チビはぼんやりと薄目を開き、夢の続きを見るように中空を見つめた。それからぶるりと後ろ脚を震わせて立ち上がった。お座りのポーズだ。

近づいてきたのが私だと知ると、もう顔を忘れてしまったのか、アイスブルーの目で睨みつけ、不機嫌そうに唸りはじめた。なんだかがっかりしたような表情だった。

チビは、ずっとここで待っていたのだ。もちろん私ではない。来るはずのない矢部を。たぶん矢部に「待て」と命令されたからだ。

前回、ここから連れ出そうとした時にあれほど抵抗したのも、アニマルホームから脱走したのも、そのためだ。いくら訓練所でトレーニングをしていようと、犬がそう長時間「待て」が出来るはずがない。矢部が消えたことを知ったチビはとまどい、主人の姿を探し、とぎれとぎれの記憶の中の「待て」という命令を思い出して、またお座りをする。ずっとそれを繰り返していたに違いない。

私はキティちゃんを差し出し、手の中でおじぎをさせた。

「おひさしぶり〜っ」声も出してみた。「さぁ、帰りましょ」

チビが鋭く吠えた。私は数歩後ずさる。チビの決意は前回以上に固いようだった。矢部の家に家族が誰もいなくなって、たくさんの犬や妙な動物たちが住む見知らぬ場所に連れて行かれたのは、自分がここで待っていなかったからだ、そう思いこんでいるかのようだった。

私は短く叫んだ。

「よしっ」

チビの呪縛を解くための呪文。チビをトレーニングした訓練所でいつも使っているという「待て」の姿勢を解く命符だ。しかしチビは動かない。私を威嚇する唸り声を浴びせてくるだけだった。私の低い声ではだめなのだ。

私はポケットを探って、カセットレコーダーを取り出した。再生ボタンを押す。レコーダーの中には、矢部に事情聴取をした時に使ったテープが入っている。

〝——よしっ、いいぞ〟

テープの中で矢部が言った。

チビは少しの間、不思議そうな顔をして辺りを見まわしていたが、やがて、ゆっくりとこちらへ歩み寄ってきた。私はそっと手を差しのべた。

チビはキティ人形の匂いを嗅ぎ、かき抱くようにくわえる。私はチビの汚れた首を抱きしめた。毛皮からは、ほこりと泥と森と糞尿の匂いがした。森と街を駆け抜け、隠れ続けてきた数日間の匂いだ。ゲンさんの毛布の臭気に似ていたが、それはけっして悪い匂いではなかった。

「もういいんだ、もういいんだよ」

私は言った。チビがくりっと首をねじまげて、耳の後ろを突き出してくる。私はそこを掻いてやった。目を閉じ、舌なめずりをしながらチビは満足げに唸り、それから左の耳を出した。

柴原アニマルホームではずした首輪をもう一度はめてリードで繋ぐ。チビはおとなしく私に従った。事務所に携帯をかけ、綾にチビを発見したことを告げる。私の三年間のキャリアの最高の成果だ。誰かに言いたいじゃないか、たとえそれがあの婆さんでも。電話の向こうで、綾はホウホウとふくろうのような歓声をあげた。

手ぶらで中に入った私が、犬を連れて出てきたというのに、ゲンさんは少しも驚かなかった。というより私たちのほうを見ていなかった。小さなラジオにイヤホンを突っこみ、目を閉じて熱心に聴き入っている。

「頼みがあるんだ」

ゲンさんの家の玄関である金網の破れ目をくぐり抜ける前に、私はゲンさんを振り返った。ゲンさんは聞いていない。私はゲンさんの耳からイヤホンを引き抜いて、もう一度、同じ言葉を繰り返す。

「頼みがある。あんたに手伝ってもらいたい仕事があるんだ」

「オーケー、ベイベ」

ゲンさんはかっと目を見開き、それから首をかしげて私の顔を見た。報酬は？　と言っているのだ。

「少々、危険がともなう仕事になるかもしれないが、構わないかい？」

私は自分に言い聞かせるように言った。実のところ、本当にその仕事を実行に移すべきかどうか、私はまだ悩んでいる最中だった。だが、決行するとなると、どうしてもゲンさんの協力がいる。

危険な仕事、と聞いてもゲンさんの表情は変わらない。むしろ報酬の交渉が有利になることを歓迎しているように見えた。私は条件を提示した。

「チリワイン二本、グラス付き」

ゲンさんが首を横に振る。

「吟醸酒の一升瓶では？」

ゲンさんの目が私の手もとをずっと見つめていることに気づいた。

「携帯？」

ゲンさんがこくりと頷いた。私の携帯は、正確に言えばおととし商店街の福引きで当てたPHSだ。しかも、少々いかれはじめている。どちらにしろそろそろまっとうな携帯電話に買い換えようと思っていたところだ。私は快諾した。

「いいとも。ただし、通話料は自分で払ってくれ」

「オーケー、センキュー」

携帯を手渡しながら、私は尋ねてみた。

「ところで、いったいどこへ電話するんだい？」

ゲンさんは黄色い乱杭歯を見せて、髭の中にアリスのチェシャ猫のような謎めいた笑いを浮かべただけだった。

19

チビを連れて事務所に戻った私は、婆さんのサビのきいた黄色い声に迎えられた。

「おお、やっぱり、あんた犬探しが上手だね。餅は餅屋ちゅうてね。天職なんだろうね」

天職だと思いたくはなかったが、褒められて悪い気はしない。私は往年の青春映画の男優のようにひとさし指で鼻をこすってみせた。

「鼻をほじるのはおやめよ。穴が広がるよ」

怒られてしまった。チビのリードを冷蔵庫の把手に繋ぎ、スープ皿に水を満たして差し出す。チビは長い舌をもどかしげに動かして、あっという間に皿を空にした。

二杯目の水と一緒に、数少ない私の食器の中でいちばん大きなサラダ鉢を出し、帰り道で買った〝ゲルニカ・ハイパー・フィレビーフ〟を山盛りにした。水を飲みおえたチビは、ひとしきり匂いを探ってから、顔をつっこむようにドッグフードの山を切り崩しはじめた。何日も飲まず喰わずだったのだろう。綾がゴマ煎餅を置くと、それもたいらげた。

私はバーボンとソーダー水で自分のための飲み物をつくり、椅子に背中を預けた。ううっ、口から年寄りじみた呻き声が洩れる。ここ数日間の疲労が、背中を椅子の背と同じぐらい固くしていた。急に二十歳ぐらい齢をとったようだった。私よりよほど元気に見える婆さんが、渋茶をすすりながら言う。

「さっそく、あの夫婦のところに帰してやらなければね」

「いや、まだだ」私は服のどこかのポケットにあるはずのライターを探しながら、煙草をくわえた口のすき間から声を出した。「婆さん、この犬のことは、まだ他人には喋らないでくれ」

「喋る相手もいやしないよ」

「いや、家族にも。息子や嫁にもだ」

「ああ、そうするよ」

時計の針が、まだ七時前を指していることを確かめてから、電話をプッシュした。警察の通常ダイヤルだ。私を事情聴取した耳毛警部補は、結局最後まで名を名のらなかったが、県警の人間で捜査一課であることはわかっている。なんとかなるだろう。とりあえず鈴木で名前を呼び出してみた。

――鈴木という者はおりませんが。

電話の向こうから素っ気ない声が返ってきた。

「おかしいな。佐藤だったかもしれない」

――佐藤もおりません。

電話に出た女が不審そうな声をあげる。

「あれれ、間違えたかな。えーと、なんという名前だったっけ」私は男の特徴を羅列してみた。「ネクタイの趣味が悪くて、口が臭い。頭髪のわりに耳の毛がたっぷり」

そこまで言うと、電話線を伝って含み笑いが洩れてきた。

――ああ須藤ですね。お待ちください。

どんなことであれ、特徴的であるのはいいことだ。

「なんだ、この間のタンテイさんか」

電話に出た須藤という名の刑事は、定食メニューを口にする軽々しい調子で、私を探偵と呼んだ。

「困るね、直接ここに電話をされたら」

受話器の向こうから口臭が臭ってきそうな声だった。

「情報をひとつ、提供しようと思って。あんたの出世を手伝おうって寸法さ」

男は、私の言葉を鼻先で吹き飛ばす。

――この間の犬の件なら、もう私の担当じゃないんだ。

「真犯人が見つかりそうなんだよ。調べたんだ。事件を起こしたのは、違う犬なんだ」

――何をしているのか知らんが、一般市民によけいなことをされると困るんだ。あんた、所轄で評判悪いよ。

「本当なんだ。あれは事故じゃない。中塚組がからんでいるはずなんだ」

――中塚組？　マル暴の？　それも担当じゃないんだよ。悪いが、切らせてもらうよ。そばが伸びちまう。

「僕のステーションワゴンは、あんたたちに足止めを喰らったおかげで、ボディをこすられたんだぜ。少しは人の話を――」

本当のことだ。どのみちボディは傷だらけだから、痛くも痒くもないが。

――痛み入ります。民間の方々の尊い奉公精神が我々の支えです。じゃ、そういうことで。

私はあわてて言葉を継いだ。

「じゃあ、証拠を見せる。証拠を手に入れるから、ひとつだけ教えてくれ。中塚組っていうのは、どういう組織なんだ」

――民間の方にお答えする義務はございません。

須藤が役人口調で言った。この野郎。

「ふむ、やっぱりね。警官が大切にするのは、自分の足だけなんだ」

私は毒づいた。マーロウの名セリフだ。確か『湖中の女』の三十何章目か。

――なんだと。

「こっちのこと」

――なるほど、妙なやつだと思ってたんだ。チャンドラーかぶれか。馬鹿だなお前。馬鹿に免じて、ひとつ教えてやるよ。中塚は薬局だ。中塚薬局。

「へ？」

――クスリだよ。いろいろ手を出してるようだが、メインはクスリだ。覚醒剤で喰ってる、ちんけな組だ。何年か前にリストラして、いま構成員はひと桁じゃないかな。でも、リストラのおかげで、このところ、えらく羽振りがいいそうだ。

それだけ言うと須藤は黙りこんだ。これで終わりということらしい。受話器の向こうでそばをすする音が聞こえはじめた。私はそれ以上何も訊かず、彼にさよならを言う。そばを口にふくんだ声で須藤が答えた。

――タンテイさん、警官にさよならをする方法は、まだ発見されていないんだよ。

電話を切ってから気づいた。ヤツがなぜ、マーロウのセリフを知っている？

いつの間にかチビは、冷蔵庫の振動音とデュエットするような寝息を立てて眠っていた。二杯目のソーダ割りをつくろうとした私は、酒を飲むべきもっと適当な場所を思いついた。久しぶりにJの店に行こう。Jの店で、考えたいことがあった。酒の力を借りて決意したいことがあるのだ。綾に声をかけた。

「婆さん、そろそろ店じまいだ」

「仕事はいいのかい、ヒヨコと黒猫は？　そういえばベッドホステスからまた電話があったよ。早く平山さんをなんとかしてくれってさ。お前さん、いったい何をしたんだい」

「平山さん？……ああ、ヒマラヤンだろ」

「外人さんかね」

呆れ果てた顔をされてしまった。

「ああ、あそこは、ほっといていい」私は緩めたネクタイを再び結んだ。「酒を飲みに行く」

「おお、いいね」綾がいそいそと、弁当箱とそろばんと煎餅の残りを巾着の中にしまいはじめた。「カラオケなんかどうだい。あたしはカラオケに行ったことがないんだ」

婆さんが何か勘違いしているといけない。私はあわてて言った。

「俺、一人でいくんだ」

綾が小首をかしげた。表情の乏しい顔の中の金壺眼《かなつぼまなこ》で、不思議そうに私を見つめてくる。聞き違えたか、とでもいうように。私は婆さんの顔から目をそらして口ごもった。

「悪いが、酒は一人で飲むことに決めている。第一、これから行く店には、カラオケなんてないんだ」

いつも、そうしている。途中で二人になることはやぶさかではないが。Jの店は私の聖域だ。誰も連れて行かないのが、私のルールだ。正しいルールがあれば、法律はいらない。しかも今日は、一人で考えたいことがあるのだ。

婆さんが怒り出すかもしれないと思ったが、独り言のように呟いただけだった。

「ああ、そうだった。あたしも行きたいのはやまやまだけれどね、今日は都合が悪いんだ。見たいテレビがあるんだよ」

事務所を出て、表通りまで二人で歩く。どこに家があるのか知らないが、婆さんはいつも歩いて通ってくる。角を曲がった所で婆さんに片手を上げた。

「じゃあ、俺はこっちだ」

「ああ、おやすみ。また明日」

「おやすみ、また明日」

私は婆さんに背を向けて歩き出した。なんだか背中にちくちくと棘《とげ》がささる気がした。頭の中に、腰を曲げ、巾着をちょうちんのようにつり下げて、とぼとぼと夜の闇に消えていく婆さんの姿が浮かんだ。本当は嫁にも息子にも疎《うと》まれ、孫にもなつかれず、一人でつまらないテレビ番組を見て、ため息をついている婆さんの姿を思い浮かべた。私はこきりと音をたてて首の骨を鳴らしてから、婆さんを呼びとめるために、ゆっくりと振り返った。

婆さんは、いなかった。本当に闇の中に消えていた。幻のごとく。どこをどう曲がったのだろう。道の向こう、卒塔婆をのぞかせている寺の境内が見えた。よもや、あそこから毎日、化けて出てきていたわけではあるまいな。まさか、私は首を振って妄想を振り払い、

「すまなかったな、婆さん」

口に出してそう言ってみた。

「あい?」

私の腰の辺りで声がした。下を見る。綾が立っていた。

「そこにいたのか?」

「はいな」

「なぜ?」

「なぜって、あたしのうちもこっちの方角なんだよ」

「知らなかったよ」

よたよたと先に立って歩きはじめた綾に声をかけた。

「一緒に行くか?」

婆さんが振り返る。顔のしわを真ん中に寄せ集めるようにして笑っていた。

「ただし、カラオケはないぞ」

「伴奏なしで歌うよ」


Jの店には珍しく先客がいた。カウンターのいちばん隅に、未成年に毛の生えたような男と女。いや、まだ未成年かもしれない。そろそろ冷房が必要な季節だというのに、吹雪の中で遭難したかのように体を張りつかせて、お互いの体を温めあっている。

店の中には今日も、まだ私が慣れることのできないおでんの匂いがたちこめ、そして、いつもの歌のないジャズの替わりに、スローバラードのラブソングが流れていた。中学英語の歌詞と、外国のミュージシャンのパクリでつくった、流行りもののポップスだ。

カウンターから這い出るように婆さんが顔を出すと、Jは一瞬凍りつき、一歩後退して私と綾の顔を見比べた。

「やぁ、どうも。新しい彼女かい」

Jにしては出来の悪い冗談だ。婆さんがこくりと頷き、うつむいて頰を赤らめた。私は激しく首を振った。

「いつもの?」私への挨拶代わりにJはそう言い、それから綾に愛想のいい笑顔を向けた。

「こちらのレディは?」

いや、みりんか、おでんの出し汁を。私のそのセリフは、途中で綾の言葉にかき消された。

「シンガポール・スリング」

Jは外国人のように手のひらを上にして肩をすくめ、驚きを表現する。私は思わず婆さんの顔を見た。

「どこでそんな言葉、覚えてきたんだ」

「シンガポールだよ。当たり前じゃないか。上海の前には昭南島にいたんだ。山下将軍が接収したホテルでよく飲んだものさ。死んだうちの人と一緒にね。つくってくれた人が、自分で考えたお酒だって言ってたねぇ」

手なれた動作で無造作にシェイカーに酒を放りこもうとしていたJが、ジガーカップで酒の量をはかりはじめた。化学実験のような慎重な動作だった。

いつもより長くシェイカーを振ったJは、グラスを差し出し、せわしなくまばたきしながら、音を立ててカクテルをすする綾を窺う。

「こんな味だったかねぇ」

綾が首をひねると、Jのまばたきが激しくなった。

「忘れちまったよ」

綾が寂しそうにため息をつくと、Jも大きく息を吐いた。

婆さんは酒に強かった。二杯のシンガポール・スリングをまたたく間に空にすると、しわくちゃ顔を赤く染め、つみれを口の中でころがしながら、物珍しそうに店の中を見まわしはじめた。

「なんだか、暗いねぇ。電球が切れているのかい」

Jの店の照明は、上向きに天井を照らすスポットライトだけだ。閉店した高名なジャズ喫茶で使われていたものを、苦労して譲り受けたものだそうだ。

「ボロ隠しですよ。古い店なもので」気のいいJは怒りもせずに答える。「節電にもなる」

「でも電球ぐらいは替えたほうがいいよ。せっかくのおでんがおいしく見えないから。それとおダイコンだけれど、ちゃんと面どりをしないとね。煮くずれしているよ」

私はJに向けて渋面をつくってみせ、場違いな婆さんを連れてきたことを、わびる表情をした。

「なるほど」

Jは真顔で頷いていた。

「タコはないのかい？」

Jが両手を広げて無言で肩をすくめる。

「タコも入れるといいよ。西のほうの人は好きだからねぇ。稼ぎもふえるよ、きっと」

「なるほど、悪くない」Jが言う。

「悪くない」私も言った。タコは好きだ。

「悪くないちゅうのは、どっちだね」婆さんは酔ってきたようだ。まぶたを半分閉じかけたカエルの目をして言う。「いいならいい、悪いなら悪い、はっきりおしよ。男だろ」

　私は言った。「ふむ。悪くない意見だ」


「なんだ、カラオケ、あるじゃないか」

ただでさえどろりとした目玉を、酔いでさらにどろりとさせた綾が店の奥に目をこらす。さっきから私も気になっていた。Jが背中で隠すようにしているL字型のカウンターの折れた先に、レーザーディスクとアンプ、そしてマイクスタンドが置かれているのだ。新しいインテリアだろう。私はそう思いこもうとしていた。いずれ名のあるライブハウスの音響装置を手に入れたものに違いない。

「あれは違う。ただの飾りだよ、婆さん」

私は同意を求めるようにJを振り仰いだ。Jは私に背中を向け、さっき磨いたばかりのグラスを、また磨いていた。

　Jの店の新しいインテリアに気づいているのは婆さんと私だけではなかった。先客の女のほうがするするとストゥールを降り、インテリアの計器を操作し、インテリアのマイクをつかむ。インテリアの画面に砂浜を走る水着の女の映像が映り、インテリアのスピーカーからインストルメンタルの曲が流れ出した。

「すごいね。飾りなのに音も出るよ」

感心したように綾が言う。

女はたて続けに歌った。曲名は知らないが、コマーシャルで耳にしたことのある唄だった。下手くそな唄に連れの男が拍手をする。婆さんも猿のシンバル人形のように拍手をしていた。私は頭が痛くなってきた。今日は、ある計画の実行を決断し、秘策を練るために、ここに来たというのに。

目を上げてカウンターの中を見ると、Jがこっそりマラカスを振っていた。私と視線が合うと、少し悲しげな顔で片目をつぶってみせた。

「ご時世ってやつだよ、探偵。ご時世は時代遅れのバーだって見逃さないんだ」

そう言いながら、マラカスを振る手はおろそかにしてはいない。Jはそういう男だ。

「そろそろ、歌おうかね、冥土の土産に」

綾が、ろれつが怪しくなってきた舌で言い、椅子から降りようとする。私が手を貸そうとすると、払いのけるように体をくねらせて、ぴょこんと椅子から飛び下りた。酔って気が大きくなっているらしい。

「リモコンどうぞ、奥さん」

Jがそつのない手つきで、綾にリモコンを突き出す。もちろん婆さんにそんなものが使えるわけがない。マイクをつかむと、私とJしか見ていないというのに、大観衆を前にしているかのように深々とお辞儀をして、いきなりアカペラで歌いはじめた。

いつかの中国の唄だ。

マイクがオフになっていることに、婆さんは気づいていない。しかしマイクは必要なかった。綾の歌声は、北国の海に降る雪のごとく冴え冴《さ ざ》えとJの店に満ちていった。悪い唄じゃない。聴くたびに、心から私はそう思う。目を閉じて、歌っているのがあの婆さんであることを忘れてしまえば、なおさらだ。いにしえの上海のナイトクラブのスポットライトの下で熱唱する、チャイナドレスを着た美しい歌姫が脳裏に浮かんでくるようだった。何を歌っているのか歌詞はまったくわからないが、何を歌いたいのかは、よくわかる。そんな唄だ。私はグラスを手の中でころがして、ようやく黙考の時間にひたりはじめていた。

モチ入りキンチャクをかじって、すぐに口から離した。キンチャクの具の中に細切りの昆布が混じっていたのだ。油揚げに私の歯形がくっきりとついている。私はそれをしばらく見つめ続けた。

「うざってえ唄、歌ってんじゃねぇよ、ババァ」

カウンターの端から聞こえよがしの舌打ちがした。独り言めかしたその罵声の主に、私は尖った視線と忠告の言葉を投げつけた。

「黙って聴けよ、坊主」

「あんだとぉ」

若い男が小娘のような仕草で長髪をかきあげながら、私を睨み返してきた。

やめなさいよ、連れの女が言っている。その言葉を聞いたとたん、男は椅子からすべり降り、こちらに近づいてきた。女のやめろは、いつだって男をけしかけるのだ。私も立ち上がった。

男の顔は私のはるか下だった。しかも針金のような痩せっぽち。無精髭を生やしているが、生え揃わずに苦労している年齢に見えた。私は思った。勝てる。酒の上での喧嘩は二度や三度ではないが、勝つのは初めてだ。

「やめときな。やるなら、外でやってくれ」

修羅場になれたタフなバーテンダー風の物言いで、Jがのんびりとキャメルに火をつける。しかしキャメルの先が震えていて、上手く火がつかないようだった。そもそもの火種の婆さんは店の異変にはまったく気づかず、まだ熱唱を続けている。

喧嘩は先手必勝だ。過去の苦い経験から私はそれを知っていたが、こんな痩せっぽちの若造相手に本気になる必要はどこにもない。先に殴らせよう。そう考えた。それが大人のたしなみだ。若造にまともなパンチがあるなら、口の中を少々切ることになるかもしれないが、私は顎をなで、血の混じった唾を吐き出して、不敵に笑ってみせるのだ。ヤツはそれだけで震え出すだろう。それから、したたかに向こうずねを蹴りあげる。若造、うずくまる。私、腹にひざ蹴り。顔が上がったところへ右のアッパー。完璧だ。少し手加減しないといけないかもしれない。

私が挑発するように顔を近づけると、案の定、男が先に手を出してきた。拳ではなくひじ打ちだった。私は吹っ飛んだ。

「きゃあ」若い女の黄色い悲鳴。

「あじゃじゃあ」婆さんの黄土色の悲鳴。

「やめてよぉ」Jの悲鳴。いちばん切迫した悲痛な叫びだった。

立ち上がりかけた私の腹に、男の蹴りが入った。無防備に上げた顎に拳が飛んできた。私のやりたかったことを、ことごとく先取りされてしまった。Jはカウンターの皿とグラスをかき集めて、両腕で抱えこんでいる。婆さんがマイクを握りしめて、何か叫んでいる。なんと言っているかわからない。若い女がまた悲鳴をあげた。なんだか歓声のように聞こえた。

男のパンチと蹴りを体を丸めて耐えながら、私はやみくもに手足を突き出した。左の拳が硬いものを捉えた。男のあばら骨だった。男の攻撃が止まる。反撃だ。

フックを出した私の右手に男が嚙みついてきた。私は悲鳴をあげ、男の長い髪をつかんだ。向こうも私の髪をつかんだ。まるで猫の喧嘩だった。ハリウッド映画のような優雅な格闘にはほど遠い。まぁ、素人同士の喧嘩なんて、こんなもんだ。


「あんた、大きななりして、本当に弱いねぇ」

私の顔にキンカンを塗りながら、婆さんが呆れ声を出した。Jの店に薬の類は何もなく、私たちはオフィスに戻ったのだが、私のオフィスにもバンドエイドが二枚しかなかった。キンカンは、婆さんが、キズにはこれがなによりだよ、と言いながら巾着から取り出したものだ。

「でもなんだか、わくわくしたねぇ。あたしのために二人の男が争うだなんて、久しぶりだもの。若い時分を思い出したよ」

確かに婆さんが原因だが、意味が少し違うような気がした。だが私は黙っていた。唇が腫れて、喋るのが苦痛だったのだ。

「明日、病院に行ったほうがいいかもしれないねぇ」

「いや、いいよ」

ハードボイルド小説の中では、殴られ、あるいは撃たれて傷ついた探偵の行く先は、病院ではない。ブロンド美女のところだ。そこでは、しかるべき薬と包帯と看護婦より情熱的な手当てと気つけの酒と、熱いキスが待っているのだ。

何度、夢見たことか。ブロンドの美女は裸身へ夜着を一枚はおっただけの姿でドアを開ける。美女は、おう、と官能的に叫び、夜着からいまにもこぼれ出そうな乳房を揺らし、はぎ取るように探偵のシャツを脱がせる。傷口に薬とキスが浴びせられ、傷の手当てのためのソファーベッドはいつしか別の目的へと使われることになる——考えれば考えるほど虚しい。とりあえず私の目の前に存在しているのは、二枚のバンドエイドとキンカンと婆さんだけだった。

「いたたた……痛いよ」

「情けないねぇ、男だろ。痛くても痛いって言っちゃだめだよ」

「アウチ!」

「お国訛りかい」

私と同じぐらいの傷を負った若造が、捨てゼリフを残して店を出た後、私はJに謝罪した。Jの機敏な処置によってグラスや皿は無事だったが、Jの大切なガラクタのひとつである仏像の首がもげてしまったし、マイクスタンドも真ん中から二つに折れてしまった。喧嘩に参加しようとした婆さんが、床に打ちつけてしまったのだ。

Jは寛大だった。いいんだよ、探偵。おかげで目が覚めたよ。はんぱな事をしていたって、だめだっていうことさ。せいせいしたよ。Jは何かを振り切るように、そう言っていた。

Jが何かを決めたように、私も決断した。決意を変えない最良の方法は、気が変わらないうちに、誰かに宣言をしてしまうことだ。

「婆さん、俺、決めたよ」私は宣言した。

「動いちゃだめだよ」

「明日だ、明日——」

「明日はゴミの日だねぇ」

「俺は行く」

「病院かい」

「いや、違う。この事件を解決するんだ」

「これこれ、そんなことしなくていいから、動くんじゃないよ」

「中塚のところへ行く。この間の家だ」

「じっとしていなきゃ、だめだよ」

「いや、決めたんだ」

生き続けていれば、避けては通れない道の前に立つことがある。いまの私がそうだった。ハードでなくても、生きる資格に欠けていても、私は生きていかなくてはならない。

「痛いってば」

20

翌日の夜、私が柴原アニマルホームを訪れた時には、すべてが元の通りに見えた。マスコミも野次馬も、あの事件にはとっくに飽きているのだ。夜の森の向こうで小さなログハウスが、季節が終わったクリスマスの飾り物のようにひっそりと窓明かりを灯している。

動物保護管理法違反の疑いで、保健所の検査報告を待っているという動物たちもまだ飼育舎の中にいたし、物置小屋には新しい木箱が届いている。しかし、ニンジン畑には、もう青い葉がなくなっていた。

昨日、葬式が終わったばかりだから、翔子はまだ帰ってはいないだろう。そう考えていたのだが、ドアを叩いた私を出迎えたのは、翔子のリスのような笑顔だった。

「こんばんは、探偵さん」

翔子の笑顔も以前のままだった。だが、その笑顔は、むりやり顔に浮き立たせているようにも見えた。裾の長いダークブルーのワンピースを着ている。そういえばスカート姿の翔子を見るのは初めてだった。

「ごめんね、いろいろ迷惑かけて」

小鳥が囁くような声で翔子が言った。謝りたいのは、こっちのほうだ。何か悔やみの言葉を口に出そうとして、私は言葉を選んだが、結局、何も言えなかった。私より先にドアをくぐり抜けた婆さんが、翔子の手を握りしめて、湿っぽい声でわめきはじめたからだ。

チビは事務所に置いてきた。なにしろ、まだ逃亡者だ。ここに連れてくるわけにはいかない。いまごろはキティちゃんと仲良く眠りについているだろう。婆さんは、いまだ未完成のままの帳簿仕事をほっぽり出して、今日も当然のようにクルマの助手席に乗りこんできた。最近ではシートベルトも自分で締められるようになった。それが良い傾向なのか悪い傾向であるのか、私にはよくわからない。

ログハウスの中はこぢんまりとしていて、部屋といえば、大きな樫のテーブルを置いたダイニングと、キッチン、納戸、そして私は入ったことのない二人の寝室しかない。ダイニングでは靴を脱がずにすむのが、私にはありがたかった。

「これでいいのかい」

克之がダイニングテーブルの上に、私が依頼しておいたものを置く。人間の手のかたちに似せてつくられた咬み癖治療用の犬用玩具《ドッグ・トイ》だ。硬質ゴム製で、強く咬みすぎると中にしこまれたカプセル粒子が破れ、犬の嫌いな柑橘系の刺激臭が飛び出すしくみになっている。克之は四つも用意してくれていた。私は中塚の家のアメリカン・ピット・ブル・テリアが四頭もいないことを祈った。

「あとはロープだったな」

キッチンの奥の納戸から、何束かのロープを手にして克之が戻ってくる。必要に迫られた時だけ犬のリードがわりに使っている、ナイロン縄を縒《よ》り合わせた頑丈なしろものだ。

「こいつなら、いくらピット・ブルだってちょっとやそっとじゃ噛み切れないはずだ」

「助かるよ」

「なに、ロープなんかいくらでもあるからな」

ドッグ・トイの片端にキリとカッターで穴を開ける。案外、簡単に大きな穴が開いた。闘犬タイプの犬が本気で咬めば、くっきり歯形がつくはずだ。

穴にロープを通し、しっかりと結びあげる。あとは中塚の家に忍びこんで、ピット・ブルの犬舎にこれを投げこめばいい。ロープをたぐれば歯形がついて出てくる——完璧な計画だった。少なくても机上では。

「本当に、やるの？」

テーブルの上にコーヒーカップを置きながら、翔子が心配そうな声を出す。

「俺が代わりに行こうか？」私の作業を手伝いながら、克之がさっきから何度も口にしているセリフをまた口にした。「犬の扱いなら、俺のほうが慣れているからな」

「そうしてもらいなよ」

婆さんが言う。みんなが私の顔を見つめてくる。三人に真顔で見つめられているうちに、私もそのほうがいいような気がしてきた。しかし、口から出たのは、気持ちとは裏腹のセリフだった。私の決意は固かった。万一の時のことを考えて、トランクスも下ろしたてを穿いてきたぐらいだ。

「いや、これは僕の仕事だ。僕に行かせてくれ」

なにしろこれは、私が考えたことだ。当事者の克之が必要以上に計画に加わると、あとあと話が面倒になる。私は採取した歯形を持って、警察に話をつけに行くつもりだった。警察が相手にしなかったら、マスコミに情報を流す。いまならまだ話に乗ってくる所があるに違いない。

今日、丘を登る途中の道で、アニマルホームを糾弾し、立ち退きを求める真新しい看板を見つけた。近隣の住民がつくったものにしては、手がこんでいたし、手まわしもよすぎる気がした。克之の話では、数日前に政治団体の宣伝カーもやってきたと言う。中塚組と保健所とマスコミと付近住民、そして翔子の兄。彼らの集中砲火を浴びて、いまや柴原アニマルホームは、風前のともしびなのだ。馬鹿な計画かもしれないが、アニマルホームと柴原夫妻を救う方法は、これしかないように思えた。

「馬鹿は僕一人でいい。君たちは馬鹿な男を笑って見ていてくれればいいんだ」

私は万感の思いをこめてそう言い、自分の吐き出した煙草のけむりに目を細めた。

「ほんとうに馬鹿だねぇ」

綾が呆れたように呟いた。

ダイニングの隅には、以前にはなかったはずのテレビが置かれている。いまどきの中学生が自分の部屋に置くような、小さく質素なそのテレビに、私の胸が痛んだ。おそらく自分たちに関する報道が気になって買ったのだろう。

婆さんが砂糖たっぷりのコーヒーをすすりながら、九時からのサスペンスドラマにチャンネルを合わせていた。翔子はその隣で物珍しげに画面を眺めている。ボートネックのワンピースから覗くうなじが眩しかった。

サスペンス劇場は、冒頭からバイオレンスな内容だった。いきなりチンピラがヤクザにリンチを受けているシーンを映しはじめる。私は画面から顔をそむけて言った。

「婆さん、そろそろ行くぞ」

婆さんを家に送り返して、それから中塚の所へ行くつもりだった。私が声をかけると、絣の着物姿の綾が、ペンギンのような歩幅で近づいてきて、背伸びをして私へ耳打ちをする。

「奥さんの話し相手になってやらねば。ここで待っているよ」

私には、話し相手になってもらっているのは、婆さんのほうに見えるのだが。翔子に何くれとなく話しかけられ、優しくされるのが、嬉しくてたまらない様子だった。綾は、巾着から、スーパーマーケットの小さなビニール袋を取り出して、私の手に握らせる。

「夜遅くなるんだろ。おなかがすいたら、これ、お食べよ」

午後九時三十分。私はログハウスのドアを開け、水に潜る時のように大きく深呼吸をした。さぁ、出発だ。

「なるべく早く戻るよ」

帰って来れる保証などなかったが、そう言った。克之はまだ自分が行きたそうな顔をして、私の言葉に無言で片手をあげた。

翔子はキッチンから出てきて、ドアの外まで私を送ってくれ、両手に持っていたじゃがいもで、火打ち石を叩き合わせるような仕草をする。

「かちかち」

翔子のいつも通りの明るさが、私の胸を刺した。昨日、父親の葬式が終わったばかりなのだ。悲しくないわけがない。泣いたなごりなのか翔子の目は少し腫れていた。私のために陽気にふるまってくれているのだ。私はひきつった頬をわずかに吊りあげて彼女に笑い返したが、あまり成功したとは言えなかった。なぜ私はわざわざ柴原の家に来て、ここから出発しようと思ったのだろう。答えはわかっていた。たぶんこうして翔子に見送ってもらいたかったからだ。

「いってらっしゃ〜い」

テレビにかじりついている婆さんが、振り返りもせずに言った。

丘を下る道の五番目のコーナーを抜けると、眼下に街の灯が見えてきた。夜がいつもの煤《すす》けた風景を覆い隠し、満天星より豪華に街を輝かせている。

飛行機のコクピットから見る夜景も、きっとこんなふうに美しいのだろう。操縦席はおろか飛行機の客席にも乗ったことはないが、私はそう思った。まだ探偵という職業を知り得る前の私は、パイロットになるのが夢だった。

空はいい。空にはドアも鍵もない。

「ランディング」

口の中で呟いてみた。そして私は街に向かって着陸を開始した。

時計も持っていないのに、約束通りの時間にゲンさんはやってきた。場所は、中塚邸の表門の斜向かいにある小さな公園。私は通りに背を向けてブランコに座っていたのだが、振り向かなくてもゲンさんがこちらに近づいてくることがわかった。強烈な臭いが漂ってきたからだ。

「やぁ、悪いね」私は鼻声で挨拶をした。

ゲンさんは小脇に毛布と段ボールをはさみこみ、両手にはかなり使いこんだ紙袋を下げていた。ひとつはイッセイ・ミヤケ、もうひとつは明治屋。なかなかおしゃれだ。胸には、ビニール紐をストラップにして私の携帯電話を誇らしげに吊り下げている。私は携帯の解約届けを出し忘れていたことを思い出して、おでこを叩いた。

公園の一角に段ボールを敷いて二人で座りこんだ。ここからなら門の鉄柵ごしに、邸内の様子を覗くことができる。彼らの部屋でモニター画面をかいま見た記憶では、監視カメラの視界はここまで届かないはずだった。

例の張り出し窓の部屋には明かりが灯っている。ヤクザの事務所には不似合いのレースのカーテンの向こうで、ぼんやりと人影が揺れているのが見えた。持久戦になりそうだった。ゲンさんから毛布を借りた私は、悪臭をものともせず、頭からかぶった。こうすればホームレスの二人連れにしか見えないだろう。

満月の夜だった。月がこんなに明るいものだとは知らなかった。雲が晴れるたびに、周囲の家並みが皓々《こうこう》と照らし出される。他人の家に忍びこむには、あまりふさわしい夜とは言えなかった。夜が更けて、吹く風が少し冷たくなってきた。

ゲンさんは、くわしい事情を訊こうとはしない。だから私もあえて説明はしなかった。しばらく二人は無言のまま座り続けた。ゲンさんはイヤホンでラジオに聴き入り、私は中塚邸を見張り続ける。

「お弁当、食べますか?」

話しかけてきたのは、ゲンさんのほうからだ。ポリバケツから仕入れてきたのだろう。コンビニエンス・ストアの鮭弁当を差し出してくる。煮豆が糸を引いていた。私は丁重に断った。

昼からろくに飯を喰っていないが、食欲はあまりない。昔、穴を開けた胃袋が何年ぶりかでちりちりと痛み出している。

「これ、飲みますか」

今度は紙袋から牛乳パックを出してきた。今日のゲンさんは、ずいぶん気前がいい。何かいいことでもあったのだろうか。それともゲンさんも人の子、緊張と沈黙に耐えられなくなったのだろうか。

「新鮮ですよ。昨日、賞味期限が切れたばかりですから」

「ああ、ありがとう」

私は素直に受け取ることにした。ストローを突き刺した瞬間にゲンさんが言った。

「まいど、百円になります」

気前がいいのではなく、商売熱心なだけだった。私はポケットの小銭を探す。婆さんにもらったビニール袋に手が触れた。取り出してみると、ゆで玉子が二つ。粉薬の包みのようにていねいに折ったアルミホイルも入っている。塩だった。

「物々交換でどうだい」

私は婆さんのゆで玉子を差し出した。ゲンさんは手ばかりで玉子の重さを計り、手の中で慎重にころがし、宝石を鑑定するまなざしで値踏みをした。

「百円は高いですね。駅前のラーメン大王でも八十円です。食べたことはありませんが」

「五十円でどうだ」

「オーケー、ベイベ」

交渉成立。もうひとつは自分で食べた。婆さんは、まだ勘違いをしているらしい。黄身がコンクリートのようなかたゆでだった。

「いい玉子ですね。地鶏かな。ちょっとゆで過ぎですけど。塩は天日干しの天然塩でしょう」

「塩、使ったの？」

「ええ、もちろん」

「塩も五十円」

「……キャッチ・バーみたいですな。昔を思い出すなぁ……」

ゲンさんが、あまりに何度も悲しげなため息をつくものだから、私は結局、百円玉を指ではじいて投げ渡す。ゲンさんはカメレオンの舌のような素早さで手を伸ばし、硬貨をワンハンドキャッチした。

「そういえば、携帯は何に使ってるんだい？」

少し不安になって私は訊いてみた。ゲンさんはあいまいに笑って答えない。

「まさか国際電話じゃないよね」

「だいじょうぶ、それほど使ってませんから。声が聴きたいだけなんです。私からは何も喋りません。声さえ聴けば、私はそれでいいんです」

「誰の声？」

私の問いに、ゲンさんは髭の中に謎めいた笑いを浮かべただけだった。その笑顔には少しばかり哀愁が漂っているように見えた。

「今夜まで、使ってもいいですか。もう一度だけ」

ゲンさんはそう言い、もう一度だけと口の中で繰り返した。ゲンさんには、ゲンさんの人生の事情があるのだろう。もちろん私は黙って頷いた。

チャンスは案外早くやってきた。人通りの途絶えた十一時過ぎ、張り出し窓の明かりが消えた。ほどなく玄関灯も消える。闇に目をこらすと、邸内から男たちが出てくるのがわかった。この間と同じぐらいの人数だ。須藤は中塚組の組員はひと桁だろうと言っていた。少なくともここに常駐しているのは、あれで全員なのかもしれない。

門の右手、ガレージの扉が開き、するするとベンツが鼻面を出した。私は毛布の中に首をうずめる。組員たちをすし詰めにしたベンツは私たちに気づく気配もなく、通りを走り去っていった。

毛布をかぶり続けたまま、しばらく動かずに邸内の様子を窺った。屋敷からすべての灯が消えたわけではない。二階の隅、閉じた窓からぼんやりと明かりが洩れている。しかし、いまを逃す手はないように思えた。私は立ち上がり、ゲンさんに声をかけた。

「行こう」

ゲンさんは動かない。ラジオに聴き入り、体をスイングさせている。私はラジオからイヤホンを引き抜いた。夜のしじまに津軽海峡冬景色がりんりんとこだました。

「作戦開始だ」

イヤホンがなくなっても、ゲンさんは目を閉じ、体を揺らし続けている。私は耳に口を近づけて囁いた。

「携帯、明日まで使っていいよ」

ゲンさんの目が、かっと開いた。

「ラジャー」

念のために監視カメラの前ではゆっくりぶらぶらと歩く。まぁ、心配はないだろう。あの部屋の灯は消えているし、この間見たかぎりでは、男たちはカメラのモニターを見飽きている様子で、ろくに目を向けようともしていなかった。西側の一方通行路に入り、敷地の四隅に設置されたカメラの死角となるはずの塀の中ほどを選んで立ち止まる。まぁ、心配はないだろう。ないだろうが、やっぱり心配だ。

まずゲンさんの尻を押して、塀の上に押し上げる。肥満気味のわりにはゲンさんの動作は敏捷だった。野性生活とダイエット体操のたまものだ。私も後に続く。塀の上でゲンさんがぽつりと言った。

「久しぶりですよ、塀から人の家に入るのは」

敷地の中に着地をする。闇の奥にそびえ立つ屋敷のシルエットは、昼間よりもさらに大きく見えた。ちょうど犬舎とプレハブ小屋の中間辺りだ。塀ぎわの植え込みに沿って、抜き足さし足で犬舎に近づく。私の背中にゲンさんがすがりついてくる。耐えがたいほどの異臭がしたが、文句を言っている場合ではなかった。

側面からそっと犬舎を窺う。間口四メートル、高さ一メートル、奥行き一・五メートルといったところか。鉄格子がはめられ、中はいくつかの檻に分かれている。中央の檻に二頭。右に一頭。闇の底にうずくまって眠る犬たちの薄黒い影が見えた。

犬たちに気づかれないように、一歩ずつ慎重に足を運ぶ。私のスーツの裾を握りしめているゲンさんと、ムカデ競走のように歩調を合わせた。一、二、一、二。近づくまで犬を起こしてはならない。足音を聞かれてはいけない。犬の聴覚は人間の四倍、嗅覚は数千倍。しかし眠っている間だけは、その嗅覚の機能がいちじるしく低下する。怖いのはむしろ鼻より耳だ。

朽葉を踏みしだく靴底の音が、まるでセンサラウンドのように耳に響いた。一、二、一、二。犬舎まであと五、六歩、というところで、私たちの気配に気づいた一頭が顔を上げた。

ガウガウガウガウ。

けたたましい咆哮。その叫びは深閑とした夜気を震わせた。

二階の窓が開く音がした。

私とゲンさんの体は、片足を宙に浮かせたまま彫像のように静止した。

幸い、体はまだ植え込みの中に隠れていたが、月の光に照らされて、私たちの影が庭に落ちていた。私はじりじりと少しずつ体を動かして、手足を松の枝のかたちにした。ゲンさんも私にしたがって両手を広げて頭上に掲げる。幹の太いシュロの木の影に見えないこともない。この庭にシュロの木などないが。

犬は吠え続けている。二階の窓はここからは見えない。ほんの数秒の時間が、永遠の時の流れに思えた。髪の毛が急速に白髪に変わっていく気がした。

私は片方の枝を——いや、片方の手を、胸ポケットに突っこんだ。忍ばせておいたカセットレコーダーの再生ボタンを押す。

ブォンブォンブォンブォンブォンブォン。

犬の咆哮をかき消すほどの轟音が轟いた。毒をもって毒を制す。犬に騒がれた時のために、あらかじめ録音しておいたバイクの走行音だ。ボリュームをゆっくり最大限まであげていくと、他の犬たちも声を揃えて鳴きはじめた。

「うるせぇ」

窓から罵声が飛んだ。年季の入った塩から声。中年過ぎの男のものだった。中塚組長本人に違いない。私は音量を少しずつ戻して、バイクが遠ざかっていく効果音を演出したが、犬たちはなおも吠え続ける。そりゃあ、そうだ。バイクなど走っていない。私たちに向かって吠えているのだから。だが声の主の怒りは犬たちに向けられていた。

「なんでもかんでも、吠えるんじゃねぇ」

濡れ衣を着せられた犬たちは訴えるように吠え続け、そしてまた怒鳴られた。

「静かにしろって、言ってんだろ」

かわいそうに。

屋敷の中で違う声がした。窓閉めてよっ、寒いじゃない。そう若くはない女の声。中塚の妻かもしれない。犬はなおも吠えるのをやめなかったが、窓はすぐに閉まった。中塚は犬よりもしっかりと躾《しつ》けられているようだ。

　窓が閉まると、犬たちはようやくおとなしくなった。しばらく息を殺して待ったが、屋敷からは誰も出てこない。私たちは再び行動を開始した。私はゲンさんにウインクをし、予約テーブルを指し示すウエイターのように犬舎に手をさしのべる。どうぞ、あちらへ。

「あの、やっぱり、私……犬は苦手で……」

「だいじょうぶだ。向こうはきっと、あんたのことを気に入るよ」

　ゲンさんには付き添いで来てもらったわけではないのだ。携帯電話。私が耳もとでそう囁くと、ゲンさんは哀しげに首を振ってから、後ろ歩きで犬舎に近づいていった。はにかみ屋の少女のように両手で顔を覆い、尻を突き出しながら進んでいく。近づいてきた人影を警戒する犬たちの低い唸り声は、すぐに荒い鼻息に変わった。思った通りだ。ゲンさんの体臭は、ピット・ブルにも大好評だった。ゲンさんが檻の前で足を止めると、犬舎の中の黒い影が、いっせいに鼻を近づけてくる。

「ひっ」ゲンさんが悲鳴をあげた。

「静かに」

「誰かが私のお尻をなめてるんです」

「俺じゃないよ」

　私は肩に担いだナップザックを降ろし、ドッグ・トイでつくった歯形採取装置を取り出した。鉄格子すれすれにへっぴり腰を突き出しているゲンさんのもとへ急ぐ。

確かにそれほど大きくない犬だった。三頭ともチビよりひと回りかふた回りほど小さい。しかし、体重は同じぐらいありそうだった。脚が短く頑丈そうで、胸と肩の筋肉が発達した、アマレスのユニフォームが似合いそうな体つきをしている。断耳によって尖った耳がジェット機の尾翼のように立っていた。月明かりの中では正確な毛色までわからないが、みな暗色系の黒っぽい色に見えた。

右の檻の一頭が、近づく私に気づいて頭を振り向けてきた。しわの深いその顔は、疲れた中年男のようだった。闇の中でアンズの種に似た小さな目が光り、唸り声をあげはじめる。その唸りが吠え声に変わる前に、鉄格子のすき間へドッグ・トイをねじこんだ。犬はあっさりと喰いついた。

口にくわえたドッグ・トイを、檻の奥へ引っぱっていく。小学生が四つんばいになったほどの体からは想像もできない凄まじい力だった。私はロープを離さないように、必死に握りしめた。

きゅわん。

犬が情けない声をあげ、ロープを引っぱっていた力が一瞬で抜けた。硬質ゴムの中のカプセル粒子が口の中ではじけて、液体と匂いを発散させたのだ。犬が大嫌いなレモンフレーバー。効果てきめんだ。私はロープを引き戻した。ピット・ブルはドッグ・トイをしっかり齧っていた。いや、齧りとっていた。ロープをたぐり寄せた私は目を見開く。硬質ゴムの半分が消えてなくなっていた。

毟りとられた半分は、鉄格子のすぐ向こうにころがっている。私はすき間から手を入れてそれを拾いあげようとした。

ふさり。

私の手の上に、小さな手がかさなった。毛深い手だった。肉球と鋭い爪がついていた。ピット・ブルの前脚だ。私は前脚の持ち主を見上げ、そして友好的な微笑みを浮かべてみせる。しかし相手は笑い返してはくれなかった。小さな残忍そうな目は、夜目にも怒りで燃え上がっているように見えた。

犬が低く咆哮して私の手を喰いちぎろうとするのと、私が手を引っこめたのは同時だった。私の手はコンマ何秒かの差で鉄格子からすり抜けた。念のために手を振ってみる。幸運にも手首の先はまだ私の体についていて、咬み切られたドッグ・トイの片端を握っていた。

鉄格子に体当たりしてなおも私に闘争心を燃やし続けている犬に、固形タイプのドッグフードを投げてやる。ゲルニカのビーフジャーキー。一撃、二撃。三撃目には犬の体当たりがおざなりになり、檻の中のドッグフードをいそいそと口で拾い集めはじめた。意外に扱いやすいヤツだ。

ビーフジャーキーの匂いに気づいた中央の檻の一頭が私のほうに顔を向けた。私の手もとを睨んでいる。こっちにも寄こせと恐喝するような目つきだった。

私はビーフジャーキーのかわりにドッグ・トイをプレゼントした。こいつも間髪をいれずにくわえこむ。だが今度の犬は手に入れた収穫をなかなか手放そうとしなかった。トレーニングがゆき届いているのか、強く咬もうとしない。軽く口にくわえたまま前脚でもてあそんでいる。放っておくと、朝までそうしている気がした。

動物相手に手荒なことはしたくなかったが、やむを得まい。私はズボンの尻ポケットから小口径の拳銃を取り出し、犬の鼻面に照準を合わせた。なにも知らない犬は、まだ口の中で歯形採取器をもてあそんでいる。

私は非情にも引き金を引く。

牙を光らせている口の中に命中した。

きゃわうん。

犬の体がはじけ飛ぶ。

犬の口から血しぶきのような唾が飛んだ。

馬鹿め。

こんな時のために、レモン水を装塡した水鉄砲を用意していたのだ。私はトリガーガードに指をかけてくるくるまわしてから、赤色のプラスチックの拳銃をふところに収めた。

ナップザックから三つ目のドッグ・トイを取り出す。

「あの、もういいですか」

ゲンさんが両手に顔をうずめたまま泣きそうな声を出した。

「もう少しだ。がんばってくれ」

もう少しだった。あと一頭。中央の檻のもう一頭だ。そのピット・ブルは、舌を伸ばして垢光りしたゲンさんのズボンの尻を舐めていた。オス犬であれば当然あるべきものが、あるべきところにない。メスだ。

鼻先にドッグ・トイを突き出す。メス犬はゲンさんの尻のかわりにそれを舐めはじめる。と、さっきレモン水の洗礼を浴びせてやった同じ檻の片割れが、また鼻面を突っこんできて、ドッグ・トイに喰いついてしまった。よほど、この玩具が気に入ったようだ。くわえこんだまま、またもや前脚でころがしはじめる。

私は再び尻ポケットに手を入れた。

水鉄砲。

きゃわん。

犬が鳴く。

学習能力のないヤツめ。

メス犬は、ドッグ・トイになかなか興味をしめさない。ゲンさんの尻の垢をこすりつけてみる。ひひっ、ゲンさんが悲鳴をあげた。

ようやく咬みついてきたが、すぐに嫌な顔をして吐き出す。メスとはいえ、他の二頭と同じこわもて親父のような顔をしている。だが、その仕草はなんとなく優雅だった。この犬は除外していいかもしれない。私はそう直観した。

「ごくろうさん、終わったよ」

私は海面に上がった素潜りの昆布漁師がそうするように、暗闇の中に大きく息を吐き出した。私の言葉にゲンさんもガス漏れのような声を出す。

足早になろうとする両足をなだめて、犬たちを刺激しないようにゆっくりと犬舎から遠ざかった。一頭がゲンさんになごりを惜しむように、わわんと短く鳴いた。こめかみから流れ出た汗が目にしみて、私はようやく自分が大量の汗をかいていることに気づいた。

屋敷はひっそりと沈黙したままだった。侵入経路を逆に辿る。塀まであと数歩まで来た時だ。先に立って歩いていたゲンさんの足が止まった。

「どうした」

ゲンさんは答えるかわりに、ずりずりと後ずさりして、私の背後にまわりこんだ。

左手前方、数メートル先に犬がいた。

ピット・ブルだ。四頭目がいた。夜間の警備用として庭に放たれていたのだ。

醜い犬だった。他のピット・ブルよりさらに足が短く太く、頭部は体に不釣り合いなほど大きい。片方の耳がなかった。かさぶたのような耳の残骸がわずかに残っているだけだ。月光に照らされた全身の毛は濃い黄色に見え、首の下と足先だけが白かった。

吠えかかってくるかと思ったが、短い鼻面に不機嫌そうなしわをつくり、低い押し殺した唸り声で私たちを威嚇しながら睨みつけてくるだけだった。だが、吠えない犬ほど恐ろしいものはない。優秀な闘犬は無駄に吠えない。吠える必要がないのだ。さきほどの騒ぎの間も闇に身を隠したまま、音も立てずに私たちを打ち倒す機会を狙っていたに違いない。

「目を見るなよ」

私はゲンさんに言う。ゲンさんが答えた。

「もう遅いですぅ」

片耳のピット・ブルは細いムチに見える尻尾を股間にはさみこみ、弓を引きしぼるように背中を丸めた。来る。私は身を固くした。

「ひい」

ゲンさんが悲鳴をあげてうずくまるのと同時だった。犬は地面を蹴り、歯を剝きだしてゲンさんに向かって跳躍した。

私はとっさに手に持っていたドッグ・トイを犬の口に突っこんだ。入れ歯がはまるように口に収まった。犬は、ゲンさんの背中を踏み台がわりに使って大きくジャンプし、数メートル向こうの芝生の上に軽々と着地する。首を振ってドッグ・トイを吐き捨てた。はからずも四頭目の歯形の採取に成功した。犬の視線がゲンさんから私へゆっくり移動する。夜の闇の中で小さな目が凶悪な光を放っていた。

ピット・ブルが、再び体を低くした。私はふところから水鉄砲を取り出す。人間を一撃で倒す猛犬の相手をするには口径が小さすぎ、弾丸もレモン水だが、他に武器はなかった。とりあえず水鉄砲を構える。両手を添えるダブル・グリップにしてみた。その姿はかえって犬を刺激してしまったようだ。私が銃を構えるのを合図にしたかのように、犬の体がはじけた。

まばたきをする間もなく、喉笛に牙が迫る。右手でガードした。私の喉ぼとけのかわりに、犬の口の中でプラスチック製の水鉄砲が粉みじんに砕け飛んだ。着地したピット・ブルは、顔面に飛び散ったレモン水を振り払おうとして、狂ったように首を振り立てる。

「逃げよう」

私はゲンさんに叫んで、塀に飛びつこうとした。しかし、ピット・ブルは遊撃手のような軽やかなフットワークで、私たちの前にまわりこんできた。私とゲンさんはすみやかに反転した。すぐそこにプレハブ小屋があった。必死で走った。

引き戸にすがりつく。幸い鍵はかかっていなかった。扉を引き開け、小屋の中に飛びこむ。私に続いてゲンさんがころがりこんできた。

扉を閉めた。私の動きは何分の一秒か遅かった。閉まりきらないうちにピット・ブルが鼻面をこじいれてきた。私は懸命に引き戸を押さえつけた。目の前で犬の口だけが、獲物を呑みこもうとする醜悪な生き物のように荒れ狂う。爛《ただ》れた臓物を思わせる舌の間から赤い口腔が覗けた。かぎ爪のように彎曲《わんきょく》した鋭い牙ががちがちと鳴っている。生ぐさい息が頬に吹きかかった。闘犬の鼻が短いのは、相手の肉深くへ牙を喰いこませても、呼吸ができるように改良されているからだ。唐突にその話を思い出して、私の背筋は震えた。

鼻面に頭突きを喰らわせた。犬が低く唸り、ひるんだ隙に扉を閉める。犬が開けられるはずもないのに、私は閉めた扉を押さえ続けた。

がぁん。

突然、引き戸が悲鳴をあげ、プレハブ小屋が振動した。ピット・ブルが扉に体当たりをはじめたのだ。がりがりと爪をたてる音も聞こえてきた。とりあえず犬の攻撃からは逃れることができたが、私たちは袋の鼠だった。そして新たな危機に陥っていることに、私は気づいた。

案の定、この騒ぎが屋敷の中に聞こえないはずがない。

屋敷の方角から、窓を乱暴に開け放つ音がした。

「うるせぇ！」

さっきの低くドスのきいた中年男の声だ。その声に呼応して、扉の外のピット・ブルが初めて吠えた。

ガウッ。

「静かにしろ、馬鹿犬！」

再び屋敷から声が飛んだ。女の声もした。うるさいのはあんただよ。男の声がそれに答えていた。なんだと、このアマ、もういっぺん言ってみろ。犬は体当たりをやめようとしない。なんだか、とんでもないことになってきた。

「静かにしろって、言ってんだろが」

ほどなく男の——たぶん中塚の——声が、さっきとは違う方角から聞こえてきた。距離が近い。庭に出てきたのだ。ゲンさんがまんまるになった目で、すがりつくように私の顔を見つめてくる。私もゲンさんを見つめ返した。たぶん私の目も、同じようにまんまるになっていただろう。私たちは身を隠すために、プレハブ小屋の奥へと這いずっていった。

プレパブ小屋の中は生暖かく、生臭く、そして薄明るかった。

異様な部屋だった。両方の壁に沿って頑丈そうなラックが据えつけられている。そこに大小さまざまな水槽が並んでいた。水槽のあるものには土が敷かれ、あるものには水が張られている。木の枝や石、熱帯性植物が配置してあるものもあった。小屋の中がほのかに明るいのは、それぞれの水槽の上に紫外線ランプが灯っているためだった。

目をこらすとそれぞれの水槽の中でさまざまな生き物が蠢いているのがわかった。大半はヘビ、トカゲ、カメなどの爬虫類か両生類。ガルシアの一・五倍はありそうな大トカゲもいた。すぐ目の前の水槽を覗くと、石の間でサソリがはさみを振り上げていた。まるで閉店後のペットショップのような光景だった。中塚組長が飼っているのは、世界最強の闘犬四頭だけではなかったのだ。部屋の奥に大きな木箱を積み重ねた一角が見えた。私とゲンさんは木箱の裏側にころげこんだ。

小屋の外で気短げなダミ声が響いてきた。

「シット！　シット！」

男が浪曲師のような声には似合わない英語で犬に命令をしている。

「ウェイト！　ウェイトだっつうてんだろ、この馬鹿犬」

訓練所によっては、犬を英語でしつける所もあるが、あまり一般的ではない。その理由がわかるような気がした。聞いているだけで恥ずかしくなってしまう。

「ウェイトだろが、この馬鹿！」

きゃうん。ピット・ブルの悲鳴が聞こえた。何かの罰を与えられたのだろうか。せっかく侵入者の存在を教えているのに、男は自分の飼い犬をまるで信用していないようだ。おかげで私たちは助かった。

と思ったとたんだった。プレハブ小屋の扉が開いた。ゲンさんが悪臭をたずさえて私にすり寄ってくる。思わず私もゲンさんに身を寄せてしまった。心臓の鼓動が、聞かれはしまいかと不安になるほど大きく鳴った。

男の足音は入ってこなかった。戸口に立ったまま中を覗きこんでいるのだ。数時間にも思えるほどの数秒が経ち、ドアが閉まった。私はそっと息を吐き出す。しかし、その息は途中で止まった。鍵のかかる音が聞こえたのだ。

「たすかりましたねぇ」

ゲンさんが囁きかけてきたが、私はまともに返事をすることができなかった。

「どうしました、手が震えていますけど」

体も震えはじめていた。いつもの悪夢の続きとしか思えなかった。夜。鍵のかかった暗い部屋。しかも得体の知れない動物たちが蠢いている。おまけにそこはヤクザの組長の私邸内。どこからか昆布の臭いが漂ってくる気がした。父親の水死体の腐臭も。もしゲンさんがいなかったら、大声で中塚に助けを求めてしまったかもしれない。

「アルコール切れ？」

「カカカカ……」

「わかります。つらいんですよね」

私は首を振った。「カカカカギ……」

「カギ？　ああ、なんだ。だいじょうぶ、私がなんとかしますよ」

「カカカ……本当？」

「ご心配なく。簡易式のシリンダー錠ですから、すぐ開きますよ」

「ほんとだね？」

私は子供のように訊き返した。ゲンさんは、熟練した職人のような頼もしい笑みを浮かべて頷く。夜目にも血色のいいその顔を見ているうちに、体の震えが収まった。臭くてもいい、ゲンさんがいて本当によかった。

「ところで、ピン留めをお持ちではありません？」

「……いや、髪形にはこらないほうなんだ」

「釘かなにかあるといいのですが」

紫外線ランプにぼんやりと照らされている周囲を見まわした。輸入品を示す英文スタンプが押された木箱が並んでいる。木箱を仕切りがわりにした作業室風のスペースだった。あちこちに飼育用の道具やエサ箱が積み上げられている。工具入れらしいアルミ製の箱を見つけた。蓋を開けてみる。工具入れではなかった。ぎっしりと小さなビニール袋が詰まっている。袋の中には少量の白い粉が封入されていた。動物のエサとは思えない。おそらく末端価格で一グラム数万円はする、ジャンキーたちへのエサだ。

スチール製の作業テーブルの上には、まだ使われていないビニールの小袋が山積みになっている。梱包用のパウチ機も置かれていた。いくら不況とはいえ、ヤクザが袋詰めの内職をしているわけではないだろう。ここは飼育室であると同時に、中塚組の麻薬の製品化工場でもあるようだった。

テーブルの上で針金を見つけた。ゲンさんに声をかける。

「これでどうだい？」

「ああ、じゅうぶんです」

ゲンさんは部屋の隅にうずくまり、ボロ切れのようなカメラマンコートのポケットに何かを突っこんで重そうにふくらませていた。

「何してるんだ？」

「いえ、おみやげを」

缶入りのドッグフードをかき集めているのだった。

「置いてってくれ。こそ泥をしにきたわけじゃない」

「え？」ゲンさんが意外そうな声を出した。

みやげものの物色を中断したゲンさんは、扉の前にひざまずいたかと思うと、わずか数十秒であっさりと言う。

「開きましたよ」

私は今日、最大の安堵の息を吐き出して、扉へ歩く。ようやく冷静さを取り戻した私の目は、途中で水槽のひとつに釘づけになった。

手招きをしているゲンさんに言った。

「ちょっと待ってくれ」

もう一度、プレハブ小屋の中を見まわした。あってはならないものが、そこにはあった。

私は再び息を吐く。今度は深いため息だった。

ドアをそろりと開けて、左右を見る。もう犬はいない。私はピット・ブルの歯形を詰めこんだナップザックの紐を握りしめた。

計画が成功したというのに、私は喜ぶことができなかった。いま、この部屋で見たもののことを考えていたからだ。

21

ゲンさんを先に塀の上に押し上げ、続いて私も攀じ登る。体の力はすっかり抜けていて、三度目のジャンプでようやく両手が塀の上にかかった。塀の外へ首だけ出して、大きく深呼吸する。いつもの街のよどんだ夜気が、避暑地の微風《そよかぜ》に思えた。鉄条網の棘など、ピット・ブルの牙に比べたら、ウールのセーターと大差ない。

屋敷の脇道に着地した瞬間、銀色に輝くベンツが表通りを通り過ぎるのが見えた。組員たちが帰ってきたのだ。

間一髪だ。危なかった。

いや、間一髪、遅かった。

ベンツがするするとバックしてきた。そして脇道のとば口で停止する。下がっていくスモークウインドゥの向こうに、朝日が昇るように見覚えのあるスキンヘッドが見えてきた。

「てめえ、何してる!」

その声が終わらないうちに、私は走り出していた。すぐ後ろでゲンさんのドタバタとした足音が続く。がしゃがしゃと重い金属が触れ合う音もした。まだどこかにおみやげのドッグフードの缶詰を隠し持っているのだ。道の向こうから近づいてくる男たちの怒号と複数の靴音を背中で聞いた。後ろを振り返る余裕などない。

曲がり角を左手に折れる。缶詰の音を高らかに響かせてゲンさんは右に曲がっていった。呼びとめる間もなかった。私はなおも数十メートルをひとりで走り続け、初めて後ろを振り返った。四、五人の男たちが全員、右へ駆けていくのが見えた。暗がりの中だったから、組員たちが見たのはゲンさんひとりで、ダークスーツ姿の私を見逃したのかもしれない。

私の心の中の悪魔が、しめた、と呟いた。しかしすぐに、心の悪魔の隣にディズニーアニメに出てくるような私の顔をした天使が現れ、悪魔をハンマーでなぐり倒した。そうとも、これは私の仕事だ。自分の汚した靴は自分で磨くのだ。ゲンさんは関係ない。今夜のゲンさんには大切な電話がある。大切な誰かの声を、聴かなければならないのだ。

私は立ち止まり、振り返った。そして男たちに手を振って叫んだ。

「ラリホ〜」

闇の向こうで足音が止まる。一瞬の沈黙。そして再び足音。曲がり角の街灯が、こちらに迫ってくる男たちを照らしだした。五人。今度は全員が私に向かってきた。なにも全員で来ることはないじゃないか。闘犬のように哮《たけ》り、歯を剝き出している表情まで見てとれる距離だった。

私はあわてて走り出す。追ってくる足音がだんだん大きくなっている。恐怖と突然の酷使に心臓が悲鳴をあげた。きりきりと肺も痛みだした。一日に五十本の煙草を吸う私には、長距離走は向いていないのだ。

「待てっ、おらぁ〜」

男たちの一人が叫んでいる。こんな時に待てと言われて待つ人間など、いるわけがない。

道の先はT字路だ。右。本能的に中塚邸から遠ざかる方角を選んだ。失敗だと気づいた時には遅かった。道はどんどん細くなり、袋小路に入っていく。

前方に金網フェンスが立ちはだかっているのが見えた。行き止まりだ。中塚の家の塀よりはるかに高い。まったく、この街の中は塀ばかりだ。動物探しの仕事をしているとすぐそれに気づく。街は、市役所の広報ポスターで言うように、緑と太陽と笑顔などでは出来ていない。ブロック塀や金網フェンスや鉄柵で出来ているのだ。

体を隠す場所も時間もない。走りながら、脇道を探した。フェンスの手前に右へ入る路地があった。その先に道が続いていることを祈って、私は路地に飛びこんだ。奥道はなかった。路地だと思ったのは、木造の二階建てアパートのエントランスだった。奥はまたもや塀。かなりの高さのブロック塀だ。背後に足音が迫っている。息づかいまで聞こえてきそうだった。目の前にあった婦人用自転車を塀に立てかけ、踏み台にして、いっきに塀を乗り越えた。

「あそこだ」

アパートの入り口で喚き声がした。とっさに自転車を蹴り倒す。何秒かは時間稼ぎになるはずだ。

塀の先は駐車場だった。ということは、そこそこの広さの道に出られることを意味する。駐車場の固いコンクリートに尻もちをついた私は、すぐに起き直り、もがくように足を前方へ運んだ。最初の数歩で、心臓がレモン搾り器にかけられたように収縮した。

出口に誰かが立っている。

しかし足は止めなかった。なにしろ後ろから追ってくるのは五人だ。前の一人をなんとか強行突破するしかない。私は走りながら両手の拳を握りしめた。

十メートルほどの距離に近づくと、闇の中に立っている人影が誰だかわかった。臭気が鼻を突いたからだ。もうすっかり鼻になじんでしまった、いまでは懐かしさすら感じる臭い。立っていたのは、ゲンさんだった。

ゲンさんは私に手招きをしている。背後の塀が騒がしくなってきた。追手が塀を乗り越えはじめたのだ。それを知ったゲンさんはあたふたと姿を消してしまった。

駐車場の出口を右。ゲンさんが消えた方角だ。五メートルほど先にゲンさんがいた。大きなポリバケツの中に立っていた。ポリバケツの蓋を広縁帽子のつばのように握って、頭の上に載せている。ゲンさんは、隣のもうひとつのポリバケツに向けて、くりっと首をひねった。

駐車場からけたたましい靴音が響いてくる。コンクリートに憤怒を叩きつけているような音だった。躊躇をしている暇はない。ポリバケツの蓋を開けた。中はカラだ。手足を折りたたんで無理やり体を押しこんだ。

駐車場の出口から噴き出すような足音が聞こえたのは、蓋を閉めてから三秒も経ってはいなかったろう。

ポリバケツの向こうで、唐突に激しい雨音に似た足音が止む。かわりに雷鳴じみた怒鳴り声が交錯した。

「やろう、どこへ行きやがった」

「まだこのへんだ、見つけたらぶち殺せ」

真夏の犬のように息を喘がせていた私は、肺から飛び出してくる荒い息を必死で押し殺した。ポリバケツの底に溜まった生魚の臭いのする水が尻を濡らしたが、濡れるままにして身を縮め続けた。

再び足音。そして怒号。その音と声は路上の左右に散り、何度も往復する。男たちは、私がこの道を駆け抜けていったのか、どこかに隠れたのかを決めかねているようだった。どうやらここは飲食街の裏道のようで、まだ営業している店のドアを押し開けて、店員と客を恫喝しているらしい声も聞こえてくる。

べこり。

いきなり鈍い音がして、ポリバケツの蓋が内側にたわんだ。組員のひとりが椅子がわりに使いはじめたのだ。そいつは携帯で誰かと話していた。

「はい、まだっす。消えちまって……いえ、東洲会かどうかは……ただのこそ泥かもしれないっす……ええ、いちおう、コンクリートとドラム缶は用意しときますんで」

私の心臓は小鳥のように震えた。

足音は遠ざかったと思うと、まるでフェイントをかけているように、また戻ってくる。それが何度も続いた。そのたびに心臓が跳ねあがり、肋骨を叩く。私の髪にはまた白髪が増えたに違いない。

どのくらい時間がたっただろう。左腕は両足にはさんだままだったから、時計を見ることすらできなかった。

こつん。

ポリバケツを叩く音がする。私は縮めていた首をさらに肩にめりこませた。

こつん。

もう一度、音。そして囁き声がした。

「もう、だいじょうぶですよ」

ゲンさんだった。

ポリバケツの蓋をかぶったまま、そろりと頭を上げた。

隣を見ると、私とおそろいで蓋をかぶったゲンさんが、髭の中の乱杭歯を剝き出して笑っていた。私も笑った。私たちはおそろいのソンブレロをかぶった、仲のいいメキシコ人の兄弟のように微笑みを交わし合った。

「おかげで助かったよ」

「なんの、こちらこそ」

ヨガの上級者ポーズさながらに捩《ね》じれた体をポリバケツから引き抜くのは、入る時よりはるかに重労働だった。体中の筋が痛み、かしげていた首は寝違えたように傾いたまま、なかなか元に戻ろうとしなかった。

「ここのポリバケツ、大きいでしょ。なにしろちゃんこ料理屋のものですから。私の行きつけなんです」

ボリバケツの中で背伸び体操をしながら、なんだか得意気にゲンさんが言う。

「今日は定休日だからカラっぽですけど、いつもはボリュームたっぷりで、味もいいんです。冬場には、フグのキモが捨てられていることもありますからね。今度、どうです。ご一緒に」

「ああ、いいね。考えとくよ」

首を片側にかしげたまま私は答えた。

ゲンさんは中塚邸の前の公園に戻って、イッセイ・ミヤケと明治屋のバッグをとってくると言う。まだ危ないんじゃないか。私は引き止めたが、ゲンさんは戦利品の缶入りドッグフードの品質表示を確かめながら、きっぱり笑って首を横に振った。バッグの中に、まだ半分ほど中身を残した黄桜マイルドの一リットル紙パックが入っているのだそうだ。

「誰かにとられるといけませんから」

だいじょうぶだろうと思ったが、それ以上は止めなかった。一杯の酒のためなら命の危険も顧みない。それがゲンさんの生き方だ。ハードボイルド探偵も顔負けのタフな人生だ。私は彼の幸運を祈り、そして手を振って別れた。

ステーションワゴンは、中塚邸から離れた場所に停めてある。私は遠まわりをし、人通りの多い道を選んで、そこに辿り着いた。

シートに倒れこみ、煙草をくわえ、今日何度目かの安堵の吐息とともにけむりを吐き出す。煙草は胃腸薬のような苦い味しかしなかった。濡れたズボンの尻は冷たく、全身から生ゴミの臭いが立ちのぼっていた。

ナップザックをまだ背負ったままだったことに気づいて、上着ごと脱ぎ捨て、助手席に放り出す。

私はプレハブ小屋の中で見たもののことを思い出していた。そして、自分が手ひどい思い違いをしていたことに気づきはじめていた。ずっと間違った道を歩いていたのだ。いや、歩かされていたのかもしれない。

ふた口吸っただけで煙草を消した。私はアクセルを踏みこんで、柴原アニマルホームへの戻り道を辿りはじめた。

道の向こう、黒々とした輪郭を見せている丘の上では、雲が急ぎ足で流れ、月を覆い隠している。星のない道は、来た時よりもずっと暗く見えた。

22

午前零時はとっくに過ぎ、深夜に1をプラスしたような時刻だったが、柴原アニマルホームにはまだ明かりがついていた。私を待っているのだ。私は私を迎える灯から逃れるように、ログハウスを大きく迂回して、物置小屋へ入った。

木箱があった。今日、ここへ来た時に目にした、海外便の動物輸送用の箱だ。中はすでにカラだ。ペンライトを取り出して、周囲の闇へ光を投げかける。中身はすぐ見つかった。小屋の隅に、金網で蓋をした大きな透明のアクリルケースが置かれていた。

ペンライトで中を照らした。金網越しにおびただしい数のヘビが蠢いているのが見える。この間のヘビとは模様が違っていたが、鮮やかなその色あいから見て、毒を持つヘビのようだ。ケースの底には粗いおが屑が敷きつめてある。

アクリルケースの脇に、高枝切り鋏に似た道具が置いてあった。克之が使っているヘビをつかむためのスネーク・トングだ。ペンライトを口にくわえ、金網を少し持ちあげて、トングをケースの中に入れる。ヘビをかきわけながら、水槽の底に敷かれたおが屑の中を探った。光に怒った何匹かが鎌首をもたげてくる。何もあるはずがない。そう願いながらトングを動かした。そして実際、おが屑の中には何もなかった。私はこの家に空き巣を働きに来たような後ろめたさを感じた。

トングにヘビがからみつこうとしていた。あわてて手を引き上げる。その瞬間、妙な違和感を感じた。ペンライトでケースを照らしてみると、その違和感の理由がわかった。

浅すぎるのだ。おが屑が。ケースの底の深さに比べて。

アクリルケースは四隅と底部が金属製のフレームで補強されている。ケースを少し持ち上げて底を見た。フレームはしっかり溶接されている。

ケースを大きく傾けた。片側に寄せ集められたヘビたちがからみあい、おが屑まみれになって暴れ出す。黒い金属の底板が見えた。意を決してトングを捨て、手を突っこんでみた。底板がわずかに浮き上がり、コインの厚みほどのすき間ができている。爪の先をひっかけて力をこめると、あっさりと底板がめくれあがった。二重底だ。ツーフィンガーほどの深さの空洞の中、油紙でくるまれた平たい包みが見えた。もう、これでじゅうぶんだった。その執拗な包装のされ方を見れば、どんな品物かは想像がついた。いつもは当たらない私の推理は、こんな時にかぎって的中してしまう。

底板をもとに戻す。ヘビが一匹飛びかかってきた。思わず声を洩らす。噛みつかれる寸前で手をひっこめて、蓋を閉めた。私の声が聞こえなかったかどうかログハウスを窺ったが、窓から洩れる灯は、ここから出発した時と変わらず明々と静謐《せいひつ》で、ちらりとも揺れた気配はなかった。

私はそっと物置小屋を抜け出して、ログハウスへ向かった。うなじからふき出した嫌な汗が、首筋から背中へと伝っていくのがわかった。喉からすき間風のようなため息が洩れた。

「おう」

ドアを開けた私に、克之が日に焼けた顔をほころばせた。

「どうだった」まるで釣果でも問うような呑気な調子で訊いてくる。「やっぱりピット・ブルだったかい？」

「ああ、そうだ——」

いつも通りの声を出そうと努めたが、後の言葉は喉の途中に張りついてしまった。黙ってテーブルの上に、採ってきた歯形を置く。

ついさっきまでヤクザと逃走劇を演じていたのが嘘のように、ログハウスの中は穏やかな空気に包まれていた。部屋のあちこちに柴原家の猫たちが寝そべっている。生まれたばかりの小犬が私の足にじゃれついてきた。キッチンからは湯気が漂い、翔子の包丁の音が聞こえ、ダイニングテーブルの端では、膝の上に猫を載せた婆さんが、深夜映画を流すテレビにかじりついている。綾は私が入って来たことに気づきもしない。

「よかった。お帰りっ」

キッチンから翔子が飛び出してくる。私に抱きつこうとしたが、両手が濡れているのに寸前で気づいて、ぷるぷると手を振った。

「いま、お婆ちゃんのお夜食をつくってるとこなんだ。探偵さんも食べるでしょう」

自分を奮い立たせているらしい陽気さが痛々しかった。克之は私が採ってきた歯形を、新種の化石を観察するように熱心に眺め、しきりに頷いている。

「やったね、さすが名探偵だね」

翔子が歌うように言い、とろけるような笑顔を向けてきた。

「これで、チビは無実だな」

克之も私に笑いかけてくる。私も笑い返そうとしたが、あまり上手くいかなかった。

片手をグラスを持つカタチにして克之が言った。

「祝杯、あげようか？」

「いや、遠慮しておく……クルマだから」

克之のきょとんとした目の底が、かすかに光った気がした。

「一杯だけなら、いいだろう。テラスでどうだ」

そう言いながらドアの外を顎でしゃくる。その顔には、もう笑顔がなかった。

動物たちが寝静まった深夜の森は静かで、月が隠れた空は暗かった。克之はスコッチのストレートをワンショットグラスで飲み、私は水割りを飲んだ。

「煙草、もらっていいか?」

私は黙って頷き、ピースライトのパッケージをテーブルの向こうへすべらせる。闇の中でライターの炎に照らし出された克之の顔は、いつもとは違う人間に見えた。この男が煙草を吸うのを見るのは初めてだった。

私は何か言おうと思ったが、なかなか言葉が出てこなかった。喉に鉛玉が詰まっているかのようだった。ログハウスの窓明かりに背を向けている克之の顔は、闇の中に朦朧と紛れ、表情がよく読み取れない。

克之は慣れない煙草にむせる。二口目は慎重に吸いこみ、ゆっくりとけむりを吐き出した。立ちのぼったけむりが夜空に消える瞬間に、ぽつりと言った。

「納屋で何をしてたんだ」

私は息を呑んだ。黙ったままでいると、克之がまたけむりを吐くように言った。

「見たのかい、あれを?」

いつもとあまり変わらないのんびりとした口調だった。私の顔を覗きこんでくる。私は、水割りで喉の鉛玉を流しこみ、ひとつ息を吐いてから、言葉を押し出した。

「中塚の家でヘビを見たんだ。赤と黒のまだら模様のヘビだった。どこかで見たことがあると思ったんだが、すぐにわかったよ——ここだ。この家で見たんだ」

克之はほとんど吸っていない煙草を、私のために用意した灰皿がわりの空き缶の中に放りこむ。私は喋り続けた。

「日本じゃまだ珍しい、このヘビを扱っているのは自分だけだって、あんた、言っていた。それが、どうして中塚の家にあるんだ。しかも、ここにあったはずの木箱も置いてあった。なぜなんだ？」

「ちゃんと飼ってたかい、あの男」

テーブルの向こうの黒いシルエットから、答えにならない答えが返ってきた。

「なぁ、説明してくれ。中塚のこと、前から知っていたんじゃないのか？」

克之は私の顔を見ず、細くけむりが立ちのぼっている空き缶の中を覗きこみながら言葉を吐き出した。

「最初は、犬のトレーニングを頼まれたんだ。ヤクザだなんて知らなかったんだよ。あいつが子分を連れてベンツで乗りつけてくるまではね。仕事は仕事だからな。きちんとやったよ。それからのつきあいだ」

私は煙草をパッケージから抜き出そうとしたが、結局、もう一度中に押しこんだ。

「犬だけじゃない。中塚は爬虫類も好きでいろいろ飼っている。庭の飼育室、見たんだろ。珍しくて高いやつほど喜ぶんだ。まぁ、あいつにとっちゃ動物なんて、ブランドもんの服や時計と同じさ。何度か輸入動物を売ってるうちに、あれを持ちかけられたんだ」

克之が物置小屋の方角に首を振り向けた。

「中身には興味がないからくわしくは知らないが、上物だそうだ。コカインやヘロイン。仕入れ先は、タイかコロンビアだな。なぜか、いい動物がいっぱいいる所だよ。検疫官だって人間だからね。毒ヘビやワニガメなんかは調べが甘くなる。コウモリもいいんだ。オオコウモリは、糞の量と臭いがすごいんだよ」

動物の話になったためか、ぼそぼそとした克之の語り口が、しだいに饒舌になっていく。動物舎で犬の遠吠えが聞こえた。悪い夢でも見たのだろうか。

「脅されて、やっているのか？」

私の問いに、克之は首を振った。

「俺だって、喰っていかなけりゃならないんだ」動物舎のほうに目をやりながら言う。「あいつらの月々の食費がどのくらいか考えてみてくれ」

「中塚のピット・ブルを調教したのも、あんたなんだろ？」

「ああ、でも今はもうやってない」

中塚は英語の命符を使っていた。克之の英国仕込みのトレーニング法と同じだ。この辺りの訓練所では使わない。歯形採りのためのドッグ・トイをちょうど四つ用意したのも、なんだか偶然にしてはできすぎている。私の心を読んだように克之が言った。

「四頭分きっかり用意したものな。わざと数を間違えたほうがよかったのかな。でも、あんたが困ると思ったから」

氷が溶けた水割りをひと口すすった。水の味しかしなかった。

「奥さんの親父さんをやったのは、中塚のアメリカン・ピット・ブルだって、最初からわかっていたんだろ。なぜ、最初からそう言わなかった。なぜ僕に思わせぶりなことばかり言った？　自分が調教した犬だったから？　密輸の片棒を担がされていたからか？」

克之は首をかしげてみせた。質問の意味がわからない、というような仕草だった。そして私の尋ねたこととは違うことを語りはじめた。

「以前、突然中塚が里親になりたいって言い出して、うちの犬を譲ったことがあるんだ。一度に五匹。そうしたら、あいつら何をしたと思う。犬たちを実弾訓練の的にしやがったんだ。伊豆にある別荘でだ。届けに行った俺の目の前でやりやがった」

闇の中で、克之の影がぶるりと揺れた。

「とめようとしてヤツらを二、三人、ぶっとばしたよ。あやうく俺も撃たれるところだった。それからはもう、中塚の犬のトレーニングは断ることにしたんだ。ロッキーを最後にね」

「ロッキー？」

「いただろ、あの片耳が欠けているやつだよ。可哀相なヤツなんだ。生まれつき人になつかない性格でね。咬み癖もひどかった。時々、そういう犬がいるんだよ。別に犬が悪いわけじゃない。人間に都合が悪い犬というだけなんだ」

「権勢症候群？」

よく知ってるな、というふうに克之は頷く。

「トレーニングは苦労したよ。野生の猛獣を手なずけるようなものだった。俺にはなんとか慣れてくれたけどね。いまだって中塚の命令なんか、ろくに聞きはしないだろう。中塚はロッキーを嫌ってた。下手な獣医にやらして断耳にも失敗したしね。高い金で買った犬だから中塚も我慢しているが、そのうち銃の的にされるんじゃないかって、心配だったんだ。実際、あの男が何度もほのめかすようなことを言ってたのを、聞いたことがあったからね。だから――」

ドアを開けて翔子がやって来た。克之が口をつぐむ。

「なにもないけど、これ、うちのほうれん草でつくったんだよ」

翔子がテーブルに皿を置き、私たちが何の話をしているのかも知らず、屈託のない笑顔を向けてくる。胸が痛かった。罪を犯しているのが彼女の夫ではなく、自分のほうであるような気がした。私は翔子から視線をそらし、グラスの中を見つめた。

「ねぇ、なんの話してるの？　今日は寒いよ。もう中に入ったら？」

「いや、もうちょっと」

克之があいまいに返事をする。翔子は話に加わりたそうな様子でしばらくテーブルの脇に立っていたが、競うように黙りこんでいる私たちを見比べると、あきれたように肩をすくめ、スカートをひるがえしてログハウスの中に戻っていった。

振り返ってドアが閉まるのを確かめてから、克之がまた話しはじめた。

「だから、ロッキーにこっそり教えておいたんだよ。トレーニングの仕上げに、いざという時、自分の身を守る方法をね。やつらがどうやって犬を撃つかは、もうわかっていたからな。

鉄条網で囲んだ私有地の中で首輪をはずす。そして、逃げられない犬たちを銃を撃ちながら追いかけまわすんだ」

克之は、のんびりとほうれん草のソテーを口に放りこみながら言葉を継いだ。

「最初は、拳銃を構える恰好をした人間には、反撃するようにトレーニングしたんだ。でもそれはうまくいかなかった」

いや、そうでもない。あの片耳のピット・ブルは、私が水鉄砲を構えたとたんに攻撃をしかけてきた。あれはトレーニングの成果だったのだ。

「だから、こうした」克之のひそめた声が少し大きくなった。「拳銃の音がしたら、攻撃をしかけるように仕込んだんだ。どうせ一発で命中させられるヤツなんていやしない。この間、あんたが言っていた通りだよ。警察犬の襲撃訓練の応用だ。しかも警察犬みたいに腕を狙わせるような半端なものじゃない。喉だ。喉を狙うようにトレーニングしたんだ」

「……………じゃあ」

私は後の言葉を失ってしまった。ここまでのことを考えれば、容易にたどりつく結論だった。しかし本人の口から聞くまでは、そのことは考えないようにしていた。違う答えを期待していたのだ。中塚組との関係を知られたくなくて、私に遠まわしに中塚のピット・ブルの存在を伝えた。あるいは翔子の手前、自分の調教した犬が犯人かもしれないことを切り出せなかった。そんな答えを。しかし、そうではなかった。

克之の顔を振り仰いだ。暗く影の落ちたその顔の中で、鹿のような丸い目だけが光って見えた。ログハウスから婆さんの場違いな笑い声が洩れてくる。私はようやく言葉を取り戻した。

「……奥さんの親父さんも……あんたが……」

私の言葉に、克之が小首をかしげる。濡れたように光る目が、まばたきを繰り返しているのがわかった。喋りすぎたことを後悔している口調で克之が言った。

「急に土地を売るって言い出すからさ。この近くに住んでる連中の苦情が多いからだって言ってた。動物が臭いとか、うるさいとか。そう言われたって、どうすりゃいいんだ。ここ以外にあいつらの行き場はないんだ。生き物なんだから、鳴くし、臭いもする。当たり前じゃないか。自分たちはウンコもクシャミもしないっていうのか」

私は相沢清一を見かけた時の、克之への言葉を思い出していた。あんたも気をつけたほうがいいよ——。たぶん、気をつけろというのは、中塚組のことではなく、そのことだったのだ。

「何度かここに来るうちに、中塚のヤツがこの土地に目をつけたんだ。この俺に親父さんを説得しろって言いやがった。密輸の仕事をさせているから、俺が何でも言うことを聞くと思ってるんだ。エルザを殺したのは、あいつらの督促状なんだよ。でもここは親父さんの土地だからな。親父さんが反対しているうちは、だいじょうぶだったのに」

克之は喋り続ける。ふだんのこの男とは別人と思えるほど雄弁だった。本当は誰かに真実を告白したかったのかもしれない。おそらく私は、告解室の神父がわりなのだ。

「迷ってたんだ。本当だ。親父さんが死んでくれたら、この土地のいくらかは俺たちが相続できるだろうし、きたない商売をしなくても喰っていけるぐらいの金が手に入るかもしれない。確かにそう思ったよ。でも、俺には自分で手を下すことなんてできなかった。だからロッキーを使ったんだよ。犬にまかせようって。ケガだけでもよかったんだ。中塚の犬に咬まれたとしたら、中塚の連中のしわざだと、普通は思うだろう。脅迫だとね。そうなりゃ警察沙汰になるだろうし、親父さんも気が変わるだろうって。俺がトレーナーだったことがわかったとしても、昔のことだ。ロッキーの特別訓練のことも他人は知らない。俺、動物以外のことはよくわからないからな、ほかに方法を思いつかなかったんだ」

「中塚の家から犬を盗んできたのか？」

「監視カメラなんかつけているわりには無防備だからな、あそこは。カメラはあの親父が見栄を張ってつけてるだけだよ」

確かに私とゲンさんですら首尾よく侵入に成功したのだ。あそこの犬を飼い馴らしている克之には、簡単なことだろう。

「よかったのか、悪かったのか、ロッキーの特別訓練は完璧だったよ。一撃だった。拳銃のかわりにかんしゃく玉を使ったんだ」克之が頭に浮かんだ情景を振り払うように、ゆっくり首を振った。「親父さんには悪いことをしちまった。ロッキーにも。あいつのしわざだとわかれば、ただじゃすまない。殺処分になっちまうかもしれないけど、それでここのみんなが救われるんだ。中塚のところの連中に撃ち殺されるよりはましだろ」

たぶん。私は思った。たぶん、この男は動物と長く暮らしすぎたのだ。動物の生と死に立ち会いすぎたのだ。動物の死を見すぎて、人間の命と死の意味がよくわからなくなっているのだ。

「なぜチビを逃がした?」

「あれはわざとじゃない。本当に自分で逃げたんだ。いなくなったのに気づいたのは、事が終わった後だよ。だけど、その時に思いついたんだ。あんたを呼んで死体を発見してもらえたら、俺が見つけるより都合がいいってことにね。ついでに、あんたにはもうひとつ見つけて欲しいものがあったんだ。あの時、ロッキーはまだ森にいたんだよ。上の森に繋いでおいたんだ。朝早い時間だったからね、誰かにこの近くをピット・ブルがうろついてるのを目撃してもらえる時間まで待つつもりだったんだ。あんたが探しに行った方角にロッキーを放したのにな。あの犬に気づいてくれたら……あんたに言ってもしかたないけどな」

あの日、藪の中を走る何者かの軌跡を思い出して私は身震いした。なんだか他人ごとのように、ぽつりと克之が言った。

「チビが逃げ出したのは、計算外だったな。あれで話がややこしくなっちまった。中塚じゃなくて、こっちの立場がかえって悪くなるなんて思ってもみなかったよ」

「……だから僕に、真犯人を探せなんて言ったんだな。他人の手で中塚のピット・ブルが犯人だってことを発見させて、世間にわからせたかったわけだ」

私は時折、自分自身に問いかけることがある。もしかしたら、自分は探偵には向いていないのではないかと。この時もそうだった。克之の前で、今回の事が計画的な犯罪だと、大発見のごとく自説を披露した自分の間抜けぶりが情けなかった。犬を探せと、中塚の名で電話をしてきたのも、依頼を断る電話をかけてきたのも、克之だったのかもしれない。あえて訊かなかった。知りたくもなかった。私は意のままに操られていたのだ。首輪をつけた犬のように。

肺に入る空気が重かった。私が重い息を吐くと、つられたように克之も息を深く吐き出す。肩を落とし、股の間に突っこむように首をうなだれて、がりがりと髪を掻いた。

壁のような克之の広い肩が視界の下に沈むと、その向こうの窓が見えた。ダイニングテーブルで翔子と綾が寄り添って座っている。婆さんに何か話しかけている翔子の横顔が見えた。

「奥さんに──翔子さんになんて言えばいいんだ」

さぁ、という具合に克之は無言で首をひねった。私はこの男のことを誤解していたかもしれない。一見、誰よりも頼りになりそうな風貌と物腰だが、犬に人の生死をまかせたぐらいだ、自分では何も決められない男なのだ。私に長々と真相を語り聞かせて、今度は私がどうするか、現実から遠く離れたどこかで、高みの見物を決めこむつもりなのかもしれない。

「なぁ」私は努めて冷静な声を出した。「自首してくれ。犬を放した時のように、僕にまかせるなんて言わないでくれよ」

「ああ、わかってる」

克之が言った。井戸の底から聞こえるような悲しげな声だった。事情を話せば、私が彼に理解を示すとでも思っていたのだろうか。

「僕はつげ口が嫌いなんだ。あんたが自分で警察に行くんだ。県警に一人、知っている人間がいる。口臭はきついがそう悪い人間じゃない。なんだったら紹介するよ」

「なかなか決心がつかなくてね。俺がいなくなっちまうってことは、動物たちに、死ねっていうのと同じだからな。でも、どうすりゃいいのかは、わかってるつもりだよ」

嘘のない言葉に思えた。そして、もう話すことは何もないように思えた。私は克之をテーブルに残して立ち上がり、ログハウスへ戻った。ドアを開けて、中に声をかけた。

「婆さん、帰るぞ」

「え、もう帰っちゃうの?」

翔子がこちらを振り返って、子供じみた口調で言う。婆さんは相変わらず顔を突っこむようにして、テレビの深夜番組を見ていた。

翔子が戸口に立つと、後ろでのろのろと克之が立ち上がる気配がした。私の顔か、さもなければ私の後からやってくる克之の顔に、ただ事ではない何かを見つけたらしく、翔子の笑顔が少しこわばった。もの問いたげに私の顔を見、それから克之に顔を振り向ける。

「ねぇ、どうしたの」

顔を見るのがつらかった。私は自分の口からは、何も言うつもりはなかった。後は克之と翔子の問題だ。私は人妻であることがわかっていながら翔子のことが好きだったが、克之さえいなければ、と思ったことはない。私は克之のことも好きだった。彼がどう思っていようと、彼は私の数少ない友だちだったのだ。

さよならだけを言うために翔子の顔を見た。

翔子の顔が変わっていた。

翔子の顔から、彼女の唇の脇のほくろと同じように消えることがないと思っていた微笑みが、消えていた。いつも小さな笑いじわを絶やさなかった目尻が奇妙につり上がり、磨いた石のような黒目がちの瞳に激しい光を宿していた。

憎悪の光だった。翔子は長く細い首をゆっくりと私のほうへねじ曲げる。彼女の憎悪が、自分の父親を殺した犯人である夫ではなく、私に向けられていることを知って、私の体は凍りついた。

「私たちからあの子たちを引き離そうとするからよ！」

真っ赤な口の中を覗かせて柴原翔子が叫んだ。中塚邸に侵入する時でさえ震えることがなかった私の背骨が震え出した。翔子も知っていたのだ。いや、共犯なのだ。夫婦一緒に狂ったのだ。

「あの子たちは絶対に渡さないからね！」

「綾！」

私は婆さんを呼んだ。とにかくここを一刻も早く離れたかった。二人が自首をしようが、逃亡しようが、もうどうでもいい。

「ちょっとお待ちよ。もうすぐ終わるから」

テレビの前の婆さんが能天気な声をあげる。部屋の中を覗きこんで、ドアから首を突き出したのがいけなかった。後頭部に衝撃が走り、目の裏側で閃光がはじけた。鼻の奥で血の臭いを嗅いだ。そして私の目の前が暗くなった。

23

かちり。どこかで鍵がかかる音がして、私は意識を取り戻した。目の前は暗闇だった。体を動かそうとして、手足をロープで縛られていることに気づいた。腰からうなじへ背骨を伝って、ぞわりと悪寒が走った。

閉じこめられたのだ。それを知ったとたん、うまく呼吸ができなくなってしまった。周囲の空気がゼリーのように重い。はっ、はっ、はっ。私は酸素を求めてせわしなく呼吸を繰り返す。はっ、はっ、はっ、はっ。

背骨の悪寒が全身に伝わり、ひたいから汗が噴き出しているというのに、体が震えはじめた。そして、喉の奥から嗚咽のような唸り声がわきあがってくるのを、止めることが出来なくなった。

「うううっううううわわわわ」

体の震えが激しくなるにつれて、唸り声はどんどん高くなる。それはすぐに絶叫に変わりそうだった。懸命にこらえたが、喉から笛のような音が洩れてしまった。

「ひぃぃぃっ」

「なんだね、小娘みたいな声で。情けない」

床にころがされた私の尻の上のあたりで声がした。綾だった。

「婆さん……あんたもか」私は金魚のように口を開けて空気を吸った。「……だめなんだ、鍵はだめだ……」

「安心おしよ。あたしがいるから」

後ろにくくられた私の手を綾が握ってくる。私は不覚にも、その節くれだった干物のような手を、強く握り返してしまった。

「だいじょうぶだよ。ここにおるよ」

そう言う婆さんの手首にもロープが巻かれている。

「……真っ暗だ。何も見えない」

「真っ暗でもないよ。ほれ、あそこにお月さんが見えている」

やけに落ちつき払った声で綾が言う。私は首をねじった。確かに狭い部屋の隅にひとつだけ、煤けた曇り硝子の腰窓がある。一番上の段だけが素通しで、黒雲の間から朧月が見え隠れしていた。かすかな月明かりを頼りに部屋を見まわしてみた。どうやらここは、ログハウスの奥にある納戸のようだった。

綾が一緒であることがわかると、ヒューズが飛んでしまった私の思考回路が、少しずつ活動を開始した。だが、少しばかり理性を取り戻すと、今度は別の恐怖が襲ってきた。

私たちをここに閉じこめたということは、柴原夫妻に自首する気がないということだ。それの意味するものに、思い至ったのだ。

多くの探偵小説では、真相を探偵に長々と喋りすぎる真犯人には注意しなくてはならないことになっている。探偵への冥土の土産として真実を語って聞かせるケースが少なくないのだ。私はうかつにも、その定石を忘れていた。

「ところで、なぜ、あたしらは縛られて、こんなところに入れられているのだい。お前さん、あの旦那さんを怒らすようなことをしたのだろ」

能天気な声で綾が言う。私は不自由な体を回転させて声のする方へ向き直った。足首の位置は同じなのに、婆さんの顔は私のへその辺りにあった。

「あいつらが殺したんだ。犬を使ったんだ。あの二人が、父親殺しの犯人なんだよ」

私は婆さんの頭に顔を近づけて、叫ぶように囁いた。きっと婆さんは小便を漏らすに違いない。私だって漏れそうなのだ。しかし、綾はさほど驚いた様子を見せなかった。

「あらあら、まぁまぁ」

呆れたようにそう言っただけだ。さすがに余命いくばくもない人間は違う。しかし、私は冷静ではいられなかった。私の人生の予定表では、私はまだ寿命の半ばにも達していないのだ。こんなところで、八十過ぎの婆さんと死にたくはない。

「きっと俺たちの口を塞ぐつもりなんだ。俺の推理が当たったからだ」

「なんとまぁ、よけいなことを」

婆さんが非難がましく呟いた。

探偵は殺されない。それまで、いともたやすく人殺しをしていた犯人は、探偵に銃を向けたとたん、長々と筋書きを説明しはじめる。探偵を撃てない仕組みになっているんだ――フィリップ・マーロウは、確かそんなことを言っていた。おそらく小説を書くのに飽きはじめたチャンドラー爺さんに言わされた言葉だろうが――。すぐに殺されなかったという点では、私と綾も同じだったが、犯人である柴原夫妻からは、私たちをどうするつもりなのか、何の説明もない。

その理由は、ダイニングから洩れてくるくぐもり声でわかった。殺人に関してまだ初心者の彼らは、私たちの今後の処遇について言い争いをしているのだ。

ぼそぼそとした克之の低音は半分も聞き取れなかったが、どうやら克之は、これ以上犯罪を重ねることに躊躇しているようだった。私はもちろんその意見に賛成だった。

カン高い翔子の声のほうが良く聞こえる。早口で声はやや尖っていたが、いつもと同じ涼やかな風鈴の音《ね》のような声だった。いつもの美しい声で恐ろしいセリフを口にしていた。

「一人も三人も一緒よ」

信じたくなかった。違う女が喋っているのだと思いたかった。耳を塞ぎたかったが、あいにく手は自由にならない。目だけ固くつぶった。閉じた目蓋の裏側で、いつか見たロシア映画の少女の面影が、熱した蠟人形のように溶けていくのが見えた。ふだんの翔子は花一本手折る時にも、畑に殺虫剤を撒く時にも、ごめんなさいと呟くような女なのだ。翔子にとって私は、ここの動物たちや花や虫ほどの価値もない男だったのか？　私は深く絶望し、哀しい現実を呪った。ここでこのまま死んでもいいような気さえしてきた。

「なにを話しているのだろうね、あの夫婦は？」

茶飲み話の続きのように、綾がぼんやりと呟いた。私もぼんやりと答える。

「俺たちの噂さ」

「いい噂だといいねぇ」

「ああ、まったく」まったくだ。

生きていく理由のひとつを失ったとたん、なぜか私の心の中で、鍵のかかった部屋への恐怖も、まもなく殺されようとしている恐怖も薄らいだ。絶望すると同時に、生への渇望が湧き上がってきた。

私は腹筋に力をこめ、ひじを床に突き立てて体を起こす。立とうとした。立てなかった。そこで初めて私は、両手のロープの先端が、納戸のつくりつけの棚に結びつけられていることに気づいた。思い切り引っぱってみる。びくともしなかった。克之は見かけによらず几帳面な男なのだ。サバイバル・ロープワークに則《のっと》って頑強に結んであった。

闇に慣れてきた目で、納戸の中を見まわした。何かロープを切るようなものはないか目をこらす。しかし、部屋はよく片づけられていて、ナイフやハサミはおろか、紙屑ひとつ落ちていない。本当に几帳面な男だ。私は手のロープをほどこうとしてしばらくもがいたが、無駄だった。なにしろピット・ブルでも喰いちぎれないだろうと、克之自身が保証した頑丈なロープだ。

「ううっ」私は嗚咽じみた声を洩らして、再び床に倒れこんだ。「だめだ」

「だめかいね」

綾が小さくため息をつく。スーパーマーケットの特売品を買いそびれた程度のため息だった。

「ならば、あれしかないねぇ」

綾が何かを思い出したように言った。

「あれ？」

私は婆さんの顔を覗きこんだ。雲が晴れ、窓から月明かりが射しこみはじめていた。暗がりの中で、月光に照らされた婆さんの金壺眼が、あやかしのように輝いていた。

「何かいい考えがあるのか」

ワラにもすがるという言葉は、こういう時のためにあるのに違いない。婆さんはキラキラ光る目で私の顔を見つめ返し、内緒話をするように唇を突き出す。私はさらに顔を近づける。婆さんが囁いた。

「この世のなごりに熱き口づけを」

私は初めて悲鳴をあげた。「嫌だっ！」

「亭主しか触れたことのない唇じゃ」

「……このまま死なせてくれ」

「冗談じゃよ」けろりと綾は言う。「それよりお前さん、あたしの足を見よ」

足？　帯から下のほんの数十センチの部分のことだろうか。

「縛られる時にな、足の間に草履をはさんでおいたんだよ。草履を抜けば、たぶん足の縄がほどけるよ」

「本当か」

「年寄りは嘘は言わん。半分、仏さまだから」

「じゃ、がんばれ、頼むぞ」

「それ、そこなんだよ」

「え？」

「さっきから抜こうとしているのだけれどね、だめなんだ。あんた口で抜いてくれないかい」

嫌だった。しかし、命には替えられない。婆さんの着物の裾をくわえてめくりあげた。相手が若い女なら胸がときめくところだが、私の胸は別の意味でどきどきした。何が出てくるか恐ろしかった。

萎びたたくわんのような細い足が出てきた。婆さんの言うとおり、足首の少し上に草履がはさまっている。私の前歯二本はさし歯で、リンゴをかじっただけで抜けることもあるのだが、構わず歯を立てて思いきり引っぱった。

ずるりと草履が抜け、婆さんの足が縄から抜ける。前歯も抜けた。

「おおう」

私たちは同時に感嘆の声を洩らした。

「さてと」綾が言う。

「よしっ――」私も力強く言った。

そこでようやく気づいた。婆さんの足だけ自由になったところで、状況は何も好転しないことに。

手が使えない婆さんは、立つことすらできなかった。私は婆さんの体の下に両足をこじ入れ、苦労して立たせた。とにかく何かしなければ。ダイニングから洩れてくる克之たちの声は、しだいに小さくきれぎれになってきている。話が核心に入っているようだった。猫が一匹、不吉な声で鳴いていた。何かしていないと、また頭のヒューズが飛んでしまいそうだった。

「窓の所へ行ってみてくれ」

「あいよ」

綾は、私を苛立たせるためにそうしているのかと思うほど悠長な足取りで窓際まで歩いた。

窓枠は木製。おそらく鍵は簡単なねじこみ式のはずだ。

「鍵を開けられないか。縛られていても、そのくらいはできるだろ」

私はダイニングに届かないように押し殺した声で囁いた。耳の遠い綾には、よく聞こえず、三回くり返した。三回目の囁きの後で、綾が言った。

「届かないよ」

そうだった。私はおでこを手で叩こうとして、手が使えないことを思い出した。窓は床から一メートル以上の高さにあるのだ。婆さんにとっては肩の上だ。第一、目をこらしてよく見ると、月明かりにぼんやり光る天井近くの桟のところに、ストッパーがかませてあった。

「ロープを切るようなものが床に落ちていないか？　探してみてくれ」

「あい」

綾がすり足で床を探る。

「ボタンがあったよ」

「うう」私は呻吟した。

「これはどうだい」

「なんだ」

「五円玉」

「うう」

「釘は？」

「よし、それを」

綾は足袋の股のところで器用に釘を拾いあげて、足を引きずりながら戻ってきた。私は口の端で釘を受け取り、抜けていない方の前歯でしっかりくわえ、棚にくくりつけてあるロープの結び目に突き立てた。

ぽきり。錆だらけの釘はあっさりと折れてしまった。

「だめかい？」

「ううっ」

答える気力もなくなっていた。

「だいじょうぶ、心配ないよ。あたしに奥の手がある」

「うううっ」

「お前さん、今度は口で私の足袋を脱がせてくれないか？」

「……………嫌だ」若い女の網ストッキングならともかく。もう嫌だ。何もかも。

「そんなこと言っとる場合かね、しっかりおしよ」

「…………どうするんだ」

「まぁ、見よ。さ、いざ、いざ」

綾が床に尻をつけ、足を突き出してくる。わけのわからないまま、私は素直に頷いて、婆さんの言うとおりにした。前歯が一本足りないから、かなりの重労働だった。

「ばあはん、とひよりのくせに足がくさいろ」

「ほほ、今日はまだお風呂に入っていないからねぇ」

私が両足の足袋を脱がせ終わると、綾はころんと床にころがり、弓のように背中を反らせ、そして──。

それは、信じられない光景だった。窓から射しこむ月光が見せる幻覚ではないかと、私は疑った。

婆さんの短い両足が、まるで骨をなくしたかのようにぐにゃりと後ろに反り返り、するすると後ろ手にくくられた手首に到達した。山芋のような足の先の、山芋のこぶのような指がくねくねと蠢き、手の指と変わらないしなやかな動きでロープの結び目を解きはじめた。

「ううん、うん」綾が小娘のような吐息をつく。目を閉じて聴けば妙な想像をしてしまいそうな声だった。「ううん、やっぱり昔のようにはいかないねぇ。腰が痛いよ」

痛い痛いとぼやきながら、綾はみるみるうちにロープをほどいていく。シンクロナイズド・スイミングのフィニッシュのように、中空に片足を伸ばすと、するりとロープが抜け落ちた。

「何なんだ、いまのは」

私の目は満月のようにまるくなったままだった。綾が私のロープを解きはじめる。

「まぁ、いいじゃないか」

「なぜ?」

「ほんのお婆ちゃんの知恵袋だよ」

「いいや、違う」そんな生やさしいものじゃない。

「若い頃、舞台の仕事をしていたのさ。米つぶに百人一首を書いたりね」

綾は口ごもりながら、そう言った。昔話をする時のいつもの自慢げな口調ではなかった。

「少女歌劇じゃなかったっけ？」

「それは、もっと昔。大陸に渡ってからだよ」

歌姫だったんじゃなかったっけ？　しかし、そんなことはどうでもいい。早く逃げなくては。

婆さんのロープは足の指でもほどけたのに、私のロープは手を使ってもなかなか解けなかった。冷酷になりきれない中途半端な殺人者の克之が、きっと綾には手加減をしたのだろう。

「婆さん、まだか」

「まぁまぁ、あわてるなんとかは、貰いが少ないってね」

綾がのんびりと答える。

「あんた、怖くないのか？」

「そりゃあ、恐ろしいよ」

ちっとも恐ろしくなさそうに言う。

「たいしたもんだ。やっぱりお迎えの近い人間は違うよ」

自分の声が震え、うわずっていることへの言い訳のように、私はへらず口を叩いた。

「怖いよ。齢をとればとるほど死ぬのは怖いんだよ。人ごとじゃないからねぇ。お小水が漏れそうだよ」

「俺もだ」

私は正直に告白した。

綾は手首をあきらめて、足首のロープにとりかかった。こちらはなんとか解けた。

ドアの外から翔子のすすり泣きが聞こえてきた。自首する方向で話がまとまったのかもしれない。そう思ったが、違った。翔子の悲鳴のような涙声が響いてきた。

「カッちゃんがやれないなら、私がやるよ。やらないと、あの子たちが殺されちゃう」

「婆さん、急いでくれっ」

棚に結ばれたロープの先端が解け、私はようやく両足で立つことができた。だが手首を縛りあげている結び目のほうは、どうしても解けない。

「お前さん、自分の足でやってみたらどうかね。あたしみたいに」

「そりゃ無理だ」

突然、電話が鳴った。

ダイニングが沈黙する。私と綾も口をつぐんで顔を見合わせた。柴原夫妻には電話をとる気などないようだった。非常ベルに似た旧式の電話音が、静寂を無意味に震わせ続けた。

十コール、二十コール、電話はいつまでも鳴りやまない。尋常な長さではなかった。まるでここに、私たちが監禁されているのを知っているかのように鳴り続ける。

三十コールをはるかに過ぎたと思える頃、電話のベルが消えた。業を煮やして受話器をとったのだろう。耳を澄ますと、ぼそぼそと克之が応対する声が聞こえた。

私はドアに顔を近づけて、大声で怒鳴った。「たすけてっ、たすけてくれ〜」

そのとたん、電話が切られた。リビングでまたひそひそ話がはじまった。何を話しているのか、もうまったくわからなかった。かえって状況を悪化させてしまったかもしれない。小さくとぎれとぎれに続く二人の密談は、しだいにフェイドアウトしていき、やがてリビングが完全に沈黙した。

ずるり。

克之の重い足音が近づいてきた。まずい。

ずるり。

足音が納戸のドアの前で止まる。がしゃがしゃと鍵束の鳴る音がした。もう待ってはいられない。

「綾っ、俺の背中に乗れ!」

「はいな」

綾が背中に飛びついてくる。

「目を閉じて、三つ数えろ。いくぞ」

「一」

「ひい」

「二」

「ふう」

「三」

「みい」

綾をおぶったまま、頭から硝子窓に飛びこんだ。破裂音と無数の硝子の破片とともに私と綾は外の闇に躍り出て、地面にころがった。飼育舎の中で動物たちが一斉に吠えはじめる。目のすぐ下に硝子の破片が見えた。私の頬に突き刺さった硝子だった。

起き上がって走り出そうとして、背中から綾が消えているのに気づいた。一メートルほど向こう、散乱した硝子の破片の中にころがって腰をさすっていた。

窓から克之が顔を出していた。割れた硝子と私たちを不思議そうな顔で見比べて、しきりにまばたきをしている。いつもの草食動物の目だった。表情をひとつも動かさずに敵を蹴り殺すことができる大型草食動物の目だ。克之の右手には、ナイフのように尖った硝子の破片が握られていた。

私に残された道はひとつしかなかった。ここで克之と闘うのだ。相手が私のダークスーツを引き裂くばかりの肩幅の持ち主であろうと、ヤクザを何人も殴り倒した男であろうと、両手が使えなくても、両手が自由であれ勝ち目があるとは思えなくても、闘うしかなかった。闘って、生き残って、もう一度Jの店でしけたウイスキーソーダを飲むのだ。退屈でささやかな人生の続きに戻るのだ。残り少ない婆さんの命を守るのだ。

どこで何を間違ってしまったのだろうか、と考えてでもいるふうに、克之は首を斜めにかしげて割れ残った硝子の破片をさけ、窓を乗り越えようとしていた。

チャンスは一度、一瞬だけだ。先制攻撃の向こうずねへのローキック。今度失敗したら、キンカンとバンドエイドではすまない。待っているのは、死だ。

克之がのっそりと窓をくぐり抜けてくる。こちら側に降り立とうとする直前に、私は地面を蹴った。克之の右足が地面に着地した瞬間を狙って、横ざまに足を蹴り出した。足の甲にこちらが蹴られたような衝撃が走った。

ぐう。

嘔吐に似た呻きをあげて克之が地面にうずくまる。背後からノーガードの股間を思いきり蹴りあげた。卑怯だなんて言ってはいられない。

「綾、だいじょうぶか?」

「たまげたわね」

婆さんはかすり傷だけのようだ。私がしゃがみこむと、再びおんぶばったのように背中に飛び乗ってきた。私たちは雑木林の中の小径を駆けだした。飼育舎の中の犬たちが、克之のかわりに私たちをくい止めようとするかのように吠え声を浴びせてきた。

木の枝が顔を打ち、生い繁った草が足にからみついてくる。背中の婆さんは、途中で振り落としたのではないかと不安になるほど軽く、ナップザックほどにも重さを感じない。いまごろになって、克之を蹴りあげた左足の疼痛に気づいた。

雑木林を抜け出し、アニマルホームの看板をなぎ倒すように道に出る。

背後で足音が聞こえてきた。克之が追ってきたのだ。

このまま婆さんを背負って駆け逃げることが出来るかどうか、痛みが酷くなってきた左足と、長距離には向かない私の肺と心臓が、はるか下の人家のある場所まで持つかどうか、走りながら考えた。幸いクルマのキーはズボンのポケットの中に残っている。ステーションワゴンはいつもの場所で、月明かりを鈍く照り返らせて私たちを待っていた。

私はコートを脱ぎ捨てるように綾を背中から降ろし、綾の顔の前にズボンのポケットを突き出した。

「鍵を出してくれ」

切迫した状況をまるで自覚していない、のどかな動作で、綾はポケットの中を探った。雑木林の中で樹々がざわめき、草が鳴っている。その音はどんどん近づいていた。急いでくれ。

「それは違う」どこを触ってるんだ。

「失礼。あ、あったよ」

後ろ手でキーを受け取り、背中越しに鍵穴を探す。手が震えて上手くいかない。何度か空振りをして、ようやく探りあてた。

追いかけてくる葉擦れの音が止んだ。雑木林を抜け出たのだ。私たちの姿を探しているのだ。

ドアを開け、不自由な体勢でハンドルの下のイグニッション・スイッチへキーを差し入れる。今度は一発で命中した。綾はひょこひょことした足取りで、いつものように助手席にまわろうとする。連れて逃げる相手として、老婆ほど向いていない人間はないだろう。私は叫んだ。

「ここだ、俺の膝！」

「あらま」

後ろ手でオートマチックのギアを入れる。背中と首筋がひきつって痙攣を起こした。

「ハンドルを頼む」

「へ？」

「免許があるんだろ」

「あたしが？」

日本で七番目の女性ドライバーだったはずの婆さんが、不思議そうな顔で私を見つめ返してきた。信じた私が馬鹿だった。やっぱりホラだったのか。

背後ですさまじい音がした。リアガラスが割れる音だ。首をねじまげて振り向いた。追ってきたのは克之ではなかった。

長い髪をばらりと乱した翔子が、言葉にならない叫びをあげ、大きなナタを振り上げている。怒った猫のような声でわめきながら、ナタを振りまわし、トランクルームの荷物をずたずたに切り裂いた。見たくはない光景だった。翔子の顔に垂れた髪の間から、血の色の浮いた片方の目だけが見えた。その目が私を睨んでいた。動物たちにたかる寄生虫を見るような目だった。

「綾っ、目の前の輪をつかめ」

私は思い切りアクセルを踏みこんだ。

ステーションワゴンは、落下するような速度で坂道を滑走した。前方の左カーブが物凄い勢いで迫ってくる。ガードレールの先は深い崖だ。私はブレーキペダルに足をかけた。

「婆さん、左へまわせ」

「左？　左だね」

クルマが右に曲がりはじめた。

「反対だっ！」

右肩で綾の体を押し倒す。ハンドルにかじりついたまま綾が左へ倒れこんだ。ブレーキペダルを思い切り踏みこんでから、アクセルに足をかけ、左肩で婆さんとハンドルを右へ押し戻す。

タイヤが悲鳴をあげ、ジルバを踊るようにステーションワゴンが尻を振った。ガードレールがけたたましい音を立ててボディをこする。クルマは奇跡的にドリフトし、カーブをすり抜けた。すり抜ける一瞬、バックミラーに、夜空の色のスカートをひるがえして走る翔子の姿が映った。

コーナーの先の道は、ほぼ直線だったが、クルマは右へ左へと蛇行した。ハンドルにへばりついた婆さんが揺らしているのだ。開いたままの運転席のドアが、ばたばたと音を立てて開閉していた。

「婆さん、しっかり握っていろ」

私は肩だけで綾の腕を支えてクルマを制御した。バックミラーで見るかぎり、翔子はまだカーブを曲がってきてはいない。私は小刻みにブレーキペダルを踏んで、スピードを緩めていった。

またコーナー。今度は右カーブだ。

「右だ。少しずつ右」

クルマは左に曲がっていく。ボディの横腹が左手の木々の枝にあたって、あられが降りかかるような音をたてた。私は急ブレーキを踏む。

「違う！　右だ。箸を持つほう」

「なんだね。早くそう言っておくれよ」

「ゆっくりでいい、あわてるな」

自動車教習所のレッスンより遅い速度で、ゆっくりとカーブを曲がった。曲がりきった先に、翔子が立っていた。

幻影かと思った。月の光が翔子の顔を陶器細工の人形のように青白く見せていた。微笑むと小さな笑いじわが浮かぶ目尻が、怒りと恐れにつり上がっていた。頭上に振りかざした凶器が闇の中で鈍く光っていた。森の中を走って、先回りをしていたのだ。

運転席側のサイドガラスが音をたてて砕け散る。肉厚の大ナタが、私の首筋からほんの数センチのところをかすめていった。

ひぃ〜っ。翔子が泣き声のような叫びをあげる。サイドガラスのすぐ向こうで再びナタを振り上げているのが見えた。私はロックが解除になったままのドアを右足で思いきり蹴りつけた。

勢いよくドアが開き、鈍い衝撃があった。翔子の体が宙に翔ぶのが見えた。

振り上げた右足を、そのままアクセルに叩きつけた。ポンコツエンジンが咆哮をあげ、ステーションワゴンは再び加速して坂道をすべり降りた。

どぅん。鈍い音と振動。全開したままだったドアがガードレールに嚙みつかれて、後方にちぎれ飛んでいった。

「次、茶碗！　茶碗を持つほうだ」

「はいっ」

「箸！」

「はいっ。けっこう楽しいね」

楽しくなどなかった。ドアのないクルマの側面から、ガードレールの下で深い闇が漆黒の口を開けているのが見えた。この辺りの崖はまだ高く、人家のある場所はまだ遠い。

五番目のコーナーを過ぎると、扉を開けたように眼前がひらけ、点々と明かりを灯す街の夜景が見えてきた。ありきたりの光景が、夢のように美しく思えた。後ろを振り返る。もうどこにも翔子の姿はなかった。

「ところで、シートベルトはしなくてもいいのかい」

前に向き直ると、婆さんも後ろを振り向いて、私の顔を覗きこんでいた。

「前だ！　前を見ろっ！」

遅かった。

クルマのフロントは大きく右を向いていた。しかも、目の前に迫ったガードレールは、老朽化して斜めに倒壊していた。ブレーキがききはじめた時には、もうタイヤの下に道はなかった。

私は生まれて初めて空を飛んだ。ステーションワゴンで。

24

最後に覚えているのは、遠くかすかにサイレンの音が聞こえたような気がしたことだけだ。目が覚めて最初に見えたのは白い天井だった。天国の屋根かもしれない。しかしそれにしては、シミが多すぎる。

首を動かすと、頭の芯がずきりと痛んだ。自分が病院のベッドに寝ていることにようやく気づいた。二人部屋だが、隣のベッドは空いている。ベッドサイドに私の腕時計が置かれていた。六時三十五分。薄ぼんやりとした視界と、薄ぼんやりとした窓の光からでは、それが朝なのか夕方なのかわからない。私は再び眠りに落ちた。眠りに落ちる瞬間、思った。婆さんはどうしたのだろう。

夢を見た。いつもの夢だ。私は鍵のかかった真っ暗な部屋にいた。いつもより事態は悪かった。床に無数のヘビが這っている。赤と黒のまだら模様の毒ヘビだ。そこは体育用具室ではなく、中塚の家の飼育小屋のようだった。あるいは柴原家の納戸かもしれない。いつもと違うのは、そこに私以外の人間がいることだった。ヘビを必死で振り払おうとする私の背後で声がした。

（我《ウォ》来《ライ》为《ウェイ》你《ニー》们《メン》唱《チャン》一《イー》个《コ》歌《コー》──一曲いかが？）

振り向かないのになぜか、チャイナドレスを着た小さな若い女が、片足立ちで立っているのがわかった。女のもう一方の足は高く掲げられ、くの字に曲がって首にかけられている。髪には胡蝶蘭の花飾り。女は花のように微笑んでいるようだったが、つくりものめいた胡蝶蘭同様、本当に笑っているかどうかまではわからない。そして、別の声がした。

（オーケー、ラジャー）

ゲンさんの声に似ていた。私は手に一本の釘を握っていることに気づく。頑丈そうな新品のぴかぴかの釘だ。私はヘビをかき分けて扉まで歩き、そして鍵穴に釘を差しこんだ。釘はスペア・キーのように鍵穴にぴったりはまった。

（かちり）

扉を開けた私へ、強烈な日差しが降りかかってきた。外は真っ昼間だった。目を開けていられないほどの眩しさだ。扉の前に誰かがいる。光の中にうずくまるシルエットが見えた。人間ではない。犬だ。チビだった。ふさふさの毛の輪郭を陽の色に光らせ、アイスブルーの目でこちらを見つめている。チビは首をかしげ、一度舌なめずりしてから、私に喋りかけてきた。

（いかがです。最上さん）

目が覚めた。

どのくらい眠っていたのだろう。部屋は明るく、昼の陽光に満ちていた。軽く頭を振ってみる。痛みはだいぶ薄らいでいた。軽い二日酔いの朝といった程度だ。もう一度目を閉じて枕に頭を沈めようとしたとたん、頭上から言葉が降ってきた。

「いかがです？　最上さん」

声の方向に目を向けると、ベッドのすぐ脇で、黒縁眼鏡をかけたふくぶくしい顔がこちらを見つめていた。髭のない和製のサンタクロースのような男だ。男は自分が担当の医師であることを私に告げる。

「僕は、まだ生きてます？」

私は訊いてみた。いいえ、と言われたらどうしようかと考えながら。

「ははは、だいじょうぶですよ」

医師は朗々とした声で笑う。

「顔と手足に軽い擦傷、左足捻挫。その他は異常ありません。念のために脳の検査をしますが、まぁ、心配はないと思います」

「婆さんは？」

私は訊いた。あの齢だ。無事のわけがない。いまにも医師の顔が曇り、お気の毒ですが、などと口ごもって答えそうな気がした。しかし医師のサンタクロースのようなえびす顔は変わらなかった。

「ああ、お婆ちゃんなら、だいじょうぶ。あの齢であの事故なのに骨折ひとつしていません。落ちた所が、それほどの高さではなかったそうですし、川の水量が多かったのも幸いしたようですね」

「本当に悪運の強い婆さんだ」

私は思わず感嘆の言葉を洩らした。その呟きが聞こえたのか、医師も、か、か、か、と笑い、頭部のレントゲンとCTスキャンが済んだらいつでも退院できますから、それまではまぁ、寝ていてください。そんなようなことを告げて去っていった。

そうか、助かったのか、私も綾も。それがわかると、固いベッドと消毒液の匂いのする毛布が、なんだかホテルのスイートルームのそれに思えてきた。天井のシミまで、私のために描かれたフレスコ画に見えてくる。急に煙草が吸いたくなって喉がひりついてきた。

そうかそうか、助かったか。毛布で顔を埋めて、声に出してそう呟いてみた。そうとわかれば、私は黙って医者の忠告を聞く素直な人間ではない。さっそくベッドから起き上がる。

私はいつの間にか、サウナのガウンのような患者服に着替えさせられていた。ベッドサイドの引き出しを開けてみると、畳まれた私の服がつっこんである。一番上の引き出しには、財布とクルマのキー、そして煙草のパッケージとライターも入っていた。ありがたい。私はピースライトのパッケージを握りしめてベッドを抜け出す。スチール・ベッドのヘッドボードにネームプレートが掲げられていて、私の名前とともに担当医の名も書かれているのが見てとれた。

『外科　片桐忠文』

どこかで聞いたことのあるような名前だ。まだ頭に靄《もや》がかかっていたらしい。それが綾の息子の名前であることに気づくまで、少し時間がかかった。

ロビーは禁煙だった。病院で煙草を吸う場所を見つけるのは、なかなか難しい。だがヘビースモーカーの長年の嗅覚で、私は地下に下り、すぐに食堂の脇の喫煙所を見つけた。一本目を根元まで吸い、すぐに二本目をくわえた時だ。

「あれ、最上さん」頭の上で声がした。さっきの医師、片桐忠文が立っていた。「困りますねぇ、これからレントゲン検査ですよ」

そう言いながら顔は笑ったままだ。片手にセブンスターのスーパーライトを握っている。もう一本分の時間を見逃してもらうために、私はライターの火を差し出す。片桐医師は私の隣に座りこんで煙草のけむりを吐き出した。見事なけむりの輪をつくりながら、思い出し笑いをする。

「いま、お婆ちゃんの様子を見てきました。元気でしたよ。なんでも、あなたの助太刀をしたとか、生まれて初めてクルマを運転したとか。喋りっぱなしでしたね」

生まれて初めてねぇ。まぁ、それにしては、悪くない腕前だったかもしれないが。

「最初は頭の打ちどころが悪くて、うわごとを口走っているのかと思いました」

片桐は、黒縁眼鏡の奥の目を糸のように細くして、か、か、か、と笑う。あの婆さんの息子とは思えない人好きのする笑顔だった。綾の息子だとすると、もう五十は過ぎているはずだが、年齢よりずっと若々しく見える。

「お婆ちゃんが無事だったのは、あなたのおかげかもしれない。発見された時、お婆ちゃんは、あなたの体の中にすっぽりもぐりこむようにして意識を失っていたそうですよ。あなたに守られるみたいに」

私は自分が病院に運びこまれてきたシーンを想像した。殺人事件を解決し、命がけで老婆を救い、傷ついた探偵。死んだように眠る私の顔を見つめて、目を潤ませる巨乳の看護婦たち。

「この病院にも、そのままの恰好で運ばれてきたんです。先に意識の戻ったお婆ちゃんがあなたにしがみついて離れなかったから」

私はそこで想像するのをやめ、いままでの想像を頭から振り払った。

目の前にいるのが、息子であることも忘れて、私はまた憎まれ口を叩いてしまった。

「長生きするでしょうよ。あの婆さんは」

片桐医師からは返事がなかった。私は彼の顔を振り返る。驚きの表情を浮かべていた。私は重大な失言をした気分になった。そして、ほどなく片桐の表情の意味を理解した。

「……長生きはしない？」

片桐がしまったという顔をした。口ごもりながら言う。

「ご存じだったのかと」

「え？」

片桐は頭を掻き、しばらく逡巡するように丸い顎をなぜてから、真顔になって言った。

「申し訳ない。甥《おい》ごさんには病気のことを話してあると、お婆ちゃんから聞いていたものですから」

「甥？　私が？」

私は絶句した。

「あなた、あの婆さんの息子でしょう？」

「息子？」

二人はしばらく顔を見つめ合った。

先に事情をのみこんだらしい片桐医師が言う。

「私、なぜか、お婆ちゃんに気に入ってもらっていましてね。ほら苗字が同じでしょ。亡くなった息子さんが生きていれば私ぐらいになるって言って。私まだ四十四なんですけれどねぇ。わざわざ遠くのここまで通ってくれているんです」

さっきから気にはなっていたのだ。自分の母親のことを話すにしては、ずいぶんよそよそしいもの言いが。

「で、私には甥ごさんの探偵事務所で働いてやっている、とおっしゃっていましたよ。よくあなたのことを話されていたんです。三十過ぎでまだ独身で、あたしがいなくちゃ、どうのこうのとね」

捻挫した左足が急にうずきはじめた気がした。

「じゃあ、あの婆さんに家族は……」

「お婆ちゃんは一人暮らしで、身寄りがないんですよ。うちは基準看護ですからつきそいの心配はありませんけれど、以前ずっと入院されていた時には、どなたも見舞いに来られなかったのが、ちょっと気の毒でしたね。よく話し相手をさせられましたよ。まぁ、お婆ちゃんは、あの性格ですから、強がりしか言わなかったですけれど」

片桐はわかるでしょ、と言った具合に目尻で少しだけ笑ってみせた。

「息子さんは一歳になる前に、亡くなったそうです。終戦前だったか少し後だったか、大陸から引き揚げてくる途中だったって聞いたな」

「以前、長く入院って……婆さんの病気は……」

「ええ、まぁ」片桐医師は答えない。他人には言うべきでない病気なのだと気づいた。

「私は外科ですから、担当医ではないのです」

「元気そうに見えたけどな」

「ええ、あのお齢で、しかも、かなり病状が進行しているのに、信じられないほどです。まぁ、若い頃、体を使う仕事で苦労されていたとかで、特別に丈夫でしたし。よくあるんです。末期に近づくと一時的に病状が好転することが」

「ろうそくの最後の火みたいなものですか」

「まぁ、言ってみれば、そういうことです」

全部、嘘だったのだ。婆さんの話は全部、つくり話だったのだ。運転免許だけではなかった。左ハンドルのクルマを持つ孝行息子のことも、性格がきつくて美人だと評判の嫁も。たぶん会計士も歌姫も松竹少女歌劇も。次の氷河期が来るまで寿命がありそうな元気さも。言えばいいのに。素直にそう言えばよかったのに。そうしたら、もう少しは、あとほんの少しぐらいは、優しくしてやったのに。


レントゲン検査が終わってベッドに戻ると、背広姿の男が二人、私を待っていた。一人には見覚えがある。以前、事情聴取された時に部屋にいた若いほうの刑事だ。もう一人は須藤ではなかった。初めてみる顔の年配の男だ。刑事たちは儀礼的に私の体を気づかうセリフを吐き、二、三、訊きたいことがある、と私に言った。

彼らの言う二、三の質問は、実際にはひと桁多かった。それから私はえんえんと彼らの質問に答え続けるはめになった。しかし、今回の事情聴取は、前回に比べると天国だった。固い椅子ではなく柔らかいベッドがある。私は寝ていればいい。都合が悪くなると、毛布をかぶった。

自分のこれまでの行動に関しては、隠さず話した。だが克之と翔子に関することは、訊かれたことにだけ最小限の答えを返した。柴原夫妻をかばい立てしたわけではない。わからなかったのだ、本当に。克之が何を考えて義理の父親を殺すように犬に命じたのか、何を考えてその事実を私に告白したのかが。そして翔子が何を考えて私と綾に凶器を振るったのかも。

昨日の夜の翔子のことを、私はあまりよく覚えていない。刑事に呼び捨てにされている翔子の名を聞いても、思い出すのはニンジンを剣のように持ち、リスのように微笑んでいる翔子の姿だけだ。

しかし、警察はもう私が知っている以上のことを知っていた。

昨晩、柴原アニマルホームで不審な悲鳴を聞いた、という匿名の通報があったのだそうだ。巡回のパトカーが現場へ向かい、私のステーションワゴンが崖下に転落しているのを見つけ、その近くで凶器を手にしていた翔子を発見したという。私が思っていたより、私と綾は危なかったのだ。あの時は失敗だと思ったが、電話に向かって叫んでおいたのは正解だったようだ。

柴原夫妻に殺人罪が適用されるのかどうか、刑事たちにもわからないようだった。しかし、本人たちは殺意があったことを認めてしまっているらしい。実行犯は克之だが、計画を立てたのが翔子であり、翔子が、亡くなった母親に冷たかった父親に、良い感情を抱いていなかったということも彼らの口から知った。

事情聴取は夕食をはさんで、さらに続いた。途中で刑事が入れ替わったのだ。後を継いだ二人組は、私が中塚の家のプレハブ小屋で見たもののことを執拗に訊いてくる。前の二人とは管轄が違うらしい。警察もいろいろ大変だ。仲良くやればいいのに。

喋るのがほとんど彼らだけになり、ベッドの温かさに目蓋が重くなってきた頃になって、彼らはようやく私を解放した。帰り際に刑事の一人が振り返って言った。事件を解決した私への礼ではなかった。

「今回はまぁ、事情が事情ですから見逃しますが、他人の家に入るのは家宅侵入罪等《とう》に当たりますから、以後気をつけてください」

「ああ、次からはちゃんとノックすることにするよ」

この後は、私の家宅侵入に関して新しい二人組が来るのかと思ったが、もう誰も来なかった。婆さんの病室にでも行こうかと思ったが、とっくに消灯時間を過ぎていた。私は夢も見ずに眠った。

翌日早々に私は退院した。帰り際に婆さんの病室を訪ねてみる。私の病室のワンフロア下で、私と同じ二人部屋だ。しかし綾のベッドはカラだった。

病室に突っこんだ首を戻すと、廊下の向こうから奇声が聞こえてきた。

「ほっほ〜」

綾だった。乳児用歩行器をスケールアップしたような円形の歩行補助器の中で何か叫んでいる。補助器の輪をステアリングを切る手つきでまわし、ほとんど床についていない短い足をバタバタさせて、こちらに突進してきた。

「見よ、見よ」

婆さんははしゃぎ声をあげ、私の目の前で急ブレーキをかけて停まった。

「どうだい、あたしの運転は」

子供のような顔で私の顔を見上げてくる。私に嘘がばれていることなど、忘れてしまっているに違いない。

「さすがだ。さすが日本で七番目の女ドライバーだけある」

私がそう答えると、綾は嬉しそうに笑った。

「ほっほぉ〜〜」

綾は歩行補助器の車輪をガラガラ鳴らして、廊下の向こうの角に消えていく。その後ろを看護婦が追いかけていた。

「片桐さん！　片桐さ〜ん！」

それが、私が見た片桐綾の最後の姿だった。

退院した翌日、私は花籠を抱えて病院へ向かった。婆さんの見舞いだ。私以外に見舞いに行く人間などいないだろうから。花は切り花ではなく、鉢植えにした。三十年は根が張るという蘭の花。もちろんずっと入院していろ、という嫌がらせだ。婆さんはさぞ怒るに違いない。

だが綾はもうベッドにはいなかった。看護婦に尋ねると、今朝早く退院したという。オフィスに戻って、履歴書に書かれていた番号に電話をかけてみた。

——はい、安くていい品、スーパー丸福です。

チラシ広告の宣伝文句のような若い女の声が返ってきた。念のために訊いてみたが、住所もそこのものだ。履歴書はでたらめだった。

病院に問い合わせれば、たぶん本当の住所がわかっただろう。しかし、私はそうしなかった。私が嘘を知ってしまったことを、綾は知らないままのほうがいいのではないか、そう思ったのだ。婆さんはそのうちまた私のオフィスにのこのこやってきて、息子の自慢話と、ホラばかりの昔話の続きをはじめるに違いない。その時には、笑いをこらえて話を聞いてやらなくちゃならない。

しかし、何日経っても、婆さんはやって来なかった。

五月も半ばを過ぎたが、いっこうに暖かくならなかった。地球は今年から氷河期に入るつもりなのかもしれない。地球の事情はどうあれ、私の生活は元に戻りつつあった。再び動物捜査八割、浮気調査二割のしがない探偵稼業に戻ったのだ。

「待て」

通常の二本分の長さがあるロング・リードをチビにつけ、三メートルほど離れた場所から命令した。チビは動かない。よしよし、いい子だ。

「座れ」

チビは動かない。脚をふんばったまま尻尾を振っている。さっきの「待て」も、私の命令を聞いたというより、最初から動く気などなかったのかもしれない。チビの近くに歩み寄り、腰をとんとんと叩いてみる。マッサージだと思ったのか、チビは目を細めて、ううっとオヤジ臭い唸り声を出す。しかし、唸っただけだった。

高い声のほうが効き目があるらしい。私はテノール歌手のような声を張りあげた。

「す・わ・れ～」

背後で学校帰りのガキどもの笑い声がした。ここは事務所近くの老人福祉センターの前庭だ。センターの窓から老人が一人、私に哀れむような視線を送ってくる。私はひとつ咳払いをして、再びチビのところへ戻り、少し強めに腰を叩く。

ううっ。チビが気持ちよさそうに呻いて、反対側の腰を突き出してきた。しかたなく、そっちも叩いてやった。なんだか私のほうがしつけられている気がしてくる。この犬は訓練所で何をしていたのだろう。

チビは私が飼うことにした。とはいえ私には、ペットを飼う趣味はない。実益のためだ。訓練して動物捜査犬に仕立ててあげるつもりだった。

「座れ」を教えるのをあきらめ、「おいで」と言ってみた。

チビは突然座りこみ、後ろ脚で首の後ろを掻きはじめる。私は厭世的なため息をついた。

捜査犬への道のりは、まだまだ遠く険しい。

柴原アニマルホームの三十五匹の犬と二十七匹の猫たちは、動物管理センターに引きとられた。動物園で飼育されることになったフタコブラクダと南米産のヘビ以外の他の動物たちも一緒だ。しかし、まだ処分はされていない。ボランティア団体が、里親探しを試みているからだ。私は新聞記事の片隅でそれを知った。動物たちの幸運を祈るばかりだ。残念ながら、しがない探偵の私には、三十五匹の犬と二十七匹の猫を引き受ける甲斐性などない。もちろんフタコブラクダも。

トレーニングははかばかしく進まなかったが、ある日私は、実地訓練のために、チビを連れて街へ捜索に出かけた。

鷹津ペットホスピタルから逃走した鬱病のヒマラヤンは、いまだ発見に至っていない。もう二週間以上経つのに、鷹津はいまだにヒマラヤンの退院許可を出さず、面会謝絶を貫き通している。曲がってはいるが、見上げた根性だ。

ヒマラヤンの遺留品であるトイレの砂の臭いをチビに嗅がせて、ペットホスピタルのある駅前近辺を歩く。そうしたら、ゲンさんに辿り着いてしまった。

ゲンさんは、海の見える豪邸を惜しげもなく捨て、ガード下に戻っていた。夏が近くなると、海岸にやってくる若い連中のホームレス狩りが怖いのだそうだ。

「おかげで助かったよ」

私はゲンさんに礼を言い、少し迷ったが、握手を交わすために手を差し出した。

あの夜、柴原の家に電話をかけてきたのは、ゲンさんに違いない。私はずっとそう考えていた。アニマルホームの電話番号は、私の携帯の短縮ダイヤルに入っていたから、なにかの拍子に繋がってしまい、私の叫びを聞きつけて警察に通報してくれたのだと。

ゲンさんは私の差し出した手を、何か握られているのかという目でながめながら、ぼんやりした声を返してきた。

「はぁ?」

「電話をかけてくれただろ。警察に通報してくれたのも、あんただろ」

「なんのことでございましょう」

ゲンさんは本当に知らなかった。

ゲンさんはあくまでもゲンさんだ。後になって私はそれを思い知ることになる。月末に私のオフィスへ、身に覚えのないHコールの請求がいくつも届いた。ゲンさんが、どうしても聴きたかったのは、テレホンセックスのお姉さんの声だったのだ。ゲンさんはゲンさんなのだ。いままでも、たぶんこれからも。

あの夜の電話の主は、ほどなくわかった。ゲンさんに会った何日か後、いつものようにヒマラヤンの捜索を手ぶらで終えた私とチビがオフィスに戻ると、ベンチに見覚えのある顔が座っていた。登校拒否児童だ。私はとっくに忘れていたのだが、森で会った夜に借りたハンカチを返しに来たと言う。

私はオフィスに招き入れ、ミルク入りのコーヒーをふるまった。ブラックでもよかったのに、などと生意気なことを言うから、ミルクをたっぷり追加してやる。牛乳を飲まないと背が伸びないぞ、と脅かした。

「この間の事件、すごかったね。おじさんの名前も新聞に載ってたよ」

コーヒーカップを両手で抱えた登校拒否児童が掠れ声で言う。ほんの数週間の間に、少年の声はずいぶん大人の男の声に近づいていた。

「そうか」

気にもとめていないふうに私は返事をしたが、もちろん気にしていた。記事の中の私は事件を解決した探偵としてではなく、傷害致死の容疑者に不法監禁された知人——職業を雑務代行業と書いていた新聞もあった——としてしか扱われていなかった。

「ねぇねぇ、新聞にも載ってたでしょ。誰かの通報があったって——」

「ああ」

「あれさぁ」少年は得意気にぱちぱちとまばたきをして言った。「僕なんだよ」

「お前が?」

「うん、あの日も森に行ってたんだ。探偵さんのクルマがあったからさ、どこにいるのか探してたら、あそこの家から妙な声や音が聞こえてきて。家に帰ってから気になって、あの家に電話してみたんだよ」

「私の声が聞こえたのか？」

「うん、すごかったね、あの声」

「そうか」やってみるものだ。

「最初はニワトリが絞め殺されてるのかと思った」

「あ、そう」私はいつもより低く唸るような声を出した。「なぜ、あそこの電話番号を知っていた」

「調査済みだったからね」

探偵ごっこをずっと続けていたらしい。

「まぁ、とにかく助かったよ。ありがとう」

私がそう言うと、少年は完璧な発音で応じた。

「ノープロブレム」

「ところで、坊主。学校は？」時計を見ると午前十一時だった。「またサボリはじめたのか？」

「ノープロブレム」

「ごまかすな」

「本当だってば。今度、転校するんだ」

新しく通うという学校は、老人ホームの名のような聞き慣れない名前だった。訊けば、登校拒否児童専門の矯正施設らしい。

「今度はがんばれよ、登校拒否児童専門の学校を登校拒否なんて、冗談にもならない」

「うん、だいじょうぶ。全寮制だし」

「つらい時は、マーロウを読め」

「なんだっけ？」

「いや、こっちのこと」

コーヒー、ありがとう。椅子から立ち上がった少年に、私は以前会った時と同じ質問をしてみた。

「なぁ、本当はあそこで何をしていたんだ。探偵ごっこだけじゃないだろう」私には何となくわかるのだ。「泣きに来てたんだろ？　誰にも見られない所で」

私にも経験があったからだ。私の場合は、漁火の見える灯台の下だった。

「まさか」

「あ、そう」

言葉をためこむように頬をふくらませていた少年が、唐突に唇をはじけさせた。

「ほんとうはね……ほんとうは死のうと思ってあそこに行ったんだ。でも失敗しちゃったよ、二回とも」

あっさりと言う少年に、私は驚くのも忘れてしまった。何か言わなければ。考えるより先に言葉を吐き出した。

「死ぬなよ。死ぬのは怖いぞ。一度、死にかけると、絶対死にたくなくなるぞ」我ながら実感がこもっていた。「あせることはない。どうせいつかは、死にたくなくても、死ななくちゃならないんだから」

「うん、だいじょうぶ。もうだいじょうぶ。探偵さん、殺されかけてたんでしょ。探偵さんのすごい声を聞いたら、なんだか急に死ぬのが怖くなっちゃった。まぁ、あの声のおかげかもね」

人間、どこで誰の役に立つかわからないものだ。

「ノープロブレム」

私は言った。発音を直されてしまった。

Jの店はもうない。しかし私はいまでも、Jのもとへ酒を飲みに行く。Jの店はつい先日、「おでんの治作」として新装オープンしたのだ。新しい店の名の由来を尋ねたことがあるが、Jは訳ありの笑みを浮かべるだけで答えない。私もそれ以上は訊かなかった。だから私は、相変わらず彼をJと呼んでいる。

治作では私のために、メニューにはないバーボンと炭酸ソーダをキープしてくれている。私はおでんを喰いながらバーボンソーダをなめ、昔どおりJとハードボイルドについて論じ合う。首のボウタイは豆絞りに変わってしまったが、Jの諧謔は健在だ。最近のテーマは、マーロウ最後の長編『プレイバック』の謎について。

熱心なマーロウ信奉者の間でも、この作品には首をかしげる人間が多い。この本の中のマーロウは柄にもなく女の体に執着し、いつになく説教臭く人生訓を垂れ、タイトルも意味不明だと言われている。私もずっとそれが不思議だった。しかし、いまの私にはなんとなくわかる。この本は、死期が近くなったチャンドラー爺さんのろうそくの最後の炎なのだ。人生にプレイバックはない。そのことを悟ったチャンドラーが、残り火を燃やして書き綴り、万感の思いをこめて題名をつけたに違いない。

そういえば、私はなぜか昆布が喰えるようになった。理由はわからない。最近、鍵のかかった暗い部屋に閉じこめられる夢を見なくなったことと関係があるのかもしれない。私が鍵のかかった暗い部屋を克服できたのかどうかは、私自身にもわからなかった。あれ以来、一度も閉じこめられた経験がないからだ。

チビに関してわかったことがひとつ。肝心なことは何ひとつ覚えようとしないこの犬の唯一の特技は、鍵が開けられることだった。サッシ窓のフックなどは片脚でひょいとはずしてしまう。掛け金を落としただけの門扉など朝飯前だ。鼻面で金具を押し開ける。アニマルホームからもこの手で脱走したに違いない。これでゲンさんのようにシリンダー錠も開けられるほどになってくれれば、私の日々もいくぶん心安らかになるのだが。

食べてみれば、昆布は悪くない。Jの店改め治作で、私はいままでの埋め合わせのように、いつも昆布から喰う。いちばん好きなタコは三番目ぐらい。最後はチビへの土産の牛スジをいくつか注文し、仕上げに煮玉子をひとつ。私が煮玉子を注文すると、Jは毎回決まって、同じジョークを口にする。

「煮玉子にはまだ早すぎる」

私あてにその電話がかかってきたのは、六月初めの雨の日だ。後になって私は何度も日付けを思い出そうとしたのだが、どうしても思い出せなかった。なにしろ、その月は長雨続きで、毎日雨が降っていたのだ。

——片桐さんのお知り合いの方ですね。

沢木と名のる女は私に言い、こう続けた。

——私、遺品の整理を依頼されている者なのですが。

「イヒン？」

意味がよくわからなかった。電話の向こうで女の声が続いた。

——片桐綾さんは、先日、亡くなられまして……。

綾の家に私あての手紙が残っていて、それを渡したいと言う。郵送でという申し出を断って、私は直接受け取りに行くことにした。

教えられた綾の家は、徒歩で来たのを後悔するほど遠かった。私でも三十分かかった。あの婆さんはどれだけの時間をかけて、この道を通っていたのだろう。

躑躅《つつじ》の低い生け垣に囲まれたその一軒家は小さくて、粗末で、おそろしく古びていた。終戦直後あたりに建てられたものを、修理を重ねてなんとか家の形にしているといった様子のあばら家だ。

かつては小ぎれいな住宅だったのかもしれないが、雨の中にけむる木造の平屋は、もう一日雨が続けば、雨水に朽ち果て、流木となってどこかに流れてしまいそうに見えた。

門の前で傘を開いて待っていた女が、私に顔を振り向けた。初めて会う女だ。だが、初めて見た顔ではなかった。私を待っていたのは、いつか写真で見た、南の島の浜辺で微笑むダイナマイト・ボディだった。

沢木は自分を在宅老人支援ネットワークの職員だと言った。市から委託されて一人暮らしの高齢者の生活相談をしている組織なのだと私に説明する。せっかくのダイナマイト・ボディは質素な服で隠している。写真の印象ほど化粧も濃くない。奔放な肉体ほどには性格は奔放ではないように見えた。幼稚園の保母といった感じの女性だった。

「ちっとも知りませんでした。あなたの所で片桐のお婆ちゃんが働いていたなんて」自分の家のように玄関かまちへ私を案内しながら沢木は言う。「そう言えば、あの一カ月間くらいのお婆ちゃんはなんだか……」

幸せそうでした——女がそんな言葉を呟いて私の目を見返してくる予感がした。が、そうではなかった。

「いつも、ぐったり疲れた様子で……」

お前が死期を早めたのだ、とでも言いたげにちらりと私に横目を走らせた。

婆さんは五月の末まで横浜にある大学病院に転院していたが、小康状態のある日、勝手に退院してしまったのだそうだ。

「クルマの教習所に通うとか言いはじめて、本当にどうしちゃったのか」

沢木は、綾が布団の中で息をひきとっているのを発見したのも自分だと言った。部屋に残っていたほんの数枚の年賀状を頼りに遠い親戚を探し出して、ここで簡単な葬式をあげたのだそうだ。近くの寺に納骨を済ませると、綾とは会ったこともないらしい親戚夫婦は、沢木に家の整理を任せたまま、そそくさと帰郷してしまったと言う。いつ戻って来るかもわからないんです。ダイナマイト・ボディはなんだか疲れた顔でため息をつき、大きな乳房を上下させた。

婆さんの家は、小さな台所のついた四畳半二間だ。手前の部屋が茶の間だった。老人の部屋特有の枯れ草めいた匂いがまだ残っている。映るのかどうか疑わしい年代物のテレビも茶だんすもちゃぶ台もなにもかもが小さく、壁にかけたカレンダーも蛍光灯から下がった紐もなにもかもが低いところにある。童話の中の小人の家のようだった。

カレンダーの隣に写真が二枚、重ねるように貼ってある。一枚はダイナマイト・ボディ沢木の写真。こちらは水着ではなく、どこかの建物の前で取ったスナップだ。私の視線に気づいた沢木が恥ずかしそうに言う。

「お婆ちゃんには、写真をくれないかって、よく言われたんです。写真が好きだけどカメラが使えないから、人からもらった写真を集めているんだって。これは、ネットワーク事務所の前で撮ったものじゃないかしら。隣の写真の人は誰でしょうね。こうやって並べて貼られていると、なんだか親子の写真みたい」

親子じゃない。夫婦だ。もう一枚の写真は医師の片桐忠文だった。婆さんの夢の中では、二人は自分の息子夫婦なのだ。

奥の部屋の仏壇だけはやけに大きい。まだ始めたばかりで、と沢木が言うとおり、段ボールが運びこまれていたが、部屋の中のものはあらかた手つかずに残っていた。もっとも部屋にあるすべてを詰めこんだところで、たいして段ボールが必要になるとも思えなかった。本だけは結構ある。ああ見えて婆さんはなかなかの読書家だったらしく、リンゴ箱のような背の低い本棚が二つ置かれていて、ぎっしり本が詰まっていた。その背表紙を見た私は、思わず目を見開いた。

『女性ドライバー・渡辺ハマの生涯』

『松竹少女歌劇六十年史』

『蔣介石の娘たち』

『歌姫・李香蘭伝説』

おおかたが女性の伝記、自叙伝の類。その中にはさまっていた『会計簿記・早わかりガイド』の背表紙はまだ真新しかった。

そういうことか。私は可笑《おか》しくなった。私に説教のできた義理じゃない。婆さんも私と変わらない。現実の自分との折り合いが、なかなかつかなかったのだ。

文机の上にも二冊の本が置いてあった。

『中高年からはじめる運転免許取得』

そしてもう一冊。見慣れた文庫本だ。

『長いお別れ――レイモンド・チャンドラー』

読みかけだった。婆さんの老眼には文庫本の小さな文字は難物だったらしい。大きな拡大鏡がしおりがわりにはさんである。開いてみると、まだ冒頭の十五ページ目だ。ここからが面白くなるのに。

私あての手紙は、この文机の上に置いてあったと言う。沢木に渡された茶封筒には、例の涼やかな筆跡の女文字で住所が書かれていたが、切手はまだ貼られていなかった。休職届けだった。


体調思わしくなく、回復するまでの間、お勤めを休ませて戴きます。六月中頃より復職致しますので、欠員補充などのご心配はなさりませぬよう。


欠員の補充を心配していたのは、本人のほうのようだった。だが、婆さんの希望通り、私には欠員を補充するつもりはなかった。もうそれほどの余裕はない。なにしろ大喰らいの犬を一匹、養っていかなくてはならないのだ。

「あら、私の口紅。いつの間に。いやだわ。お婆ちゃんなのに」

鏡台の中を整理していた沢木が声をあげていた。生まれつきしわしわの人間なんていない。

あんたも遠からずお婆ちゃんになるんだよ。私は心の中で老婆のように意地悪くダイナマイト・ボディに呟く。あの婆さんは「お婆ちゃん」なんかじゃない。片桐綾という名の八十いくつかの女だ。

遺品整理の続きをするという沢木と玄関で別れ、私は軒下に繋いでいたチビのリードを手にとった。チビが私の顔を不思議そうな表情で覗きこんでくる。私の顔になにかついているのだろうか。

歩きはじめてから、もう一度、綾の家を振り返ると、チビが小さく遠吠えをした。犬にもわかるのだろうか。なんだか弔鐘のような声だった。

犬と人間の違いはそう多くない。犬には犬の夢があり、犬には犬の喜びと悲しみがある。違いがあるとすれば、悲しい時に涙を流すかどうかだ。

私はチビの首筋をなでた。

「よし、行こう。お前が新しい相棒だ」

綾の墓は、この街からそう遠くない、海の見える高台にある。私鉄電車のこぢんまりとした駅を降りて、つづら折りの坂道を登りつめた所だ。初めて訪れた時には、道の両側に雨露をつけた紫陽花の花が咲いていた。悪くない場所だ。

「悪くない場所だ」

もう注意する人間もいないから、心置きなく口にできる。喜ばしい限りだ。

月命日がいつかは知らないが、ひと月か二月に一度ぐらい、仕事の途中で近くに寄った時には、墓を見に行き、何か置いていくことにしている。結局、確定申告書類は完成しなかったが、秘書としての報酬が未払いだったから、それへの埋め合わせだ。別にセンチメンタルな理由からじゃない。本当だとも。

行く時には必ず、ゆで玉子も置いていく。特別な玉子じゃない。コンビニエンス・ストアで売っている、二個入りパックのかたゆで玉子だ。二個のうちのひとつは私が喰う。

あの婆さんのことだから、二つとも置いていくと、二つとも喰おうとして、きっと喉をつまらせてしまうだろうから。

本書は2002年10月に刊行された同名作品の新装版です。

双葉文庫

お-23-06

ハードボイルド・エッグ〈新装版《しんそうばん》〉

2015年 1 月18日　第1刷発行
2016年10月11日　第2刷発行

【著者】
荻原浩《おぎわらひろし》

【発行者】
稲垣潔
【発行所】
株式会社双葉社
〒162-8540 東京都新宿区東五軒町3番28号
［電話］03-5261-4818(営業)　03-5261-4831(編集)
www.futabasha.co.jp
(双葉社の書籍・コミックが買えます)
【印刷所】
三晃印刷株式会社
【製本所】
株式会社若林製本工場

【表紙・扉絵】南伸坊
【フォーマット・デザイン】日下潤一
【フォーマットデジタル印字】恒和プロセス

ISBN978-4-575-51752-1 C0193
Printed in Japan